我的精神病姊姊

余國英 著

第一章

「親愛的辛西亞，報表好了嗎？」醒亞的客戶史蒂夫親自到醒亞的辦公室來問。外國人舌頭轉不過來，都是把「醒亞」念成「茜亞」或「洗牙」，後來她靈機一動，自己改成「辛西亞」，才把這事件擺平了一些，好在醒亞自己並不以為意，名字不過一個代表而已，只要知道代表什麼人就行了。

「親愛的客戶史蒂芬，初步是完工了，專等你過目簽名認可呢！」醒亞幹練、客氣又親切地對史蒂夫說。其實，史蒂夫與她同屬一個公司，但因為工作部門不同，自從她們公司高薪新聘來的中老闆要她們對於所有業務服務對象一律叫做「客戶」不得有誤之後，史蒂夫也變成了客戶。

「先看妳桌上小印刷機印的樣品，怎麼樣？」史蒂夫笑嘻嘻地問。

跟據她以往的經驗，知道這些忙碌的客戶平常笑臉攻勢，一味求快，不肯好好看樣品，成品拿到手又反悔，報表每份四千張左右，不要說有錯誤，往往只要有一格印得不是他們想要的，就要反悔，反悔的話，四千張的紙張，印刷及運送的費用都白白浪費，到時候向上級報告的時候，當然不會說是他當初要求快而肇的禍，只是一味將責任推到電腦服務部門，一、二件無所謂，她們客戶那麼多，哪一個是省油的燈，所以，除了要事先白紙黑字簽好書面合同之外，見得到的麻煩，一定得擺平，那就直接或間接就減少了那見不到的麻煩了。

「史蒂夫，我桌上的小印刷機只能印每行八十字的小報表，只能看看數字做數據參考，認不得真的，要給你們這種經理級的人看的，當然要更好，更真實一些的成品！」史蒂夫在公司的官階與醒亞差不多，也就是說、醒亞做的是技術性的工作，薪水可能多些，她在公司久了，熟了，對於內部「客戶」的大致情況也很瞭解，不過，她還是採取一貫作風：又溫和又幹練。

「我很忙……。」史蒂夫找藉口。

「我要電腦室的工人馬上給你正式印幾張每行一百卅二字的的雷射印刷樣品，你看了覺得滿意的話，我再要他們把整個報表印好，直接送到你辦公室去，好不好？等到你把第一批四千餘張看完元後。覺得完全滿意了，就請打個批准的電話來，我會親自將合同拿到你那裡去……。」

醒亞的眼睛一直盯著史蒂生看，又客氣，又親切，可是眼角早就瞄見終端機裡，早就顯示著雷射印刷機已經開始在印刷她的報表的樣品了，這種最新式的印刷機印出來的報表，不但清晰美觀得多，而且是一張一印，速度也驚人地快，等穿了三吋高跟鞋的她，登登地跑到電腦工作室時，印刷機所印出來的一小疊，早就可以做樣品而有餘了。

鬧轟轟的響聲，震得人耳鼓欲裂，醒亞用手去輕撕著紙張相接的地方，一面自已欣賞著這賞心悅目的報表的時候，只聽見技工比爾提高了嗓門喊道：「辛西亞，妳的電話！」

她的心突然一緊，不知又是什麼急事，不然電話怎麼追到電腦室來了呢？

老美就是這樣，什麼都要盡善盡美，醒亞她工作的公司，當初為了追求現代化，花了很大一筆錢給她們這些有電話的高級職員每人配備了一個答話機的號碼，凡有電話打進來而人不在的話，可以自動錄話，省了祕書的薪水之外，還會給打電話的人一個新式現代化的形象，可惜才用了不久，大老闆又說新機器錄音答話不但不夠個人化、更透不出什麼親切感，有損公司服務的完美形像，下令撤除，又恢復到員工親自接電話、接線生、祕書以人為本的服務再重新繼續下去，也就是說，大老闆希望「新產品、舊服務」不計成本。

話說在電腦室裡機器聲轟轟然震耳欲聾的喧鬧的嘈雜音中，醒亞提高了聲音喊道：「比爾、拜託你把電話轉到我辦公室好嗎？」

回到辦公室，電話又適時響了起來，本來臉上有的得意的笑容，也因為過於緊張而消失了，她將由電腦雷射印刷機印的報表樣品交給史蒂夫先生，微笑地道了一聲對不起，取過電話筒。

「請問妳是余小姐的妹妹嗎？我是余小姐的房東王太太。」對方說的是中國話，嚇了醒亞一大跳。

「是，王太太，妳好！我是余醒亞，請問我姊姊余韻亞又怎麼樣了？」醒亞一面問，一面看了史蒂夫一眼，見他正在專心一致地在對照報表，計算上面的數字，也就改用中國話來回答。提到她的姊姊余韻亞，醒亞的一顆心，不由自主忐忑地提了起來。

「妳姊姊余小姐，昨天半夜跑出去逛，被壞人搶了！回來後又哭又笑，語無倫次，本來妳姊就有點怪怪的，現在精神完全崩潰了……，要送她進醫院喲……，最好，妳快來把她接去罷，我們這裡……。」

「昨天夜裡……？」醒亞的一顆心，突突地跳個不停，昨天下午三點鐘左右開始，她們這一組的電腦應用系統出了一個大問題，她們這組工作人員不但沒有吃成晚飯、而且一直工作到半夜二點才拖著疲乏的身子回家。

「事情發生之後，妳姊姊一直哭鬧，身子一直怕得發抖，我們也不知道要怎麼辦，打電話到妳家，妳先生接的電話，說妳不在家，要我們直接送她去醫院！送醫院那有那麼簡單！妳姊姊……愈來愈壞了，妳要馬上來呀！」王太太很著急地說。

昨夜醒亞不在家，她在辦公室，棟柱接的電話，那，昨夜他就知道這件事了，當然是故意不告訴她的了。

目前，棟柱有兩件事對她不滿：第一件是不贊成她的工作態度，她的薪水雖還不錯，老實說，比他高，但是，他說，妳只不過在商業公司工作，這樣的薪水，比起妳的努力，還是不夠的，這些美國商業大公司的資本家，唯錢為尊，替他們工作，當然只需朝九晚五就夠了，人家冷血，我們白熱了，何必為這些資本家賣命，有誰欣賞呢？

「不是欣賞不欣賞的問題，我們的的工作一出問題，遍佈全美所有的分公司的職員都坐在電腦前談天喝咖啡，問起來答說是電腦應用系統有了麻煩，追究起責任，不得了的。」醒亞曾經解釋過。

「什麼大不了的責任？」

「職員不能好好工作，浪費公司資源……？」

「多找幾個人來做，不就行了？追根究底，還是資本家捨不得花錢！」棟柱不以為然地說。一個女人生孩子需要八個月，兩個女人生孩子並不是每人四個月共生一個孩子就行的！醒亞有著她的理由，不過，她多麼希望她們夫妻之間不再有爭執，一天到晚，要爭執的事情簡直數不清，就算走開不理，還是成天……。

棟柱也不贊成醒亞「過份」關心她姊姊韻亞的事情，他的理由：「妳姊姊比妳大十幾歲，那裡需要妳來照顧她？妳自己打不開自己的情結罷咧！」

若是醒亞解釋說：「棟柱，她是有病的人，若她能照顧自己，就不叫做有病了！」

棟柱就會由鼻子裡發出哼的聲音，不滿地說道：「有病的人，有病的人意見那麼多！藉口有病，一切由人家來料理！只有妳這種人才被她牽者鼻子走！」

醒亞知道，在這當口，她若不馬上離開現場的話，夫妻之間的爭執，一定會無休無止了。

昨晚半夜三點，醒亞又累又餓，回到家門雙腿發抖，她知道棟柱一直在客廳裡看電視，因為當她車子轉到她家的這條路上時，她還看見客廳窗簾後面有燈光照著，等她車子停好，雙腳踏出車門，再將車門碰地一聲關好的時候，客廳裡的燈光才突然關掉，也就是說他一直等到她到家才回房去睡覺，醒亞實在累了，又怕觸怒了他，引起無謂的爭端，所以空著肚子，忙忙到小勇的房間去看了一下，也就刻意不聲不響地梳洗上床。

醒亞因為自己的神經繃得很緊，睡得不穩，所以身邊棟柱在床的那邊徹夜翻來覆去的聲音，她都聽得一清二楚。

現在與王太太對過一番話，曉得原來他早就知道韻亞被搶了，只是不肯告訴她罷咧！為什麼不肯告訴她呢？是怕醒亞擔心呢？還是不願醒亞分心傷神呢？其實，這麼大一件事，遲早總是會知道的，或者，醒亞猜，他是不是以為只要醒亞不知道，她姊姊就有能力自行解決了呢？

「王太太，報警了嗎？」醒亞定了定神，問王太太。

「報警？……報警是沒有用的！在紐約，警察除了給車子的罰單之外，別的事一概沒有用的。」王太太說：「我們報了緊急事件！」

醒亞沉默了一陣子。因為韻亞住的地方，是向王太太租來的一個單人房間，其實只是一幢獨立民屋中的一間，裡面不知道住了多少房客，其中一人、二人甚至多人共住一間臥室，大家共用廚廁，而且，最可能的是整幢原是一幢合法一家庭的獨立家屋，分別租給這麼多不是同一家庭的中國人來住是不合法的。犯法搶劫的歹徒早已不知去向，招來警察不但於事無補、反而引起當局的注意，知道這房子不合法地分租給那麼多不屬於一個家庭的中國人，不是弄巧反拙惹禍上身嗎？

出乎醒亞意料的是原來紐約市也有「緊急事件」這種民間的義務組織，紐約不是一個人情淡薄的大城市嗎？居然也有人熱心助人而不收酬勞！這些人不但要自備汽車、汽油、連電話費都要自己負擔的，他們服務的時間也是不分晝夜，大家廿四小時輪班呢！

「王太太，今天我想法子提早下班，下完班就由長島到皇后區你們那裡去看我姊姊，好不好？」醒亞說。這位姓王的太太是由上海來的新移民，也是韻亞的二房東，她與她先生替房東登報找房客、收房錢、付水電費，只不過辛辛苦苦賺個免費居住之處而已。

「余小姐的妹妹，妳……不能只是想法子……妳今天無論如何，一定要馬上來，妳姊姊受了這麼大的刺激，很不對了，要盡快唷！」大概因為王太太被嚇壞了，聲音裡面反而充滿了恐嚇的意味。

韻亞那裡是受了這個刺激才「很不對了」的！在醒亞的記憶中，姊姊在做高中生的時候，就發生過在家中胡哭亂喊的記錄，只是那時韻亞在學校內是品學兼優的「模範生」，外面又光鮮又驕傲，爸媽不敢、不願也不必承認他們的掌上明珠有任何「不對了」而已。姊姊韻亞真正明顯的「很不對了」時候是在廿年前在美國拿到新聞碩士之後，其實，就算平常，也早就好好壞壞，古古怪怪的，但凡遇到刺激，更是哭笑無常，歇斯底里，只因韻亞在同一個地方都住不久，經常地改變居住之處，這位王太太是她新的二房東，對她以前的歷史詳情，完全不知道罷咧！

雖然醒亞本來是打算早點下班的。按理，昨夜工作到深夜一點，今天要求早些下班回家，原是合情合理的事。

掛上王太太的電話之後，醒亞抬頭看了史蒂天一眼，見他仍然在埋頭研究他那新印出來的報表，略略放了一點心，就取出自己本週的工作進度表來細看，這個工你進度表是她訂給自己看的，她常常利用等待電話，等待開會等等工作的空間，使自己的腦中，有一個有條理的進度觀念。尤其是可以去計畫下一個工作的大綱及細節。

鈴……。醒亞的思考正在被進度表完全佔據的時候，她辦公室桌上的電話，突然又驚天動地地響了起來，醒亞綯了一下眉頭，一面提起聽筒，一面將電話鈴的音響的控制，推到「低」的那邊去。

「哈囉，這是辛西亞余，請問我可以為你効勞嗎？」醒亞很機械地問。

「啊哈，余醒亞啦，妳可把我找苦啦！」電話裡的聲音尖極了，真把她給嚇了一跳，怎麼一下子就有兩通說中國話的電話！她朝史蒂夫又看了一眼，不用說別的，只要史蒂夫開玩笑一樣告訴人家說醒亞常常在辦公室接的都是中國電話，也就是說都是私事，就會有損她的形象，何況這是周富美打來的，醒亞平常就怕富美到她家來聊天，富美的丈夫許紹平是一名牙醫，富美是一位名副其實的「盈盈美代子」（閒閒沒事做的台語），醒亞更怕她打電話，冗長氣悶，沒完沒了，簡直受不了！

但是，周富美怎麼會知道醒亞辦公室的電話號碼的呢？

「富美，我正在上班，不能多說，妳怎麼會有我辦公室的電話的呢？」醒亞問道。

「哎呀，醒亞，不容易的，我先打四一一，要到了妳工作公司總機的電話之後，馬上撥到總機，然後向妳彴公司的接線生要求，請她轉到妳的分機，因為不是同一個鎮，花了不少時間，好不容易才轉過來的！」

醒亞不由得苦笑了，看來要躲避富美的電話，連在那個公司工作，都必需保密才行。

「富美，有什麼貴事嗎？我們上班，不能在電話上講太久的私事啊！」醒亞不得不提醒富美。

「余醒亞，不得了呀！我要發狂了：我要自殺了，我要……喂，余醒亞，小時候聽妳說過，妳有一個姑媽，因為妳姑父有了外遇，氣不忿而自殺身亡！我就要走這條路了……。」忘了神的富美，在電話裡喊了起來。

「富美、富美……。」醒亞壓低了聲音輕輕地喊著安慰她的高中同學。不知何時開始，是聽見醒亞姑姑自殺身亡呢？或是自從富美知道有自殺這個名詞以後，這兩個字就隨時隨地掛在富美的嘴邊了！

「大陸妹，可恨可怕的大陸妹呀！都是些禍水呀！她們年輕呀，她們貌美呵，她們貧窮呀！記不記得上次妳到紹平診所來拔牙時，妳說漂亮的那個上海來的牙科助理？妳不是說她不像大陸妹嗎？上海不是大陸嗎？不要臉，不要臉呀，搶我的丈夫紹平呀！」富美先是語無倫次地亂喊，然後就在電話那邊大哭起來。

「富美，富美，不要哭，擦擦眼淚，可能是妳多心，沒有這回事也說不定。」想起來了，紹平的那位牙科助理，廿來歲，花信年華，時髦的她，竟然留了一根又粗又大的辮子，一雙又黑又亮又會說話的眼睛，白皙的皮膚，吹彈得破的粉臉，襯著紅艷艷的嘴唇，被拔牙的女病人醒亞，躺在診所的椅子上，眼睛朝這位上海助理看了一下才閉上眼睛之後，她那美麗年輕的臉，就留在醒亞腦子裡久久不去，身為女人的醒亞尚如此，何況中年男子紹平呢。

「怎麼會是我多心，紹平已經向我提出離婚了。」富美更是放聲大哭起來。

「富美啊，會不會？紹平會不會只是一時迷惑而已，過一陣子就好了？」醒亞說。她實在不願把這通電話中的會話再繼續下去了。

「不得了了呀！她，那個小妖精已經懷孕了，逼著紹平跟我離婚，不肯做細姨，說細姨是卅、四拾年前臺灣的陋習，她們上海來的大陸妹是不肯的，她要許太太的頭銜，做了許太太就有在美國的居留權，就可以正正當當，堂而皇之的留在美國了呀！……。」

「……。」叫醒亞說些什麼呢？富美自己不就是以許太太的身分赴美而留在美國的嗎？

「告訴妳呀！她們大陸上來的女人是禍水呀！她的見了我們的男人都覺得他們有錢，有地位……。」

醒亞把電話筒放在辦公桌上，裡面嘰嘰喳喳地響著，如像是哭聲，又好像是罵聲，總而言之，是個不討人喜歡的女人的不平之聲就是了。

醒亞對著那吱吱叫著的電話筒看了一下，反而覺得十分同情紹平，富美向來以做專職的家庭主婦為滿足，不要說衣著談吐趕不上時代，連最基本的化妝都談不上，臉就這麼用水洗，頭髮就那麼梳一個髻，衣服拉拉塌塌，連一點品味都談不上。

而且，最受不了的是富美從來不看書藉報紙，所以完全以紹平為她的生活中心，開口我們「紹平」閉口「我家老爺」，隨便跟她說什麼都談不出個所以然來。

到底富美卅幾歲了呢？不是與醒亞同年嗎？中學的同班，到了這個年齡，臉皮的顏色漸漸變黃，嘴唇也愈來愈乾澀蒼白，可是還自詡以為自己不需外力的幫助，仍然是麗質天生，不求改進，完全可以以真面目示人。

過了一下，電話裡的嘈音沒有了，史蒂夫大概也對這突來的安靜不習慣罷，突然無聲地抬起頭來看了醒亞一眼，醒亞忙提起話筒貼耳細聽了一下，確定裡面只有嗡嗡的聲響，一定是富美將電話掛掉了。

醒亞本就覺得富美不該打電話到辦公室來，辦公室裡公事都忙不完，人家花錢是請人來辦公事的。

「醒亞，我們寄報表到佛羅裡達那邊，要二、三天才抵達，用傳真好不好？又快又時髦！」史蒂夫突然異想天開。難怪他一直賴在她辦公室不肯走，原來是有新的構想。

「史蒂夫，傳真很費時間的，四千張報表可能要五、六十小時呢，整個電話線完全給佔去了，何況，還是要另寄報表。」醒亞指出實際困難。

「不能固步自封，要精益求精才是。」史蒂夫沒有聽懂醒亞指出的事實，自以為很進步地說。

醒亞想了一下，何必反對呢？等下史蒂夫反映上去，說她不求進步，持反對意見，對她余醒亞有什麼好處呢？

「我覺得妳的建議很好，不妨著手去寫一份申請書，然後我們電腦資訊部門一定會派專人將此項建議認真分析研究一下，對公司有多少好處：花多少錢、省多少錢等等，史蒂夫，你若是把你的構想正式用黑紙白字申請上去，將來功勞薄上一定少不了你的份，若建議未通過，也沒有關係，又不曾花公司一毛錢，你說是不是？」

醒亞原欲今天提早一些回家，但是事與願違，這位史蒂夫先生發現報表上少了一格，說什麼也不肯離開，一定要親眼看見醒亞將程式改好，重新放進電腦中去操作，等一切弄到差不多，她對史蒂夫說：「史蒂夫，我們可以不必等，操作印刷很花時間的，少說也要半小時以上。」

那史蒂夫很客氣，笑嘻嘻地說：「洗牙，妳有要事，妳先走好了，我再等半小時沒有什麼關係的。」

不用說也可以猜出，這史蒂夫最會裝巧賣乖，明天一定會向上級報告，說是他發現報表上少了一格，他花了多少工夫力爭，才爭取到電腦資訊部首肯立即改正，改好之後，電腦資訊部的技師，只肯等一、二小時，就自行離開了，至於史蒂夫自已呢，卻又等了多久、多久……，不過，他雖然一定會把事實誇大來表功，好在一般美國人都不至於說謊，所以這一點是不用怕的。

等醒亞提了皮包，取了車的鑰匙向停車場走去的時候，她瞄了一下腕表，比公司規定正常正式下班的時間，又晚了一小時。

醒亞到家時，勇勇正在看電視，勇勇這孩子，愈大愈懂事、從來不給爸媽意麻煩，為了怕棟柱不高興，她忙忙炒了兩樣棟柱愛吃的小菜，囑咐了勇勇幾句，不外是：

「勇勇，你餓不餓？等爸爸回來再吃晚飯好嗎？爸爸一個人吃飯，沒有人陪，會生氣的唷！」

勇勇問道：「爸爸什麼時候回來呢？勇勇很餓了！」

醒亞心裡很難過，兒子勇勇這麼乖，說自己肚子餓，已經是最大的要求了，從來不會哭鬧發脾氣，但事已至此，只好硬著心腸說：「勇勇，你看，天快黑了，爸爸就快回來了！」

其實，夏天天長，往往到了八點，天還沒有黑呢！

匆匆對勇勇交代了二句話，醒亞硬了心腸，把勇勇一人丟在家中，當她的車開在長島的高速公路時，正值下班時間，由紐約回長島的車子，一輛接著一輛，水洩不通，好在由長島到紐約是逆著交通方向，所以她只開了約五十分鐘的車，就到了韻亞住的皇后區。

到達的時候，天色已經矇矇矓矓的了，雖然路燈稀稀落落，還是照出這地區的破舊髒亂，房屋大都年久失修，地上也到處都是拉圾，一大堆老中聚集住在這裡，房租倒是意想不到的便宜。

醒亞將她的車停在昏暗的路燈下面，車門一打開，一股有強烈城市氣味的熱風將她包圍起來，喧嘩的市聲，加上附近拉瓜地機場的飛機在頭頂上轟轟吵著要下降的聲音，使她腳才跨出車門，就出了一身虛汗。

突然，一個約十三、四歲模樣的年輕白女孩，把那塗得藍藍、白白、紅紅的臉湊到醒亞的鼻尖上，對她尖聲曖昧地說道：「嗨，怎麼樣？女的和男的一樣，只收卅元就可以了！」

她見醒亞一聲不響，急急忙忙地朝台階上衝，一副跌跌撞撞失魂落魄的樣子，就得意地哈哈大笑起來。

那笑聲使人毛骨悚然。

地下室的燈還在亮著，裡面仍然傳出縫衣機軋軋的響聲，二房東王太太及她的先生及女兒住地下室，這門有一半露在地面上的地下室，當初是老美房東的車房，現在改裝了租給刻苦的老中二房東來住，所以這間房一直通到上面第一、第二兩層樓。

地下室黴氣比較重，由王家三口住著，第二層有點像閣樓，冬冷而夏熱，房租也便宜，韻亞住在第二層閣樓上，第一層是普通臨街的正式房屋，分成了很多間，住了很多老中。

醒亞按了按門鈴，看來門鈴還可以使用，年輕的二房東王太太聽見門鈴聲後來應門。韻亞搬來的時候，是由醒亞開了車替姊姊把行李搬了過來，雖然因為醒亞第二天還要上班而急急忙忙離去，但是與二房東王家是見過面，打過招呼，交談過的。

王太太開門一看是醒亞來了，那份高興自是不用說的、她如釋重負地噓了一口氣，歡聲說道：「太好了，太好了，妳終於來了！」

王太太領了醒亞，由她們一家三口住的地下室中間穿過去到樓梯口上樓，王先生不良於行，見醒亞走過，停下手中的織衣工作，算是跟醒亞打了招呼。

她們走過走廊，廊的左面牆上掛滿了人造珠寶，醒亞為了和親睦鄰，向王太太買過大大小小無數的人造耳環，手鐲、項鍊等等，質地粗糙，式樣也很俗氣，買過之後，王太太就會對她們姊妹特別表示好感，醒亞希望姊姊韻亞有個滿意的房東，所以從來都覺得那些錢花得十分值得。

王家大概才吃過晚飯，水槽邊有兩盤剩菜，槽裡的髒水泡著髒碗，醒亞的眼光一觸到那些剩菜殘飯，馬上一陣反胃，這才想起來自已從昨天開始到現在，統共只是清晨喝了一杯咖啡，中午吞了一個三明治而已，只覺得前胸貼著後背，虛弱得厲害，但是一點餓的感覺也沒有。

上樓到了韻亞住的閣樓門口，房東太太輕輕地敲了下門。

「余小姐，余小姐，妳妹妹來了，來看妳了呀！」王太太低聲喊道。

裡面沒有動靜。

「沒有聲音，妳確定我姊姊在家嗎？」醒亞疑惑地問王太太。

「應該在的，余小姐回來後就從來沒有再出去過。」王太太很肯定地答道。

兩人又等了一會兒，側耳細聽，裡面仍然沒有任何反應。

「余小姐，是妳妹妹及我，不是別人，我們要用我們的鑰匙開門進來了！」王太太一面輕輕地說，一面取出鑰匙，打開韻亞的房門。

推開門，一股強烈的惡臭向她們撲面而來，醒亞對這種惡臭非常熟悉，因為姊姊韻亞每次發病，就有這種怪味，是混合了很久沒有梳洗的汗臭，以及一種身體裡分泌的化學物質不平衡的使人欲嘔的氣息。

咔嗒一響，王太太把小房內灰灰黃黃、昏昏暗暗的燈光扭開，照著房內又臭又悶又舊又亂的情況。

突然，房內牆角發出嚶嚀一聲，有什麼東西，好像被嚇著了，吃驚地一動。再仔細地看，原來是個有著濕黏油污長髮的女子，捲縮在房間黑暗的角落上，被燈照了之後，發出來的微弱的驚呼。

天氣又悶又熱，狹小的閣樓更是密不通風，但韻亞還是穿了劣質密不通風的長袖尼龍洋裝。房間非常之小，裡面只有一張簡陋的單人床及一個小桌子，床下有一隻很大很舊開著口的箱子，箱有一半塞在床底下，另外一半露在床外，一條尼龍線由床腳牽到牆邊，上面掛了幾件花俏的尼龍長袖洋裝，床上胡亂堆了一大批五顏六色粗俗的衣服，屋角很舊的木桌，上面也堆了一些舊毛巾、收音機等灰灰髒髒破舊的物件。

「姊姊，姊姊，韻亞姊姊，我是妳的妹妹醒亞！」醒亞輕輕地喊，她一張開口，眼睛一熱，淚珠兒忍不住撲簌簌地掉了下來。

「醒亞、醒亞，怕，我怕！」韻亞見來的是醒亞，全身戒備都鬆懈了下來，好像溺水的人遇見了木筏一般地輕輕喊了起來。

從韻亞當初躲在牆角那種完全無助，而大轉變成為完全求救的態度、改變是如此之明顯，由此可見韻亞對妹妹是如何之信任及依賴！而就是韻亞對妹妹這種毫無保留的信任，以及她那種完完全全依賴的喊聲，使醒亞的心疼得絞了起來，不由自主地覺得應該坦挑起照顧姊姊的責任，不知不覺地進而變成姊姊完完全全的監護人，也因為這樣，才覺得姊姊是無辜、無助，而自己呢，只能自嘆自己的時間、金錢以及力量與天命抗衡的時候，是如此的不足，姊姊對她的全盤信賴，使得醒亞覺得有愧、抱歉、而內疚不已。

當初韻亞是得了中山獎學金、以公費留學生身分由臺灣來美國去讀新聞學的，父母、師長、鄰居、親友哪一個不以認識佘家美麗的才女韻亞為榮呢？所以，當醒亞由臺灣大學畢業的時候，也同樣得到姊姊在美國讀書的大學的獎學金的時候，全家的歡樂喜悅，當然是可以預期的！

「呵呵，醒亞，妳也向妳姊姊看齊了！」爸爸佘先生說。

「醒亞，沒有想到妳也可以獲得全額獎學金，妳姊姊每年寄那麼多錢回來，妳去了之後，姊姊要照顧好妳，又要讀書，要她不必寄那麼多錢回家了！」媽媽佘太太也說。

雖然醒亞完全不記得姊姊曾經照顧過自己沒有，但是，她們姊妹倆相差了十一歲之多，可以說生長在不同的世界內，但到了美國，就要相依為命了！

哪知醒亞下飛機時，在甘迺迪機場裡遍尋韻亞不見芳蹤，等她搭了同學去接別人的便車到了宿舍之後，才失望地知道當天韻亞不但沒有去飛機場接她，反而是坐在自己的房內茫茫然地發著呆，對醒亞來說，真是措手不及，又驚又怕，姊姊呆呆地突出來的無助的眼珠，與她記憶中容光煥發的校花時的韻亞姊，怎麼會是同一個人呢？最令醒亞不知所措的是：韻亞第一眼看見醒亞，完全沒有任何反應，過了好一陣子，終於醒悟過來是自已的親妹妹醒亞，突然撲到妹妹懷裡嚎啕大哭起來，醒亞才放下行李，不得不伸出手去摟抱這久違了在異鄉重逢的姊姊，手觸之處，只覺得姊姊瘦得只剩一副骨架子，背胛又單薄又無助，一種要保護姊姊的感覺，油然而生。

這一下，倆姊妹摟在一齊，直哭得肝腸寸斷，後來還是醒亞替姊姊擦眼淚、洗臉、洗澡，帶了姊姊出去吃了一頓美式麥當勞之後，回來自己一面整理行李，一面安慰韻亞，一面倒水給她洗澡，眼睜睜地看著著姊姊躺到床上去，然後才自己找了一些水，胡亂洗了把臉，沖了個涼，然後胡亂在姊姊身邊躺下，如此就開始了不但要照顧自己，還要照顧姊姊的美國生活。

一直到目前為止，醒亞都堅強地自力更生，不想到姊姊則已，一想韻亞，心情就暗淡下來，見到姊姊，更是要傷心掉淚，怎麼一次一次重複，不見改進，只是更壞？車子被別人的車撞了，沒錢修理，不開車了，皮包被人偷了，沒錢買新的，乾脆用塑料袋，信用卡不見了，乾脆只用現金，人家是上一次當，學一次乖，不知何故，韻亞不但沒有學乖的跡象，似乎是愈來愈失魂落魄，什麼時候才是了結呢？

韻亞從小就是一個心地善良，外貌出眾的姑娘，怎麼會變成這個樣子呢？上天對她，何其殘酷啊！

但是，會不會因為要照顧自己，又要照顧姊姊，而使醒亞特別堅強呢？

有這個可能的！醒亞自己默默地這樣想。

「姊姊，韻亞姊姊喲，不要怕，不要害怕，我來啦，我來啦，我來看妳啦！」醒亞一面低聲地說，一面輕輕地，慢慢地向姊姊走過去。

「整整兩天沒有吃東西了！」王太太壓低了聲音說，也別轉頭擦眼淚。

就在這時候，韻亞的臉色突然大變，側過頭很驚覺地在聽什麼。果然，在房內的醒亞與王太太也開始努力地聽，也都聽見了，外面街上門外，突然有很大的停車聲：碰碰兩下關門的聲響，下面有人用英語很大聲地問：

「在那裡？受害者在那裡？」

「在樓上，那位受害的小姐住在閣樓上面，我太太，及余小姐的妹妹已經在那裡了。」只聽見樓下王先生用生硬的英語夾在國語內在答話。

登登登，兩雙巨大的皮鞋登登地上樓，使這整棟陳舊破爛的房屋都要震搖起來。

「不要靠近我，不要靠近我！」韻亞突然淒厲地用美語尖聲喊叫起來。她本來因為妹妹醒亞來了，精神原有略略鬆懈的傾向，現在因為陌生人的出現，整個人又恢復了警戒，重新又退了回去，捲縮在牆角裡面。

兩位緊急事件的工作人員，全都各自有全天候的工作，只有在業餘時間來做些社區義工，不取任何薪金報酬，他們開的是自己的私人汽車，不是真正的救護車，奇怪的是，所有老中一談到紐約市，大部分都是談論它的髒亂無情，從來沒有人提過這樣一個充滿了人情味的組織。

醒亞家住長島，鎮內也都有這種民間組織，那家老太太摔跤，那家的貓兒上樹下不來了之類的事，都可以打電話給他們的。

「聽著，女士，我們是來幫助妳的，要帶妳去醫院治療，千萬不要害怕。」兩位和善的男士中那位看起來比較更和善的說道。
韻亞聽見「醫院」這個名詞，那就像聽見響雷一樣，更是震驚。
「不要，不要，我沒有生病，我不去醫院！」韻亞緊張得大喊起來，整個人縮得更緊。她是平常經過醫院寧願繞道而行的那種人。
「女士，我們是好人，不會傷害妳的！」那個身體比較高大強壯的洋人，也跟著柔聲地勸慰。
現在情形是這樣的：韻亞緊緊地捲縮在牆角，完全沒有要出來的樣子。醒亞已經進入房內，王太太站在門的中間，兩位義務緊急事件隊員站在低矮狹小的走道上，大家僵持著，所有入全部悶在一個密不透風的室內，不一會兒，醒亞及王太太的鼻尖都滲出了汗珠，那兩位高頭大馬身強力壯的洋人，更是渾身上下像是在汗中浸過又提出來一樣，褲腿上竟然有一小滴汗滴在皮鞋的鞋面上。
「女士，看樣子我們是愛莫能助了。」兩位中一位攤開潮溼的手掌、對兩位中國女士說。
「余小姐這樣是不行的，她兩三天內一點食物都沒有下肚，連水都沒有喝過一口，非得進醫院不可了！」王太太很怕他們就此走掉離去，非常慌張地說。
「這位女士沒有傷害自己，更沒有傷害他人的意圖，我們是沒有權力強迫她入院的。」有一位洋人對王太太說。
「這位是余小姐的妹妹！」王太太指著醒亞說。

「是啊，我是她的親妹妹。」醒亞也連忙應承。

「女士，不要說親妹妹，連親父母都沒有強迫成年子女入院的權力。」

「我們希望醫院能夠幫助……。」王太太說。

「女士，聽著，假設我認為妳必需入院，我有這權力嗎？」其中一位大聲地打斷了王太太的話。

「這個……。那是不同的。」王太太吞吞吐吐地、說不出個道理。

「有什麼不同呢？」他大聲地反問。

他們之間的對話聲驚動了第一樓的房客們，第一樓有好幾間房間，每間都往了中國人，現在人人都打開房門，伸出頭來由樓梯口朝上看。

那兩位洋人汗如雨下，在走道裡僵持了一會兒，又很溫柔和善的重複了幾次原先說過的話，後來，實在悶熱得受不了，只得對王太太說：「女士，妳們有我們組織的電話，我們廿四小時內都有人當班，需要我們時，請隨時打電話。」

登、登、登，在眾老中的注視下，兩位洋人又踏著大皮鞋，踩得樓板吱吱作響，走了，開關車門聲，發動汽車引擎聲，最後，可以聽見車子漸行漸遠，沒入紐約入夜的市聲之中。

醒亞將韻亞的衣服，簡單地順了一順，塞進那張開口的箱子內，又坐在箱子上，企圖將箱子張開的口合起來，最後，與王太太兩人合力將箱子塞進床下。

王太太下到一樓的公共廚房內倒了一杯紐的市內清甜的自來水，拿到閣樓，醒亞輕輕地將坐在牆角的韻亞由地上拉到床上坐下，她摟著姊姊說：「姊，天熱，姊，妳喝點水！」

韻亞很順服地咕咚咕咚將滿滿一杯水喝光，想不到這杯水這樣有効，一時間，韻亞的全身滲出汗來，她的頭髮全部變濕黏在臉上，醒亞輕輕地把那些酸餿潮濕的頭髮，用五個手指替姊姊一一抹到腦後，再過一陣子、醒亞仍然可感覺到姊姊身上的衣服也全部濕透，黏在身上。

「洗個澡，沖個涼多好！」醒亞心想。不過，她知道姊姊在這個時候、絕對不敢去洗澡或沖涼，也不肯用濕毛巾擦身，是神經系統受不起水的刺激呢？還是什麼？韻亞從來不肯把不願洗澡的原因告訴妹妹，也許她無能分析原因？總而言之，醒亞也就不再去追究這個沒有答案的問題。

醒亞輕柔地拍著韻亞，只覺得姊姊身上多餘的肥肉，被她拍得軟軟地顫動起來。

噯，姊姊身體又像軟饅頭一般地發鬆發胖起來，說奇怪也真奇怪，韻亞的身體，容易胖也容易瘦，瘦的時候，瘦骨嶙峋，前胸貼著後背，肩胛骨細不盈握，胖的時候一步一顫。愛起乾淨來，一天洗好幾個澡，洗手的時候，自來水開放得嘩嘩地響，無休無止，清洗起房間來，上至天花板，下至地板的各個角落，都要擦抹無數遍，手指用刷子肥皂，刷得發皺發白。不肯洗澡時是滴水不沾，連房門縫露出來一點，都怕有風吹進來。

醒亞見韻亞漸漸放鬆起來，就輕輕地拍著姊姊，然後起身去擰了一條小濕毛巾，輕輕地替韻亞擦汗、韻亞順從地由妹妹擦汗、完全不拒絕，韻亞似乎很滿意妹妹給她帶來的安全感，不但身體漸漸放鬆，眼睛也漸漸閉了起來。

第二章

照說入鮑魚之肆，久而不聞其臭，她們倆姊妹待在這間狹小簡陋、密不通風的房間裡面那麼久了，嗅覺應該不那麼靈敏了，可是醒亞的鼻子裡，還是清清楚楚地聞見姊姊身上散出來的陣陣惡臭呢！

王太太不知何時，已經下樓回到地下室內自己的家去了。

醒亞一手摟著姊姊韻亞，一手輕輕地拍著她的背，突然眼角一下子瞄到自己手腕上的腕錶，不好了，怎麼一下子就是十一點了！

開車回到家，不是又要十二點了嗎？老公棟柱這一關怎麼過呢？明天早上又要上班，六點鐘又要起床，睡眠老是不足，這個日子怎麼過呢？

她愈想愈煩惱，只得對韻亞無可奈何地說：「姊，十一點了呢！等我到了長島的家，就要十二點了，明天還得上班，不走不行了！」

韻亞聽了更是大為吃驚，突然緊緊地抓牢妹妹醒亞的衣袖，結結巴巴地說：「妹妹，妳不是才到嗎？妳才來了一下子，就又要走了嗎？」

醒亞低頭看錶不語，姊姊韻亞說得一點也沒有錯，她才摟了姊姊，拍了半小時不到，就要走了，但是，由妹妹醒亞的觀點來看，她從清晨出得門來，離開家已是十六、七個鐘頭，想想看，十六、七個鐘頭了呀！

姊姊韻亞見妹妹不作聲，只顧盯著手錶沈思，只得慢慢地，依依不捨又很抱歉地對妹妹醒亞說：「醒亞，醒亞妹，我對不起妳，對妳不起，妳家裡還有丈夫、孩子，妳快回家去吧！」

醒亞求之不得，馬上鬆手，韻亞見妹妹真的要走了，終於意識到妹妹是說走就非走不可的，又突然一把拉住妹妹的衣袖，很絕望的說：「怕，醒亞妹妹，我怕，我怕一個人，妳走了之後，我又是一個人，怎麼辦呢？你說，怎麼辦呢？」

「姊，韻亞姊姊，妳不要怕，妳不是一個人，這棟樓裡住了這麼多人，王先生、王太太、王小妹，都住在地下室，一樓也住了那麼多中國人，有什麼好怕的呢？」醒亞一面說，一面狠心地把姊姊緊緊拉著她衣袖的手，輕輕但堅決地拉開，口中卻安慰地說：「姊姊，不要怕，妳好好休息，我明天會再來看你。」

正在這時，一位年輕學生模樣的中國人，好像自開始就站在她們閣樓的門口，一直沒有離開，現在突然開口大聲說道：「余小姐的妹妹，妳姊姊已經有病了，一個人住在這裡是不妥的，不如妳帶她回妳家去吧！」

「是啊！外面天空中有一條大龍，呼呼地的在外面飛來又飛去，一直朝我耳朵裡灌怪聲，灌的都是些恐嚇的聲音，又不許我睡覺！真是太痛苦了！」姊姊韻亞很清晰地接口說道。

又是那條龍，姊姊韻亞老是提到那條龍，醒亞知道不必去追問，等真的追問起來，韻亞又絕口不提了，所以醒亞也無法弄清楚，那條龍是姊姊幻　聽到的呢還是她隨便說的呢？

與往常一樣，醒亞又到了顧不得追究的地步了。

因為那兩位老美的來訪及離去，引得一樓的老中們，全部知道余小姐韻亞的妹妹來了，這棟房子又老又舊，隔音非常之不好。這位開口說話的年輕人以及另外兩位朋友，就站在剛才那兩位老美站的地方，他們也在流汗，其中一人還拿了一本書來當扇子搧，看樣子都是附近皇后大學的中國留學生。

「那，那不行，我家房子太大，嗯，我姊姊，曖，怕大房子，我家住在長島鄉下，不但白天房子裡沒有人，曖，我說我們上班以後家裡就沒有人……我說我們上班以後，四週連鄰居都沒有！」醒亞心虛地解釋著，因為說的結結巴巴，使人聽起來覺得是藉口，醒亞認為雖然好像是藉口，但其中實情的成分是比較多的，因為姊姊搬進她家去住，曾經引起不知道多少大大小小的矛盾，弄得醒亞的整個家庭都快支離破碎了。

何必如此之愧疚呢？她心裡慌慌張張地想，但雙腳卻堅定地踏著老舊的樓梯，一步一步地向下走。

下樓的時候，王先生還在紡織機前，他坐在椅子上，看見醒亞走過他身邊，也停下了手中的工作，對醒亞很誠懇地說：「余小姐，你姊姊好像有點不正常，我們這個地區治安不好，大家都是知道的，一個婦女人家，怎麼可以半夜出去呢？她這樣做，出了事，不是對不起大家嗎？」

站在他身後的王太太也接著說：「余小姐也透著奇怪，跟我們這棟房裡的人都不肯往來，反而交些洋人男朋友，近來又有一個洋糟老頭送她回來，他要喜歡洋人的話，何必不去跟洋人住，當然，最好是搬到妳家去住，不是就好了嗎？」

醒亞停下腳步，臉上保持著禮貌的笑容，一面聽他們夫妻說話，一面低了頭在皮包裡尋找汽車鑰匙去開車，心裡面卻想：「姊姊韻亞住的那間房間，大概只有四個榻榻米大吧，天氣這麼熱，一味悶在屋裡，怎麼受得住呢？」

話又得說回來，當初醒亞幫姊姊搬家的時候，就曾提過房間太小不夠不透氣，只是姊姊韻亞不肯，反而說：「我恨大房間，我恨空氣流通的房間，空氣一流通，就在我皮膚上吹著冷風，我受不了冷風。」

真正使醒亞吃驚的是，當她不經心地抬起頭來時，發現樓梯上站著的年輕中國男女學生們、樓下的王先生以及王太太，人人都在用一種責備及不滿的眼光來看她，她心裡其實知道大家怎麼想，因為他們臉上都明明白白寫著：「妳的姊姊，妳不帶她回家去照顧，反而將她一人丟在這裡！」

醒亞恨不得大聲地告訴眾人：「長期……長期……。」所以她只能閉著嘴，逃一般地回到自己停在路邊的車上。

上了車，醒亞一面心不在焉地開著車，一面慌亂地想，不知道到家之後，丈夫棟柱會氣什麼樣子？自己會面對著怎麼樣一個場面呢？

算了，不管他怎麼氣，我都豁出去了！她一面加足馬力向長島方向急駛，一面將頭抬了抬，表示自己那不顧一切的決心。

突然，呼地一下，她與一輛汽車擦身而過，天色已黑，長島公路的交通也不如白天擁擠，過了好一陣子，那輛車似乎也突然增加了速度，一直跟在她身邊，醒亞定了一定神，朝那輛汽車望去，她驚愕地發現那輛車的駕駛盛怒的眼睛正盯著她，手指也狂怒的指著她，還豎起了中指，而且，那人的嘴，正在生氣的張合著。

又過了好一陣子，醒亞方才醒悟過來，那人是在罵她呢！

「咦？罵我嗎？我做了什麼錯事？我闖紅燈了嗎？」

當然不是闖紅燈，因為長島高速公路上沒有路燈，很可能前段路上她的車幾乎要撞到那人的車，不然他為什麼那麼氣急敗壞呢？算了，也顧不了那麼多了！

終於，醒亞把汽車停好，走出汽車，站在自己家的門外，只見客廳裡僅有一盞半夜照明用的昏暗的小燈開著，整個客廳昏昏暗暗，無聲無息，推了推大門，打不開，一定是由裡面上了鎖。

他們住在長島北岸，居民們經濟環境都還不錯，所以平常每家門戶都不算緊嚴，很少上鎖，今天他們家的門由裡面鎖起來，不用猜就知道是棟柱故意鎖的。

醒亞的手提袋中並沒有開大門的鑰匙，開大門的鑰匙掛在車房的牆上，開車房的電動開關在汽車內，她只得先返回汽車，打開車門由車內取出車房門的開關，再由車房中取了大門的鑰匙，走出車房外面，關好車房門，然後再繞道到前面去開大門，因為她在車房的牆上只找到了開大門的鑰匙，而沒有找到由車房到家中鑰匙。

沒有想到在黑暗中用鑰匙開關車房門咔咔的聲音，比她想像的要大多了，打開了大門之後，醒亞躡手躡腳地走了進去，發現黑暗的客廳裡有一個人坐在沙發上，原來是棟柱對著黑黑的電視機螢幕呆呆地枯坐著，是生她的悶氣嗎？當然是的，她的丈夫棟柱是正在生醒亞的悶氣。

棟柱顯然也聽見她回來的聲音，一聲不響地由沙發上站了起來，走到臥室裡去將枕頭毯子都一股腦兒抱進書房裡去。

醒亞也不甘示弱地由走道目不斜視地逕自走入浴室，一面打開了水龍頭沖澡，一面側耳細聽，注意棟柱的舉止。

只見他高高的身影，抱了大包小包的棉被毛巾由臥室出來，走過走道，進入書房，她特地由浴室中伸出頭來，故意抬眼朝他看去，只見棟柱眼鏡鏡片後面的眼睛發出不滿的光芒，嘴也閉得緊緊的，嘴角掛出兩道溝紋。

為了加強表示他生氣的程度，棟柱進入書房之後，特地將書房的門關得碰的一聲巨響，表示抗議。

最後，「叭」地一響，好像是神經綳斷了的聲音，原來是棟柱將書房的燈關了。

「唉！竟然氣成這樣，倒像我在外面會不相干男朋友似的！」醒亞無聲地嘀咕著，可是內心深處更覺得過意不去。

「若是去會男朋友，可能反而容易辦了，只需一刀兩斷，就可以免得棟柱生氣了，可惜韻亞並不是不相干男朋友，而是我的親姊姊，姊姊與男朋友是不同的，我們血管裡流著同樣的血，同父同母的血，男女朋友的關係是可以斷掉，而血緣姊妹的關係是斷不掉的呀！」醒亞很歉疚地想。

「看妳的大哥及小妹，他們不是早就將兄弟姊妹之情一筆勾銷了嗎？怎麼他們能做到，你余醒亞就做不到呢？」彷彿棟柱憤怒的聲音，又在耳邊吼了！

醒亞匆匆梳洗之後，輕輕地走到勇勇房內。勇勇睡得十分安詳，做母親的醒亞，不看則已，一看之下，不由得大吃一驚，棉被下面勇勇的身子，什麼時候變得這麼長了？真是變成一個大孩子了，一張床，倒被他的身長佔去了那麼多！

「真不知我每天忙些什麼？怎麼勇勇長得這麼大了，我竟然沒有注意到！」醒亞心中十分感慨。

勇勇這孩子太乖了，太乖的孩子總會給人一種早熟的錯覺。醒亞這個做母親的心裡，一下子湧進了無限的憐惜。

「愛與憐是連在一起的！」醒亞想。忍不住低下頭去，輕輕地吻著兒子的額頭，勇勇睜開眼睛，看見媽媽的臉，伸出雙手摟住媽媽的脖子，半醒半睡開口說道：「媽媽回來了，我看爸爸今天肚子不太餓，不肯吃東西，就特地講了一個笑話給爸爸聽，我看爸爸沒有笑，就趕快把我的成績單拿給爸爸看。」

「爸爸看了嗎？」媽媽問，心裡非常感謝兒子。
「爸爸看了成績單，摸了我的頭。」
「爸爸說什麼呢？」媽媽追問。
「爸爸嘆了一口氣，說是很好。」勇勇非常高興地笑了起來。
「嗯，你的成績單都是很好的，怎麼今天媽媽回家時候沒有給媽媽看呢？」醒亞很慈愛地問勇勇。
「我把我的成績單貼在冰箱的門上，媽媽回來就忙著做菜，開關冰箱的門好幾次，都沒有看見！」勇勇說。
「有這樣的事！」醒亞聽兒子這麼說，心裡一酸，眼淚就忍不住一下子湧入眼睛框之中。那時她正一心一意要趕在棟柱回家之前將菜做好，然後搶著在他到家之前能夠出門，以免有正面的衝突，哪裡會注意到冰箱上貼的什麼成績單呢！
醒亞將臉轉過一邊，因為她不希望做母親的眼淚，滴到乖兒子勇勇的臉上。
憑心而論，怎麼能怪棟柱不高興呢？醒亞離開勇勇房間，躺到自己床上之後，心裡還在起伏不定地胡思亂想，自己的姊姊韻亞與丈夫棟柱本來是沒有任何血緣關係的，他只不過是娶了余韻亞的妹妹醒亞而已。
想到這裡，醒亞憶起她與棟柱最初認識的時候，棟柱曾經告訴過醒亞：「我堂哥聽說妳的名字叫余醒亞，就一再追問你是不是本校校花余韻亞的妹妹？還一再追問，你長得有沒有余韻亞漂亮呢！」

「那你怎麼對你堂哥說的？」醒亞記得她曾經問過棟柱。

「我告訴我的堂哥，說你們兩人不像的！」記得棟柱曾經如此回答。

怎麼說呢？其實他們倆姊妹的長相是很相像的，只不過她倆人的神情舉止不同，不認識會認識的人看了，都覺得他們不像罷了。

兩人都有細細長長的眉毛，黑黑長長的眼睫毛，圓圓水水的眼睛，雖然鼻樑都略略有點扁平，但卻完全不影響她們的美麗，嘴唇中等大小，線條分明，醒亞的嘴常常堅毅而有力的抿著，眼睛又因為近視而戴了眼鏡，韻亞其實也是近視，一則因為度數比較淺，二則她從不能靜下心來看書，她既不愛也不願戴眼鏡，又常常模仿明星之流等人家拍照似的夾著眼睫毛，嘴唇也愛嬌似地一逕溫溫地心不在焉地笑著。

妹妹醒亞給人的印象是乾淨、清爽、聰明、伶俐，而姊姊韻亞給人的印象是美麗、多情、愛嬌、嫵媚。

說到倆姊妹的神情，醒亞有個祕密，那就是有一次醒亞脫下眼鏡來照鏡子時，有意無意的學著韻亞一樣那樣的眏者眼睫毛，嘴角也愛嬌地溫溫地笑著，呀！就跟韻亞的表情完全一樣，活脫脫一個模子裡印出來的！真正嚇了醒亞一跳，白從這次以後，醒亞更是有意無意格外堅毅有力地抿著嘴，到了後來，嘴角竟然隱隱約約有兩條看不見而明明就在那兒的溝紋。

醒亞認識棟柱的時候，姊姊韻亞已經發過一、兩次輕微的病狀，不過那時病情尚輕，發病期也是極為短暫，雖然不發病時行為舉止與別人已經不太一樣，年輕時候的姊姊韻亞，人長得甜美，表情又特別無邪，人見人愛，當今世上的人見了美人兒，有誰再會以平常心、平常情來看待她們呢？人人認定美人兒與容貌平庸的人本來就應該有點不同的，不然，國色天香怎能變成仙女呢？

大姊韻亞在考大學聯考之前發過一次病，那時只不過無緣無故地哭哭啼啼了一兩天而已，後來大學四年級時，為了一個假想的男朋友，又發過一次病，父母親對她特別憐惜，而父母的態度，影響到後來，全家平常都事事都比較遷就大姊韻亞，外人只知道余韻亞小姐一直是「品學兼優」的模範學生，又是「秀外慧中」的大小姐，沒有一個人知道他每次發病的時候，父母都是全力以赴，以致全家都深受其苦的。

小妹智亞就經常埋怨，她說：「我們有什麼童年，什麼歡樂的童年？大姊一發病，出走失蹤，全家分頭去找，父親母親的心裡，哪裡還有我們呢！」

奇怪的是，對家中這種情況，醒亞不但不怨恨，反而是與父母一樣的著急，或者也忙著去尋找大姊韻亞，或者聽了父母的指示，在家中燒飯照顧小妹智亞。

好在大姊初期發病的時間不過只是一兩天，哭一哭，吵一吵，就過去了，而且中間不發病的時間那麼長，長得可以忘記韻亞曾經發過病的。

大姊韻亞的病，雖然一直都是時好時壞，但有一個可怕而不得不承認的事實，很明顯地擺在面前，那就是：她的病情是在走下坡路，發病的次數逐年頻繁，每次發病的病期，也是一次比一次需要更長的時間才能平復，不發病的日子，也越來越短，也就是說，以前是好幾年才發一次，每次一兩天就過去了，現在呢，是每半年就發一次，發過之後很久還不能恢復正常。

而且，只要仔細留心，就會發現她溫溫的笑容，愈來愈詭異，她格格發笑的聲音，越來越不能控制，正像小妹智亞很直率的說過：「二姊，我看你放棄算了，大姊擺明瞭是不中用的啦！照顧她是白費力氣了啦！」

「這是什麼話！小妹，虧你還是個醫生呢，竟然說出這樣的話來！醫生的責任不是要病人舒服些嗎？也就是說明明已經染上了絕症，還要想辦法減少病人的痛苦呢！」醒亞憤憤地說，怒得連氣都換不過來了。

「就是因為我是醫師，見的病例太多了，像大姊這樣不合作的病人，不但自己不行了，還要把我們全家所有的人都拖下水啦！」

「做醫師的不是應該悲天憫人，要拯救病人的嗎?!」醒亞氣得連說話都結結巴巴的：「你這做醫師的，當然比我們更明白，現在科學證實，生精神病的，很多都是些先天遺傳不幸的人，或者生出來精神就比較脆弱的人，總而言之，都是些命苦的人就是了！」

「二姊，大姊不肯吃藥，病情不能控制，當然……。」

「小妹，大姊說反正吃了藥又不能治病，只是使人頭腦清醒，感覺到痛苦而已！」

「不吃藥，不合作，沒有救了！」

「妳這大醫師要怎麼辦？大姊的病又不是傳染病，擺明瞭那些藥物對她不合適。」提到韻亞不肯吃藥打針，醒亞的心如刀割，在她來看，自己是世界上唯一瞭解大姊為什麼不肯吃那些精神病人吃的藥物的人了。

頭痛的病人，吃了止痛藥頭痛會消失或減輕，別人當然乖乖地吃阿司匹林。因為胃酸過多而胃痛的人，吞下兩粒中和藥之後，胃就安靜了，患者自然樂於把藥品送進口中。

只有精神病患者似乎完全不是同一回事，有一陣子，深愛醒亞的韻亞實在是因為醒亞的軟求硬逼，明明是為了二妹醒亞才吃的藥，才吃了不幾天，二妹醒亞眼睜睜地看著大姊變了一個人，本來溫溫地心不在焉地笑著的表情，變得癡呆痛苦啦！細細的血絲，布滿在裂破的嘴唇上。

姊姊不可能假裝的，何況，這哪是假裝得來的呢！多年以來，二妹醒亞自己覺得十分瞭解大姊余韻亞，所以不但愈來愈覺得韻亞的想法有什麼不合邏輯，反而覺得大姊自有她自己的道理。

「妳看，大哥連理都懶得理會，這才是正確的態度！」小妹智亞指出來。

「什麼，什麼？」醒亞怒急攻心地大喊。

「二姊，不是我狠心，大姊的病是病不死的，我有一個辦法，是由她自己去自生自滅，到了後來，因為病人頭腦愈加不清楚，就漸漸不能照顧自己，那時候，再被汽車撞死，或自己餓死，甚至會傳染梅毒，愛滋病等等……。」小妹說得頭頭是道。

「什麼，什麼？妳愈說愈不像話了！」醒亞聽了妹妹智亞講的話，氣得雙手都發起抖來。

「二姊，那些在地下鐵、車站、街頭流浪的男女流浪漢們，大部分都是精神病的患者，不然的話，在美國這種國家，有救濟金、有免費吃飯的公共食堂、有免費住宿的收留所……。」

「喂，小妹，大姊只是病了，哪個對她好，哪個對她不好，她還是很清楚的！」醒亞很生氣地喊道。

「大姊的病如果不好好治療，她的病情只有一天比一天壞，不要說她頭腦不清楚，就是清楚了又怎麼樣？沒有正當職業，連救濟金都不懂得去申請，靠什麼活下去呢？什麼時候才能報答妳呢？你老是跟她在一起，能得到些什麼呢？我也警告過爸爸媽媽，尤其是媽媽，千萬不能再用婦人之仁來對付大姊，再不深明大義的話，休怪我無情，將來我連自已的父母都不願意管了。」小妹智亞斬釘截鐵的說。

「這個……怎麼可以這樣？你開業購置診所的錢都是父母出的！……而且，大姊的錢也存在你那裡！」急忙中，醒亞氣急敗壞、匆匆忙忙地找到了一個理由。

「笑話，大姊的那幾文小錢，我替她保管還要替她納稅，再說，我開診所，才不一定要用父母的錢，銀行都敞開大門要我去借錢，歡迎都來不及呢！我若為了父母借給我的幾個小錢才答應照顧父母的話，也未免太小看人了吧！」小妹智亞說的是實情，就是因為是實情，才使醒亞心裡格外不舒服和不痛快。

「醒亞二姊，我告訴妳。」智亞看出二姊氣急敗壞的樣子，知道二姊理虧，更是得理不饒人地繼續說下去：「我們從小就受大姊的拖累，父母為了花錢給大姊治病，使我們這身為弟妹的都沒有好吃好穿，幾乎營養不足，他們又為了全力照顧大姊，讓我們幾個小的自生自滅！我勸妳千萬不要再為大姊再作任何沒有効果的付出，千萬不要再執迷不悟了。」

智亞不是光說而已，立刻付諸行動，馬上就寄了一封掛號信給二姊醒亞，醒亞拆開信封，裡面除了一張由父母作主為大姊存在小妹那兒的三萬七千元美金的支票之外，沒有隻字片語。

醒亞將支票一部分儲存起來，另一部分購買了債卷，在她看來，覺得自己這樣做，就是承認了要負起照顧大姊的責任。

後來，倒是年事已高的老父老母，對美國情形也不夠清楚，特地打來電話給老二醒亞，又陸陸續續來了幾封信給她。

「這些錢原是韻亞大姊的，當初妳替我們辦手續來美國的時候，她前前後後寄給我們的，我們哪裡捨得用她的錢呢？所以想法把本錢加上一些利息，仍替她存了起來。」老人家說。

「醒亞我兒，現在只有求妳照顧大姊了，我與你父親永遠感謝妳！」後來母親又當面對著二姊哭泣地請求。

「其實，咱們憑心而論，小妹是醫生，她的話有部分是對的，你這作妹妹的，能管就管，不能管就只好放手，我與妳母親都不會怪你，尤其是妳自己，千萬不要怪罪自己。」父親唏噓長嘆，老淚縱橫。

由紐約市看過韻亞回來的當晚，醒亞獨自睡在雙人大床上，累得渾身發虛，翻來覆去，越累越睡不著覺，新愁舊事一件件一樁樁在他心裡湧現，她又側耳想聽棟柱的動靜，可惜書房在走道的那頭，聽不出所以然來，心中充滿了要再去看看兒子勇勇的衝動，但又怕吵醒了正在熟睡的勇勇。

經過一夜翻來覆去的折騰，第二天，醒亞在辦公室裡灌進兩杯濃咖啡之後，仍然照常工作，中午也沒有好好坐下來吃飯或休息，但出乎意料之外的，到了下午四點鐘左右，居然能將工作告了一個段落。

辦公室裡第一個工作計畫已經完成，第二、第三個計畫正在等候上面的批准，所以尚未完全開始動工。美國這個時段內做電腦程序的工程師奇缺，致到處都在挖角，醒亞工作以來的十幾年內，已經跳槽換了兩三家公司，不要說在公司與公司之間工作沒有喘息的空檔，就是平常每分每秒，也從來沒有聽說過什麼叫做清閒的。

醒亞踏出自己的辦公室，舉目四望，凡事目力所及之處，人人都在心無旁騖地忙碌著，有打電話的、有看報表的、有盯著終端機打字的，每人都在努力地工作。

再仔細看就看出一些其他的情形，例如打卡室的女組長迪，就正坐在副經理恩理的辦公室內說話。副經理恩理正在與他現任的太太在辦理正式離婚手續，而且一切都過了明路，迪與他兩人根本不必隱瞞任何人，全公司上下都知道這位女組長迪每到週末就與恩理出去上山滑冰下海游水，旅館也住同一房間，而且常常是與公司其他人眾一起去的，平常也早已雙宿雙飛，從來也不避人耳目，其實也沒有什麼可避的。像恩理的情況，贍養費是少不了的，好在恩理薪水多，當然拿出，三個孩子的監護權雖然爭取不到，但恩理與迪，一定也不喜歡有孩子來打擾他們的兩人世界，所以這種過了明路的離婚，向來都是快刀斬亂麻，十二分爽快的，倆人正專等恩理與現任太太正式離婚，他與迪就要馬上結婚，迪連新娘妝都辦製好了，只等前任的離婚證書而已。

此時恩理笑咪咪地坐在椅子上，迪也容光煥發地坐在對面，兩人竊竊私語，隔了玻璃窗聽不見他們說什麼，不過看表情就知道，他們是情切切意綿綿，只見新人笑，不見舊人哭。

想到舊人哭，醒亞就不由得不想到打電話向他哭訴的富美，不知紹平目前怎麼樣了？富美昨天還哭，今天當然不會馬上收起眼淚，醒亞想到這裡，也只有感嘆的份兒，人人都說美國男女平等，在這個骨節眼兒，恩理的現任太太在家裡拉拔三個孩子，大的都進大學了，夫婦兩人也都走進中年，恩理的事業有成，經濟也小有基礎，所以有人橫刀奪愛，有一個比她年輕那麼多也沒有過孩子的迪來陪他遊山玩水。

仔細分析起來，美國現行的離婚制度，似乎比起中國以前男人娶小老婆、細姨，似乎文明得多，第一是離婚的女人還可以擁有子女的監護權，第二是由法院可以判決拿到瞻養費及子女教育費，比起那種沒有保障、又必須忍受在同一個屋簷下同時有一個以上的女人的情形，是比較好得多的。

醒亞一面想，一面自己微微的笑了起來，覺得自己太胡思亂想了，恩理要離婚，紹平要離婚，關我什麼事？等棟柱有什麼外遇啦，女朋友啦等等風吹草動，我再花這份腦筋去想它還不遲。

不過呢，棟柱雖然脾氣不好，又喜歡冷嘲熱諷，心地卻是極好的，在很多方面，處處都顯出他溫柔細膩，非常之體貼多情的。

「他那種語不驚人死不休的脾氣，那種一針見血，透徹明瞭的分析及諷刺，實際上是因為他能明察秋毫，聰明過人的緣故吧！」醒亞心平氣和地想，若不是他常常分析以及諷刺的對象就是妻子醒亞的話，她一定更能心平氣和一點，若醒亞能進一步用第三者旁觀的立場來看他的話，不但不會生氣，可能反而對他十分佩服呢！

幸好，醒亞又想，在美國的中國女人比較少，棟柱要與外國女人搞外遇的勾當似乎尚有文化隔閡，記得他們有位好友的親戚，曾經揚言送過鑽戒給白種女人，要他們用中國國語叫春，但這種由台灣來的觀光客為數不多，影響不大，棟柱也不是什麼天生的風流人物，看來是很可以放心了。

此時辦公室內看起來風平浪靜，醒亞就返身轉進入辦公室去，左手中提了公事包，左肩上掛著手提包，右手手指上拎著汽車鑰匙，微笑著向自已的女秘書芭芭拉說了一聲「明兒見！」。挺了挺因工作勞累壓彎了的背脊，昂首闊步向停車場走去，心裡還是很緊張，深怕公司內的什麼大人物正好出巡，恰巧遇見正在下班的她。

多麼可笑又復可悲！公司的明訂她的工作時間是由清晨七時到下午四時，下午四點鐘其實是公定她下班的時刻呀！照道理她明明就是該這個時間下班，而且應該天天這個時間下班的，今天破天荒地偶爾一次四點整走出辦公室，怎麼反而好像做了什麼對不起公司的事情似的呢？

想到這裡，醒亞心裡不由得有點沮喪，忙由皮包裡取出開車用的遮陽墨鏡戴在臉上，墨鏡減少了很多刺眼的光亮，也使醒亞心裡的負荷減少了一些，她立刻理直氣壯地抬了抬頭。

在美國商業公司工作除了一些事務員或文案員外，像醒亞她們就很少能夠按規定時間上下班，都是早出晚歸，上下班很少用得到墨鏡，墨鏡是中午由公司出來吃午餐時用的。

醒亞手扶駕駛盤，迎著夕陽朝回家的方向駛去，想到昨夜棟柱賭氣睡在書房裡，心裡十分愧疚，反正時間還早，就決定先開車到皇后區的中國城去一下，到中國城去，一則可以去看看姊姊韻亞，二則可以帶點好吃的中國菜回家，給勇勇打個牙祭，也變相給棟柱道個歉。

第三章

好不容易今天竟然按照當初簽約時的規定，下午四點就下班了！余醒亞主意既定，再不遲疑，她決定先去買菜，這才發現紐約市皇后區法拉盛又多添了好幾家價廉物美的中國超級市場，她最愛光顧的那家超級市場居然又添加了免費停車的服務，可惜醒亞覺得自己時間不多，只能蜻蜓點水般的走了一圈，胡亂抓了一些菜蔬雜貨，臨走前向菜場的工作人員討了一小包冰塊放入購物籃中，再匆匆把籃裡的東西堆進早上上班之前預先放好的冷凍食物箱中，再將冷凍箱放入汽車的後廂之內。

出了超市的停車場，發現這裡又添加了好幾家華麗的中國餐館，醒亞到一家廣式海鮮大飯店，買了兩個昂貴海鮮外賣，放在印著飯店招牌的講究塑膠袋內，帶到姊姊韻亞的住處，醒亞按了門鈴，王太太立刻來開門，見是醒亞，再見她手中提了名牌飯店的塑料袋，喜得一疊連聲嚷道：「余小姐的妹妹，妳帶了好吃的東西來了？太好啦，妳姊姊從那天起就沒有踏出房門一步，不但沒有吃東西，也沒有上廁所，敲門也不肯應門，我們都很擔心，萬一發生了什麼事，如何是好？」

一直坐在縫紉機器前面操作的王先生，更是高興地一再重複地說：「好啦，余小姐的妹妹來了就好了，余小姐的妹妹來了就好了！」

王太太帶了醒亞，一同到姊姊韻亞的房門外面，輕輕地敲門，又輕輕地喊道：「余小姐，余小姐，妳的妹妹又來了，這回帶了好吃的東西來啦！」

她們兩人站在大姊韻亞的房外，側耳細聽裡面的動靜，聽不出房內沒有任何反應。

醒亞看了一下走道，發現姊姊門外走道上有一張破桌子，也就是原來在她房間內的那張唯一的舊桌子，被韻亞丟了出來，桌子上面堆了一些骯髒的舊毛巾、舊衣服，還有兩雙不知是由哪裡來的男用大舊皮鞋，也一並丟在那裡。

姊姊犯病的時候，就會把自己房內的東西，以及不知哪裡來的舊東西，由房內丟出來，如果你認真問她為什麼要丟，這些東西從哪裡來的，是問不出所以然來的。

余醒亞與王太太站在姊姊余韻亞的房門外等了好一陣子，醒亞知道姊姊不會來應門了，就對著房門大聲地說：「大姊，我把吃的東西放在妳的門外，妳想吃就拿進去，我明天再來看妳。」醒亞由手中的皮包內取出一張預先折疊得整整齊齊的報紙，大大的攤在地上。

醒亞將兩包四四方方中國餐館外賣的餐盒，連同一雙包的很完整的筷子以及兩三張餐巾紙放在門外攤著的報紙上面，也顧不得王太太驚愕的眼光，逕自將汽車向長島自己家的方向開去。

次日下班之後，妹妹醒亞又來了，在王太太的注視下，她不動聲色地將昨天留下的滿滿的兩盒食品丟入一個帶來的塑膠拉圾袋內，昨天帶來的那兩盒海鮮，在這樣的熱天，早已發出強烈的餿味，引得一群蒼蠅也嗡嗡地在亂飛。

她用帶來的來沙爾噴射瓶，在空中噴了一下蒼蠅，然後用報紙將骯髒的地板擦了一遍，今天韻亞又內房內丟出來另一批東西，是幾雙不知哪裡來的男人的襪子，另外還有一枚與醒亞戴的一色一樣的腕錶，是前年醒亞買來送給大姊韻亞的生日禮物，一人一支，本是大姊最心愛的手錶，現在不知她為什麼把自己天天帶在腕上的的手錶也丟了出來，醒亞只得將姊姊的手錶撿起來戴在自己的手腕上。

話說醒亞戴著兩枚一色一樣的手錶，將那丟在姊姊房門外面的幾件舊衣服以及男用舊襪子，都一併裝進那有備而帶來的大的塑料垃圾袋內，再將那裝滿舊物的塑料垃圾袋也一並拖到樓下垃圾箱內。

王太太見醒亞一直忙碌著清理姊姊丟出來的破舊物件，看她那熟門熟路的樣子，知道她是做慣了的，何況韻亞一人住在頂上的閣樓，與其他的房客並不來往，當然不怎麼影響到其他房客，也就把懸著的一顆二房東的心放了下來，再過了不久，二房東王太太就無聲無息地回到樓下自己家住的地下室去了。

一切弄得差不多了，醒亞又取出帶來的來沙爾噴瓶，將門外及走道上的空氣整個噴了一遍，又取出帶來的紙巾，將噴過的來沙爾瓶擦乾淨之後，又攤開另一份帶來的新的報紙，再將新買來的兩盒食品又放在門外，她大聲喊道：「姊，我留了吃的東西在妳門外，我明天再來！」

一連數天，醒亞都去檢查一下姊姊韻亞門外前一天留下來的兩包食品，有一兩次，發現裡面的食品已經被吃掉了一部分，有的外面的盒子，已經不翼而飛了，她每天忠實地將舊報紙舊食物丟掉，換一份新報紙，兩盒新食物。

再過幾天，王太太過來對她埋怨：「余小姐的妹妹，妳最好將妳姊姊接過去，她最好搬走，你姊姊白天整天不休息，連晚上整夜也不睡覺，一直在房內走來走去，她在樓上踱度方步，繞圈子，踩得地板吱吱作響，我們住在樓下的人可受不了啊！」

對於這樣的埋怨，醒亞除了由皮包中取出兩一張一百元美金交到王太太手裡，很討好地回答：「王太太，我現在天天在看中文報紙，一找到合適的房子就搬！」其實，大家都心知肚明，像姊姊韻亞目前這樣，有時無故躲在自己房間裡面，一點聲音都沒有，寂靜的讓人毛骨悚然，有時卻無緣無故，在房內走來走去，自己發出哈哈大笑之聲，連門外都聽都聽得見，誰家房東敢收她做房客呢？

過了幾天，王太太臉色突然好轉，見了醒亞一逕笑眯眯的，不再埋怨，醒亞知道姊姊韻亞有時出奇的大方，一擲數千美金而面不改色，所以也不去拆穿她，自己還是每天放兩包食物在姊姊門外，匆匆離去。

有什麼辦法呢？只好過一天是一天嘛！

再過兩天，美金賄賂影響的效果失去，王太太又埋怨了：「余小姐現在整天霸住大家公用的廁所浴室，每天從早到晚不是洗澡就是洗手……有人在廁所內，她就在外面徘徊不去……余小姐不搬走是不行了！」

韻亞大概又用了一次銀彈攻勢，雖然醒亞不知道是多少錢，但明明確確知道這一次只使二房東王家夫婦及他的房客面色好轉了一兩天而已，醒亞抱著拖一天是一天的態度，除了裝作不知，另外還有什麼更好的辦法呢？

「找到房子了嗎？余小姐再不自動搬出去，我們大家就要動手將她的行李丟出去了，我們是說到做到的！」妹妹醒亞由王太太的電話中，感覺到後者充滿了威脅的意思，醒亞被王太太催得心煩，只得敷衍地說：「正在努力地替姊姊找房子，一時那能那麼快啊！」

「妳這麼找，買都買到了！」王太太非常著急。

「買？……」醒亞回答，突然想到姊姊還有一些錢存在自己的銀行賬戶裡面，何不拿出來用之買一個公寓呢？買了以後就不必租房了，雖然會花一些錢，但若能在自己住的鎮上買一個姊姊可以安身住的地方，不是更好嗎？

這個念頭一起，醒亞把所有買公寓可能的好處都想到了，第一，每天下班之前先看看姊姊再回家煮飯，若住在同一鎮，不是可以節省很多時間、汽油以及汽車的折舊，豈不是更好嗎？第二，醒亞他們住在長島的北岸，屬於高級住宅區，這裡社區互助的組織非常嚴密，有義務的民間組織免費供給汽車交通工具，讓有病的居民就醫，雖然北岸的房價比較高，很不容易找到一個比較公道的住所，那個時代，長島北岸一般的房價要比紐約皇后區的房價高到三倍以上。

醒亞想到要想法子將姊姊搬到長島北岸之後，心情就立刻變得好了起來，這天，說也奇怪，倆姊妹似乎有默契似的，妹妹醒亞手中拿了一份上面有房地地產買賣出售消息的長島報紙，興致衝衝地開車拿到姊姊處，姊姊很高興地過來開門，身上穿了一件大紅全新的長袖洋裝。

話說姊姊韻亞雅站在自己的房門口，咯咯地笑著來給妹妹醒亞開門，醒亞站在門外，一眼就發現姊姊狹小的房內有好幾件引人注目的新物件：其中之一是在原來放丟出去舊桌子的地方，有了一架美國人最愛的古董式老祖父的立地大檯鐘，又富麗又堂皇，擦得閃閃發光，裡面的鐘擺，正在很有規律地擺動著，這種立地大檯鐘一般都是極貴的，非美金千元以上莫辦的，另外一架五十二吋大螢幕的電視，電視、立地檯鐘與床鋪將房間內的空間全部佔滿，房內已經沒有任何可以站人的空間，電視上面還有一架最新式的錄影機，所以現在韻亞狹小的房間倒像一個貨艙，只有一個小空隙讓人擠過去爬到床上去睡覺。

房間和床鋪都是又破又舊，但是老祖父的立鐘、電視及錄音機都是全新發亮的，與這房間完全不相稱，十分不倫不類，對於姊姊韻亞這種出人意外的購買行為，二妹醒亞已經習慣，早就不像以前那樣生氣，更不再責怪，反而見怪不怪，只是輕輕地說了一聲：「唔，姊姊去逛街啦？買了不少東西啊！」

韻亞聽見妹妹的話，立刻格格地笑了一陣子，等笑得差不多了，再喘了一口氣，然後才開始說：「醒亞，妳來的正好正好，咱們一同去餐館吃飯吧！」

新買來的電視擋在門口，妹妹醒亞一眼就看見有一本銀行存摺胡亂地敞開擱在新電視上，她隨便伸手拿過來打開一看，五天之內，姊姊去用掉了六千美元，存摺裡已經只剩美金五元了。

韻亞又格格地笑了一陣，又等笑聲停頓了很久，又喘了一陣氣，才又說道：「醒亞，妳來得正好，妳看，我的錢全用光了，人家說財去人安樂，真是一點也不錯，我的錢財才花光，心裡正在安樂，妳就來了，我正在等你一同去吃頓大餐呢！」

韻亞興高采烈地在前面走，醒亞默默地跟在後面，韻亞一面走，一面挑選餐館，先看門外的裝潢，再看餐館的名稱雅緻不雅緻，又挑了半天貼在玻璃上的菜單，終於領著妹妹醒亞進了一家裝飾得富麗堂皇，窗上沒有貼菜單，看起來十分昂貴的餐館。

韻亞一面發出不能控制的咯咯笑聲，一面翻著菜單，等笑得告了一個斷落，才帶著笑容地對著侍者說：「我們不必點菜，點菜太麻煩了，你們推薦罷！」

侍者用眼睛看著妹妹醒亞，最後說道：「我們有兩個人和菜，四人和菜……。」

韻亞說：「哈哈，哈哈，除了和菜還有什麼？」

「有四人大餐，六人……。」

韻亞不等他報完，就揮揮手，說道：「我們來一份五人份的大餐吧！」醒亞見姊姊揮手的時候，她的十個指甲鮮紅靚麗，當然不是自己塗的，因為韻亞不可能自己做得那麼精緻，肯定是美容院的傑作了。

那位侍者試著用眼睛來先看韻亞，然後再看妹妹醒亞，見後者不置可否，好像是默認了，才大聲喊著說：「來一份五人大餐！」喊完又用眼睛來看醒亞。

韻亞見侍者不放心地喊完，站在原地不動，手中仍然不放心地拿著菜單，就對他說：「我有三萬七千元美金存放在我妹妹那裡，等一下她會替我付帳的。」

侍者仍然用眼睛盯著妹妹醒亞，見醒亞不置可否，好像是默認了，又等了一下，醒亞只得微微點了一下頭，那位跑堂的才不放心地離去。

醒亞見姊姊一疊點連聲不停的怪笑，一面又用塗著血紅蔻丹的手指，拿起茶杯往口中送，心中感慨萬分，說韻亞不糊塗吧，凡事一經她的手就一敗塗地，如果說她糊塗，這三萬七千元的事，她不是記得一清二楚嗎？如果說她浪費吧，當初找房子的時候，她一再挑選，一定要找一間便宜的不能再便宜的房間，如果說她節儉嗎？完全不，平常醒亞替她買家具，手錶，皮大衣，皮鞋的錢，她不但完全不記得，反而動不動就丟到房門外面，好像沒事一般。

姊妹兩人等菜的時候，妹妹醒亞一面胡思亂想，一面問姊姊：「姊，妳口袋裡有多少錢？」

韻亞笑道：「兩人中有一人有錢就行，由你付錢好了。」

雖然醒亞知道與姊姊韻亞講道理，就好像對牛彈琴一樣，但是還是不得勸說一下：「姊，我們兩個人吃不完五人份的大餐的。」

韻亞連忙打斷妹妹的話：「我可以吃，我可以吃！」

侍者送菜來時，特地宣布了給醒亞聽：「四人份大餐！請兩位好好享用！」

醒亞見那擺了一桌子的菜，心中十分煩惱，只見姊姊韻亞對著那滿桌子的菜餚，一面仔仔細細地查看，一面自己發笑，又一筷一筷子將食物一口一口朝嘴裡送。

醒亞吃了幾口，心中不耐，見四人份的菜單上，寫的是六十美元，就由皮包中取出四張廿元美金交給姊姊，說道：「姊，這是八十元美金，菜錢共六十元，另加稅金及小帳，你收著，我到隔壁去買一點中國青菜，馬上就回來。」

姊姊韻亞並不伸手來取錢，一逕心不在焉地發著笑，品嘗桌上的美味，對妹妹說的話不聞不問，醒亞只得將四張廿美金的鈔票放在餐桌上。

醒亞起身到隔壁菜場去買了一包中國青菜，因為不太放心姊姊，就又胡亂抓了一些雜貨，匆匆趕回餐館，回到餐館，不見了姊姊韻亞，只見全餐館的待者，個個朝著她看，表情十分古怪，其中一人竟然大踏步搶上前來，伸手向她要錢，醒亞不由得失聲問道：「怎麼一回事？我姊姊不是會過帳了嗎？」

餐館的人怒道：「什麼會帳？沒人會帳！」竟然攔任她的去路。

醒亞只得問道：「我臨走時留下的美金八十元呢？」

餐館中的帳房竟然大聲喊道：「什麼美金八十元？倆姊妹想吃白食嗎？」她平常遇見餐館的人，個個都是客客氣氣的，很少遇見這種情形，醒亞見到這個陣仗，只得由皮包中另取出八十元美金來付帳。

醒亞忍氣吞聲付完帳，問餐館的人：「我姊姊呢？」

沒人理她。

醒亞無奈，只得匆匆出了餐館，但見門外街上的汽車喇叭按得鎮天價響，又見遠遠街的那邊，有兩名穿了侍者制服的人跟在韻亞後面，一邊追一邊喊：「不要讓那女人跑了，她吃白食！」

只見穿了大紅衣服的韻亞，蓬著頭髮在前面狂奔，右腳那只大紅的高跟鞋，歪歪斜斜的掉在街心，她只有左腳穿著大紅的高跟鞋，赤著右腳，跌跌撞撞發狂地在前面逃，突然一下子失去平衡，跌在地上，半天爬不起來。

那個後來收了醒亞八十元現金的帳房，跑到餐館的大門之外，將雙手圍成一個喇叭，對那兩名正在街心追趕姊姊韻亞的兩位的侍者高聲喊道：「不要追了，不要追了，那女人的妹妹已經付了帳！」

兩名追趕姊姊韻亞的侍者聽見帳房的話，方才停下腳步，施施然地回到餐館不提。

這邊醒亞見姊姊赤足跌在街心，兩邊的汽車全部停了下來，每部汽車都像發了狂一樣的按著喇叭，她就不顧一切地朝姊姊跌倒的地方旁狂奔的過去。

姊姊韻亞一臉驚恐，雙手爬在水泥街心，面孔也貼在地上，醒亞過去將姊姊扶起來一看，姊姊韻亞的臉上，已經擦掉一片油皮，小腿也被街面的水泥擦破，大量的血水，由皮膚裡面滲透出來，韻亞一見妹妹向自己奔來，就像見了救星一般，一下子撲在妹妹懷裡，大聲地哭喊著起來：「醒亞，醒亞，他們要抓我！」

醒亞問道：「姊姊，我給你的八十元現金呢?那些用來付賬的錢呢？」

韻亞哭得抽抽噎噎地說：「醒亞，我的好妹妹，餐館裡派了兩個魔鬼來追我，是妳救了我！」

這時兩邊來往的汽車全部停了下來，每部汽車都拚命地在按喇叭，又有很多好心的人推開車門由汽車中走出來幫忙，有人將韻亞抱到街邊讓街上的汽車可以來往通行，有人取出繃帶藥水替韻亞包紮傷口，還有一個好心人背了韻亞跟著妹妹醒亞到醒亞的汽車邊，再把韻亞抱上醒亞的汽車。

醒亞開了車將姊姊韻亞送回王太太處的閣樓上，裡面悶熱得像火爐一般，醒亞走過去開窗，只覺得窗外被污染了的熱氣在外面等著入侵，只得將窗戶又關了起來。

「醒亞妹妹，你要走了嗎？」姊姊韻亞依依不捨地問。

醒亞點點頭。

「今天天氣很熱哦！」韻亞說著，嚶嚶地哭了起來。

一路上，坐在向長島方向的汽車駕駛座位上，醒亞的心如刀割。

她回到長島家裡，已是精疲力竭，但仍然打起精神來將紐約帶回來的菜蔬做成晚餐，棟柱偶爾吃一兩次外賣餐只不過臉色不好而已，若要他天天吃，是絕對不可能的，本來只燒兩個菜應該不是大事，但已經十分累了的醒亞，要將生菜煮成熟食，就變成了非常非常吃力的苦差。

心裡又惦記韻亞，知道她孤苦伶仃，連同胞手足都容不下她，在當今社會上更是沒有生存之道，實在需要人照顧，但又有什麼辦法呢？

至少，吃了家裡現作的熱菜熟飯、湯水俱全的晚餐之後，棟柱雖然仍然滿臉悻悻之色，卻不曾再搬回書房去睡，所以當晚無事。

第二天清晨，醒亞與平常一樣，六點鐘就醒來，可是坐起來後覺得天旋地轉，十分不對勁，只得又和衣躺下。

「唉！」她想：「大概咖啡喝得太多，固體食物吃的太少，工作太多，睡眠不足的緣故。」

好在她躺了一陣之後，第二次坐起來時，已經覺得好多了。

醒亞勉強掙扎起身到廚房內去梳洗化妝，她家主臥室旁邊本有一個浴室，但使用起來聲音太大，怕會把棟柱吵醒，何必呢，棟柱工作辛苦，睡眠向來不好，能讓他多睡一分鐘就是一分鐘，平常醒亞上班之前都是在廚房裡面洗臉刷牙以及化妝，因為廚房距臥室比較遠，就算水聲嘩嘩的，也不會吵醒在臥室中睡覺的人。

醒亞將衣服穿好，刷完牙，洗完臉，就著手中的小胭脂盒上的鏡子匆匆塗著粉底胭脂以及口紅。等穿上高跟鞋，提了皮包，坐到車中的駕駛座上，已經六點廿分左右了。

醒亞向車中一看，勇勇為了要早點到學校去練習吹黑笛，早就穿好衣服鞋襪，坐在車中等候媽媽了，現在是夏天，冬天的話，他常常將車窗上的雪花刷淨，甚至將車子發動，等待引擎的熱氣溫熱全車呢！

醒亞見勇勇小大人似的善體人意，心裡不由得非常感動，就由駕駛座上半跪著起身，在勇勇的額頭上親了一下之後，才坐下來正式發動車子。

勇勇被媽媽親了一下，很是高興，想到什麼似的，對媽媽說道：「我的朋友郝大衛說我的媽媽爸爸都好喜歡我，對我真好，他說他的爸爸不喜歡他，他的母親老是用煎蛋鍋來敲他的頭！」

說得媽媽醒亞笑了起來：「用煎蛋鍋來敲他的頭！」

「郝大衛要求與我交換父母親呢！」

「你的爸爸媽媽對你好，喜歡你，是因為你是好孩子，大衛只要變成好孩子，他的爸媽就會喜歡他，不必交換父母的！」醒亞由衷地笑著對兒子說。

「我也不願與他交換父母的！」勇勇對母親說。

到了辦公室，醒亞就覺得胸口氣悶，又覺得辦公室的冷氣太強，穿的長袖毛衣外套還覺得冷颼颼的，又覺得燥燥地熱，臉上似乎有點發燙。因為自己冷熱感覺不定，心裡就疑疑惑惑地，中午在辦公室吃飯的時候，想到家裡沒有什麼好菜，又怕自己辦公室工作太辛苦會生病，就決定要出去買點菜，走動走動。

醒亞到了那有冷氣的菜場東走西逛，果真又買了一大紙袋的新鮮菜蔬，放在公司給員工準備的冰箱裡，免得菜蔬壞掉。

近來她事情太多，很多小事就會丟三忘四，她怕放工的時候，忘了把這些菜蔬帶回家，就寫了一張「冰箱裡有菜」的中文小字條，張，寫好了貼在辦公桌的台燈上。

用中文寫了便條，只有自己看得懂，可以算住在美國的好處之一。

下午她有一個業務會議，雙方帶了自己的人馬，史蒂夫帶了他的襄理、助理來，醒亞帶了她的兩名高級程式設計員，開六人會議，商討工作細節，討價還價，爭執吵鬧的結果，回家又比規定的時間晚了很多。

離開辦公室時，醒亞心裡想著史蒂夫笑裡藏刀的苛刻條件，心中非常惱怒，所以「冰箱內有菜」的中文條子明明就在眼前，但仍然卻是視而不見，心不在焉地「吧」的一聲把辦公桌上的電燈關掉。

醒亞將車開出停車場，直到車子已經快到達高速公路的進口處，才想起來中午買的菜還在員工休息室的冰箱裡，明天週末不上班，只得又急急開車回到辦公室去取菜，這一折騰，又耽誤了至少廾分鐘左右吧！

好在那天是星期五，進出紐約的車子眾多，交通擁擠，棟柱比平常要晚一小時左右才到家。還好，醒亞還是比棟柱早到家，而勇勇也像往常一樣，家課已經做好，坐在電視機前看烹飪節目了。

醒亞一踏進家門，就急急忙忙一腳把高跟鞋踢開，上班的正式套裝換成家常服，套上圍裙，到廚房裡去做菜燒飯。

當她正在洗菜切菜，廚房裡嘩嘩啦啦一片響聲的時候，聽見棟柱車子到家的聲音，再一會兒，就聽見父子同坐在客廳看電視，偶爾也講講話，十分慶幸中午跑出去買了一些菜，若今天又說家中冰箱沒有存貨，提議出去吃館子的話，勇勇雖然沒有異議，棟柱又會臉色鐵青吧！

幸好又把車子折回去，將中午存在公司的冰箱裡的菜帶回來，不然還不是有買等於沒有買！

為了使棟柱高興，她就將菜刀在砧板上特地切出驚人的響聲，嗞啦啦冷菜下熱油鍋的聲音，夾在廚房裡抽風機哄哄的巨響中。

「聽著這麼熱鬧的聲音，就知道是個好主婦正在做晚餐。」醒亞很滿意地對自己說。

醒亞將熱騰騰香噴噴的菜飯端到餐桌上，棟柱父子倆人一面談球賽，一面忙著擺碗筷，三人一起坐下來吃晚飯時，醒亞發現棟柱臉色甚好，不但吃飯時不停地給她及勇勇佈菜，飯後也一反常態，幫她將剩菜收進冰箱，甚至還把髒碗剩盤用自來水沖過，送進洗碗機裡去呢！

醒亞見棟柱碗盤排得並不完全合適，洗的時候可能會不勻，碗盤可能就洗得不乾淨，所以彎腰仔細將碗盤在洗碗機內大致重新排安排了一下，醒亞一面排，一面想到棟柱辛苦了一天，只不過求得與太太兒子一同吃一頓安逸晚飯而已，這算什麼奢求呢？不免心裡一酸，偷偷看了棟柱一眼，不意正好遇見棟柱眼鏡後面黑黑的眼睛也正在看她，顯然對她今晚的表現十分滿意，這麼一來，醒亞雖然記得昨天明明答應過姊姊韻亞今天下班後一定要去看她，目前這種情況之下，怎麼可能堂而皇之的提了皮包說要出去呢？

反正明天是星期天，棟柱一向在週末有遲睡遲起的習慣，不如明天一大早，趁棟柱睡懶覺的時候再出門，不是好嗎？醒亞心中算計已定，加上連連數日操勞，吃完晚飯倦意也上來了，就匆匆忙忙梳洗，早早上床，打算明天一大早就起個大早去看姊姊韻亞。

「明早與今晚只差數小時而已。」醒亞安慰自己道。雖然想到韻亞不但有病，而這次又帶了傷，獨自一人，在那狹小悶熱又不通風的房間裡枯等悶坐的滋味實在不好受，但是，韻亞那裡又沒有電話，她有什麼辦法可以想呢？

「哎，多想不如不想！」

醒亞躺在床上，迷迷糊糊，聽見電話鈴響，又聽見棟柱用中國話回答：「她今天不舒服，在床上休息，什麼地方都不能去！」

幸好棟柱替她接電話，她實在太累了。

半夜，醒亞聽見棟柱為了怕吵醒她，躡手躡腳拿了阿司匹靈藥片到浴室去倒水，自己吃藥，又輕輕的關門，輕輕地換睡衣。

最後，醒亞聽見丈夫棟柱在她身邊躺下，大概吃了阿司匹林，棟柱很快就呼呼大睡了。

醒亞自己反而似睡非睡，到了次晨，也就是星期六清晨，外面天色開始變亮，她就習慣性地醒來了，翻翻滾滾了一夜，伸出手腕，眯著眼睛看錶，夜光針果然指著六點。

醒亞掙扎著坐了起來，頭覺得比昨天還要昏，躺下來歇了一陣之後，坐起來還是天旋地轉，而且胃也阻塞得特別厲害，嘴裡又苦又澀，她想：「大概只是消化不良，吃點中和胃酸過多的藥片吧！」勉強坐了起來，去浴室吞了兩片胃藥之後，又摸摸索索，回到臥室，與週末睡懶覺的棟柱身邊躺下。

近來醒亞只要稍稍辛苦一些，就鬧胃酸過多，好在也不算嚴重，也就沒有去看醫生，自己在藥店的櫃臺上買了一瓶中和胃酸過多的藥片，一則是因為不需處方的藥一般藥性比較平和，二是每次吃一吃胃就舒服多了，久了就成了習慣，動不動就吃點藥片再說。

藥片中大概有安定劑吧，醒亞吃過藥後就沈沉睡去，醒來時聽見外面屋頂上有講話的聲音，講的是英文。

「勇勇，你爬到屋頂上去告訴比爾，我們房頂哪裡漏雨罷！」棟柱的聲音。

「比爾，水槽的這邊，屋頂的落葉都吹到這邊水槽中了！」勇勇在屋頂上對那清理房頂水槽的人說。

比爾是個年輕漂亮的金髮年輕人，有事來他們家做點雜工，賺點外快。

「大概有的是風吹的，有的是雨水沖的罷！」比爾大聲地說。

「落葉若不清理乾淨，屋頂會漏水的。」棟柱的聲音。

在床上躺著的醒亞，舉起手臂來看腕錶，上午十點多，距吃早午餐的時間尚有一小時呢！

醒亞躺在床上，迷迷糊糊，聽見電話鈴響，又聽見棟柱用中國話回答：「她今天不舒服，在床上休息，什麼地方都不能去！」

幸好棟柱替她接電話，她實在太累了。

「差點忘了，明天星期天，清潔女工潘朵拉要來吸塵、擦地板呢……。」醒亞躺在床上，自己覺得可笑也可嘆，平常上班的上班，去學校的去學校，家裡都是亂哄哄的，只有清潔女工潘朵拉來打掃之前，她都務必要先將房間略略收拾一下，好讓人家來打掃。

醒亞想到這裡，舉目朝房間四處看了一下，果然，丈夫棟柱的睡衣亂七八糟的丟在地毯上，一雙髒襪子，也掛在床頭……！

「今晚唐家請吃飯，回來一定太晚了，還有一小時，髒衣、毛巾、被單要整理堆積起來，不然明天潘朵拉來了，拿什麼給她洗呢？」醒亞一面心裡計畫著，一面下床開始忙碌起來。

週末忙過，又是下一周，又要上班。

醒亞心裡惦記著生了病受了傷的姊姊，說好了要去看她的呀，姊姊韻亞會不會星期五開始就等這個不守信用的妹妹呢？今天會不會等啊？

第四章

姊姊韻亞那裡沒有電話，妹妹醒亞不能打電話去與姊姊聯繫，韻亞也不可能打電話來，因為棟柱對韻亞說過很多次，不歡迎她打電話到趙家。

忙的時候日子過得快，醒亞的週末在忙忙碌碌中匆匆過去了，不知不覺又到了星期一，她已經下定決心，星期一下班後第一件事要進紐約城去看生了病的姊姊韻亞。

「就是天上下鐵釘，也是要去的，而且要先到紐約城內去看姊姊之後才回家。」醒亞堅定地對自己說，一下了決心，心就定了，做起事來也就起勁了。

這通電話來的時候，醒亞正在專心工作。

她正坐在個人電腦前專心撰寫工作指示：規定電腦室的技術工人要如何操作這個新的應用軟體系統。

醒亞正嗒嗒地的打了一半，突然警覺了：「咦，這些句子怎麼好像看過？」她連忙將兩周前寫的工作指示去出來一看，不覺失笑，難怪看起來很熟，原來沒有新意，每封信都是千篇一律，怎麼一成不變，就是那些句子？是英文不夠好嗎？我若用中文來寫，難道也是千篇一律，「等因奉此」嗎？是否要把句子改一改，雖然不是文學家，但也得變換一下語氣嗎？怎麼改呢？

醒亞正在絞盡腦汁，專心一志地用英語來造句。鈴……。醒亞辦公桌上的電話鈴響了，她心裡正在思索考慮，自然而然地，她伸出右手提起了電話筒。

「這是醒亞趙說話。」醒亞說，在美國辦公室裡習慣了用夫姓，至少在廿五年前，當時是這樣的。

「這是紐約皇后區醫院的社會工作人員，我叫湯尼法耳。請問你是不是韻亞余的妹妹醒亞余？」

「是，我就是醒亞余！」醒亞簡潔的回答。

「余小姐，你的姊姊韻亞余自殺未遂，目前我們的醫院急救室正在急救中，我們要知道她醫藥保險的情形……。」

「什麼？自殺？我姊姊自殺未遂？」像被雷轟一樣，醒亞驚得呆了！

她的內心如打翻了五味瓶，酸甜苦辣，內疚極了！如果，如果，週末我不為家事耽擱，而是去探看了時時刻刻都在盼望她的姊姊呢？……？

第一個衝進腦子裡的意念就是趕快丟下手中的工作，跳起來奔到公司停車場的自己的汽車內，不顧一切地開車去看自殺未遂的姊姊余韻亞！

醒亞的耳邊突然想起棟柱曾經用不滿的語氣說過的話：「你匆匆忙忙趕去幹什麼？妳是醫師嗎？去搶救你的姊姊嗎？還是要把事情處理好？」仔細想起來有時棟柱還是有道理的。

醒亞愣了一下，這麼一想，終於恢復理智，收起內疚的心思，她在電話裡從容地答復了對方要知道的資料，例如姊姊韻亞余的英文名字：韻妮・保曼。又由自己皮包中取出韻亞的社會保險證的號碼，以及姊姊的出生年月日等等。在對方還沒有掛斷電話之前，她也問明了醫院的地址，姊姊住在第幾號急救室，急救室在那一棟樓，由長島過去要開哪一條高速公路，有哪一個出口出來，樓裡的聯繫號碼，什麼時間可以會客，會客時可以帶些什麼物品等等，一一用筆記在一張背面有膠的小片記事紙上，又很迅速地將那張小紙片貼在皮包的內層。

醒亞看了一下錶，不但距離下班還有一小段時間，距醫院內會客更有一大段時間，她將正在斟酌的公文信迅速地打好之後，就坐在那裡利用尚餘的幾分鐘，做一些本週的策劃工作。

例如，高級設計員蘿拉的工作能力比較強，今天早上交代她辦的事足夠她忙一周了。這一周之內，完全不必分心來管她。第二號程式設計員安地雖然是第二號，但工作態度實在不夠積極，必需要花點時間來調整一下他的情況，更要仔細研究一下，如何能夠使他能更主動一點：是薪水不夠高呢？還是工作不適合他的興趣呢？甚至他另有個人隱憂呢？

另外，秘書安娜打好的信，是要花點時間過目之後才能叫她發出的，因為安娜雖然是新來的，但是卻很愛自作主張……。這些事情，雖然不愛也不願花很多時間去想它，但是，仍然是非得花一些心思和時間不可的，醒亞就養成在工作空檔之間，必定將這些事在腦中好好順一順。

等她將各件要做的事情處理了一個段落，已經快到了下班時間，那時手機還尚未開始流行，所以她理直氣壯地用辦公室的電話打了一個電話回家：「勇勇嗎？這是媽咪，今天媽媽要到紐約去看大阿姨，不能回家煮飯，你等爸爸回來之後，跟爸爸出去吃飯好嗎？啊，你說爸爸不喜歡吃外面的飯菜，這樣好了，昨天還有一些剩的菜和飯，可以放在微波爐中熱一下，哦，韻亞大阿姨，對了，媽媽是到紐約去看韻亞大阿姨，她嗎？阿姨自殺未遂，現在在醫院的急救室內。什麼叫自殺未遂？這個……這個你問爸爸好了。我愛你，媽媽愛你，勇勇。」

等醒亞急急開車到皇后區，在一家餐館買了一個外賣的牛肉炒麵，按照她小記事條上記下的地址，那時尚未有導航器，只得半路上停了好幾次車問路，終於開到醫院的停車場，正好比醫院規定的會客時間早了幾分鐘。

醒亞自己是最恨遲到的，早到幾分鐘正好可以坐在會客室內做一些整理工作。

她先由皮包中取出小記事不來翻看了一下，然後取出一個有小鏡子的粉盒，看見鏡中的自己鼻尖上有一些油亮，臉上的妝也有點殘褪，就用化妝紙將臉上的油污抿了一下，再補一點粉，又取出胭脂輕輕的拍了雙頰，最後，再對了鏡子仔細用唇膏勾了一下嘴唇，在小鏡子裡端詳了一下自己，覺得容光煥發了不少。

醒亞心無旁騖仔細地畫了妝，慢斯調理的坐在那裡閉目養神，將自己的神經努力的休息下來。

在醒亞的記憶裡，姊姊沒有生病的那段時間，自己很小，姊姊比她大拾來歲呢，所以對姊姊的一切正常行為，印象模模糊糊，只記得那時的姊姊又聰明、又美麗，個性像水一般的婉轉柔媚，不但鄰居親友稱讚羨慕，路上常常有年輕的男生偷偷地騎著車，遠遠地跟在後面保護她的，也有魯魯莽莽胡亂塞情書給她的，更有數不清的阿姨嬸嬸，特地到他們家來做媒求親的，不一而足。而韻亞在學校的功課又特別好，不但中學時進了當地獨一無二的台灣省立女子中學，畢業後又考進國立台灣大學，大學快畢業就得到公費獎學金出國，好像天地的靈氣，都聚在她一個人身上了。

至於醒亞與姊姊個人接觸，印象比較深，而記得細節的事情，都是到美國來以後，在綺色佳兩姊妹同住以後的事情。

每一件事情，都是由姊妹兩人的眼睛共同看出去的。

想起來了，醒亞到美國來第一天下飛機的時候，說好了要去機場接機的姊姊韻亞就沒有出現，直至醒亞到了宿舍，才發現姊姊在宿舍裡裡痛哭流涕。那時妹妹醒亞初到異鄉，東西南北還不搞不清楚，所以此事印象並不那麼清楚和深刻。

醒亞記得比較清楚的第一件事，是發生在韻亞那時不但還有車，也還有駕駛執照，妹妹醒亞那時還沒有車，當然也沒有駕駛執照，那天，姊姊韻亞帶了妹妹醒亞，倆姊妹開了車去買菜，不知河故，一不小心，韻亞的車撞了人家的車，轟地一聲巨響之後，韻亞整個人嚇呆了，人家問她姓名，保險公司的電話號碼，車子的註冊證，她一概不予回答。醒亞只得由姊姊的皮包及車上的檔案盒中，找出所需資料來回答人家，當然，車子最後被拖走了。

倆姊妹踉踉蹌蹌地空著手回來，韻亞一直呆呆地好像靈魂出竅了似的。

「姊，我們身體好好的，沒有受傷，車子有保險公司賠償，真是不幸中的大幸啊！」醒亞的安慰，似乎並未起任何作用。

「姊，我們還是再出去買點菜吧，不然沒有東西吃了。」醒亞口中說著，但眼看姊姊實在是不能去買菜的樣子，只好將姊姊送回住處，照顧她上床之後，自己再步行到一家小一點的雜貨鋪去買一些少量的食品手中提著回到家門，姊姊並沒有來開門，只好自己由皮包裡掏出鎖匙自己開門，打開門一看，床上空空的，姊姊不並不在床上，而是捲縮在一個單人沙發椅上發呆，後來又連著數天不食不眠，瘋瘋癲癲的自己對自己胡言亂語，妹妹醒亞一面負擔起照顧她姊姊責任，一面才真正獨立面對姊姊有病的事實。

車禍過後的這兩周，醒亞每天兩眼看的是姊姊緊張慌亂的臉，心裡惦記的，盡是姊姊茫然無助的樣子和神情，無論做什麼，就會想到姊姊，只要一想到姊姊，馬上就會心疼如絞。

事實不容置疑，蒼天太不公平了，怎麼一連串的事件，接二連三地發生在韻亞身上呢？發生的次數越來越多起來之後，醒亞不由得不開始懷疑，是不是因為姊姊太軟弱了呢？花朵一樣的姊姊，果然就什麼都經不起嗎？

有個嚴冬，姊姊又發病了，因為只有住在女生宿舍裡的次衣不像別人拒韻亞於千里之外，甚至有時見到還打打招呼，引得不知情的韻亞一定要住到次衣的房間裡去，次衣怕傷了韻亞的感情，對她本人不好意思說的太厲害，可卻聲色俱厲地對妹妹醒亞說：「我要讀書，要考試，妳姊姊她在我房裡住，被舍監檢查出來，我是不負責任的，你若不帶她回去，我就要自動去報告舍監了！」一直逼著醒亞一再保證，要把姊姊帶回家。
為了不要使姊姊太難堪，那天妹妹醒亞特地煮了一鍋鷄湯，打算端過去先與次衣及姊姊共享，喝完雞湯，就趁機把姊姊不著痕跡地帶回來，免得韻亞難堪。去領姊姊的那一路上，醒亞流著大量的眼淚，帶了手套的雙手端著湯鍋，在雪地裡跌跌撞撞，連滾帶爬地行走，才走不了幾步就滑了一大跤，一鍋滾熱的湯，灑到雪地上只冒了不到一分鐘的熱氣，那些湯竟然凍得冰硬，雞湯上面那層黃黃的油，片刻間就凍在雪地上面，醒亞自己坐在雪地上放聲大哭，哭了一個夠本，幾乎把胃腸裡面所有的東西都哭出來了。
她是向前面滑跌的，全身的重量都跌在雙手及膝蓋上面，透過了手套的手掌及穿了毛褲的膝蓋反而被磨去了很大一片油皮，那時，年輕的醒亞只知為姊姊著急，完全沒有在意自己的擦傷，結果呢，自己膝蓋上的創傷好了又壞，壞了又好了，不知道經過了多少次，那自生自滅的傷疤，竟然完全沒有引起醒亞的注意。
韻亞是有新聞碩士學位的，那時美國非常之景氣，社會也非常之安定，大部分的同學還沒有畢業就找到好幾份差事，唯有韻亞只能在綺色佳一家專登小商店廣告的小出版社打雜，那家號稱出版社的印刷廠將小商鋪的廣告印成小冊子，挨家挨戶免費贈送，賺取很低廉的廣告費，照理說一個高中畢業生能夠勝任的事情，由她這位新聞碩士來做，應該是大材小用的。
長得像鮮花一樣美麗的韻亞因為始終無法替老闆拉進任何廣告，所以只能做一些雜工，因為業務關係，有一位小商店的中年店主對韻亞大為傾心，聲言要把他自己小店的廣告登載在他們廠所印的小冊子的封面上，廣告費還沒有掏出來，就被小印刷廠的一個年輕力壯的金髮小夥子狠狠地揍了一頓，那個爭風吃醋打人的年輕人是他們廠裡請來的臨時工人，打傷了顧客之後，坐在警察局裡寫了一整天的悔過書，就被解雇而離開綺色佳，臨走之前，這位年輕的臨時工開了他的破車，原是要去與與美麗的員工韻亞海誓山盟的，哪裡知道這位東方佳麗余小姐卻關起門來，抵死也不肯與他再見上最後一面。

因為那筆小生意並沒有做成，後來，那小印刷廠的老闆用一個很無聊的藉口，將薪資很低的美麗員工韻亞開除了。

照理來說，當時社會那麼景氣，工作機會那麼多，韻亞丟掉那份小差事實在是沒有什麼可惜的，但那卻是韻亞最後唯一有薪酬的正式工作，自此以後，韻亞雖然靠她的文憑找到了一些不相干的小事，但從來沒有做過三個月以上的。

想到這裡，醒亞不得不苦笑，什麼事情，只要與姊姊韻亞扯上關係，就會不按理出牌，一切常規都用不上。

那時美國經濟很好，韻亞居然失業，照說呢，當時失業人數少，領取失業金很容易，但她的雇主就是不肯合作，非得振振有詞地指出她是被開除的，所以韻亞居然無法領取失業金。韻亞只得去領社會救濟金，適逢那時的新規定，凡是領救濟金的人要做義工，所以派了韻亞到老人院去做點打雜的事情。

她那花朵一般的容顏，像流水一樣的柔媚，使得老人院的老太太們都喜愛她的光臨，至於那些老公們當然更是寵愛她到極點了！

再說那位中年店主，雖然為了韻亞而被廣告公司的工人辱打，但韻亞竟然為此而失業，那人卻對她格外癡戀不捨，不但一再向她求婚，又一直在經濟上堅持要周濟她。

這位東方美女欲拒還迎、若即若離的態度，使得這位中年癡心人士瘋狂地展開追求，直到有一天這位多情種子發現老人院有一位姓鮑曼的老先生去世時，宣布把他老人家每月的社會保險金由他新娶的合法妻子韻妮保曼繼承，銀行裡一筆為數甚小的存款也全部都給了未亡人保曼夫人，而最令這位多情的中年店主震驚的是：這位合法的保曼夫人韻妮，就是他戀戀不忘、瘋狂追求眷顧憐惜、弱不禁風的小美人兒韻亞余小姐，既然流水無情，這位有意的落花，一怒之下，將自己的糕餅小店出賣，轉到別的鎮去做生意了。

不管他的糕餅小店生意好或者不好，賺錢還是不賺錢，他為了韻亞而離開綺色佳是事實，像這樣轟轟烈烈的中年人的感情，在這一生一世是不容易得到的呀！

「二妹，我嫁給這位垂死的老公公才是對的，我們到市公所花了廿分鐘公證一下，我使他臨終時感到非常幸福和快樂，他留給我的社會保險金，醫療保健以及他的小筆財產都是我以後生活真實的保障，至於那位糕餅店老闆，他口口聲聲說愛我，但是，我得陪他上床睡覺，給他燒飯、掃地還要照顧他的糕餅店，這不是一個不花錢的老媽子的工作嗎？」

當時醒亞聽到姊姊韻亞清醒而理直氣壯的話，著實嚇了一跳，現在呢？醒亞深深地嘆了一口氣。

「請問，你是韻妮保曼的家屬嗎？」一位醫院裡的社會工作人員走過來問，手中拿了幾張英文表格，打斷了醒亞的沈思。在那個時代，還不怎麼流行用電腦儲存資料。

「是，我是他的妹妹醒亞余趙。」醒亞答道。接過那些表格，由皮包內掏出紙筆來填寫。

「你們兩姊妹不太像。」那位工作人員不經心地隨口說道。這是很奇怪的，一般美國人常常說中國人都是黑髮黃膚，每個人都長得很像的。

「人人都說我們不像，其實我們的相貌，身高是差不多的。」醒亞糾正地說。

「哎，都是黑頭髮、黑眼睛。」那位工作人員顯然對他們姊妹到底像還是不像並不是那麼感到興趣，不想再繼續討論這個題目。美國人家同父同母的姊妹有時皮膚的顏色和頭髮的顏色也不一定相同的。

「那是所有東方人都是這樣的。」醒亞答道。

「哇，如果大家都是同樣顏色的頭髮，同樣顏色的皮膚，在街上走的話，不是分不清誰是誰了嗎？」終於提起這位工作人員的興趣了！

「分得出的。」醒亞反而不知如何解釋了。

「現在的科學家都相信精神病是有遺傳性的，你們家屬中有沒有什麼人患過精神病呢？」社會工作人員一面問，一面用紙筆在做筆記，拿出一副閒話休說言歸正傳的態度來問。

「我有一個姑姑，是父親那邊的妹妹，是自殺身死的。」醒亞回答，她對這個問題的答案已經很熟了。

「那你的姑姑是不是精神病的患者呢？」
「不知道，我姑姑已經過世四、五拾年了。」醒亞很不肯定地回答。
「你姑姑為什麼要自殺呢？」
「不清楚，不過聽說是因為我姑父有了外遇。」醒亞回答。
「那，看來你姑姑是有精神病的，很多女人的丈夫都有外遇，但並不是每個大夫有外遇的女人都自殺的。」那位工作人員點點頭，很肯定地說。
「是嗎？大概是吧！」
「另外家屬中還有什麼人有病呢？」工作人員繼續問。
「很難說啊！中國古時候的人，家裡有了精神病患者，全家都以之為恥，多數都是關在後院不見天日的房子裡，哪裡會有什麼記載呢？」醒亞分析道。
「豈止中國如此，歐美各國還不是一樣。生了病的人，豈有不可憐的？現在社會比較進步，其實也不過只是五十步與一百步的差異而已。」社會工作人員一面搖頭嘆息，一面整理填好的表格，就此離去。
留下醒亞還有另外好幾張表格需要另外填寫。
填表的目的：是要韻妮保曼的姓名、籍貫、社會保險號碼以及聯繫地址、電話號碼等等。
姓名：韻亞余。是王太太的手筆，醒亞將姓名改成韻妮保曼，這是大姊韻亞的公文上的正式姓名。

籍貫：美國人。

原籍：華裔。

地址：醒亞一看該表的右上角，是醒亞長島的地址和電話。她知道一定是王太太她們怕被牽連，不肯將韻亞在紐約皇后區住的地址告訴醫院，故意只寫醒亞家長島的地址及電話。

醒亞就在地址及電話欄填寫了自己的資料，最前面還加了一句：醒亞余趙轉。

填完表格，醒亞就按照指示去找姊姊的病床。

「姊，我來看妳了！」醒亞眼中蓄滿了眼淚，輕輕的喊。

韻亞睜開了無神的眼睛，看見妹妹，她的鼻子裡，膀子上，到處都插滿了管子，不能搖頭更不能轉動身體。但韻亞一看見二妹醒亞時，眼睛突然一亮，臉上的欣喜及安慰的表情，是那樣的明顯，整個臉龐都漾起了笑紋！

醒亞看見韻亞見了自己那樣的高興，完全沒有一絲一毫的怨恨之意，她不恨妹妹說好了要去看她，最後又失約，韻亞表現出的快樂和欣慰，使醒亞的眼淚一直在眼睛裡打轉。

醒亞的淚眼模糊裡，只看見姊姊眼角的皺摺，像扇子一樣地朝兩邊擴散開去，雙眼深深地陷在眼眶裡，兩頰下凹，嘴角也向兩邊拉下去塌在那邊，整個人只剩下皮包骨頭，才一個週末而已，怎麼憔悴蒼老至此？十足一副遲暮婦人的模樣了！

醒亞不敢再看，怕引起更多的傷感，因為這些什麼叫傷心啦、痛苦啦之類的感情實際上是奢侈品。奢侈就是浪費，她自己哪有能力來負擔呢？要在這個社會生存，不現實、不節約、是不行的。

為了節省感情的浪費，醒亞立刻就行動起來。

「姊，我帶來了一包牛肉炒麵，我吃你看，我們兩人談天，你看好不好？」醒亞一面吃飯，一面與姊姊談話，免得浪費時間。

「姊，這醫院設備不錯，伙食大概也不會差到哪去，等他們准妳吃東西了，就可以告訴我，我去替妳買好吃的，姊，妳認為，這醫院的伙食到底好不好啊？」

「姊，妳在王太太那兒的行李，她一直催我去搬，說房子已經租給別人了，我這個週末星期六就去給你搬，搬到哪裡？我也不知道唉，嗯，那就暫時搬到我家吧，所以這個星期六是不能來看你了，姊姊要自己好好寬心休養啊！」

「姊，我只要有空，一定會來看妳！」

「妳要什麼，打電話到我辦公室去，我會帶來給妳的！」

「姊，妳要什麼東西呢？」

「有什麼心願，也一定要告訴我這妹妹唷！」

急救室是很大的一個房間，每位急救病人的病床都用布幔隔開，房間中央是二十四小時守護人員的值班地點，有一張桌子，也有幾張椅子，也有顯示病況的電腦等等，四周的病床，用布幔子間隔的整整齊齊，又寬敞又乾淨。

值班的男護士大概聞見食物香味，又聽見醒亞一人講話的聲音，特地走過來看一看究竟，他見醒亞並沒有將帶來的食物給病人吃，只是自己一人一面吃，一面自己說話，當然不能干涉，無話找話，就笑著說道：「不是花香，是食物香，兩者香味不同，但吸引力則一。」說者無心，聽者有意，醒亞聽她如此說，覺得有一點訕訕地不好意思，自己是個實際的人，從來不買鮮花，但是姊姊韻亞特別愛鮮花，既然來探病，不是應該帶些病人喜愛的禮物之類，這才是真正最實際的呀！

醒亞忙問那位護士：「我的炒麵已經吃完了，醫院的禮品店在哪裡？我去買點鮮花，我姊姊很愛花的！雖然，有的病院的急救室是不許有鮮花的！」

醒亞在問護士的時候，眼睛就在急救室中韻亞布幔內轉了一下，原來床邊的小几上，早已有了一盆大紅色鮮艷的玫瑰了，只是她初進來時被韻亞的樣子嚇壞了，沒有注意到這盆花而已。

這盆花當然不可能是韻亞住處那些中國鄰居送的，因為那些老中因為經濟情況都不太好，才會聚集住在法拉盛那種便宜的房子，何況韻亞向來就不愛與老中來往，她不喜歡他們中間的指指點點，咬耳咬舌的風言風語，會不會……會不會是王太太口中的外國糟老頭呢？韻亞在老人院裡幫忙，很多老太太、老先生都喜歡她，會不會是老人院裡的老太太老先生們合送的呢？

這樣一大盆玫瑰花，是要很多錢的，醒亞知道。

這盆花，又新鮮、又艷麗，每朵花、每一片葉子都是蓬蓬潑潑的。

醒亞匆匆向樓下禮品店走去，在急救室門口，原先那位醫務小姐對她很和善的說：「余小姐，醫師想問你一些關於你姊姊的資料。你買完花再上來一下好嗎？」

醒亞在醫院樓下的花店走了一圈，有一盆花與韻亞幔內的那盆連盆帶花都是一模一樣，可見姊姊房內那盆真的是由這裡送上去的，只見那些大朵的玫瑰花，朵朵開得嬌艷奪目，忍不住走過去看一看，上面標的價格是美金一百八十九元，不加運送的錢，只加稅金百分之八點五，不就是快兩百元美金了嗎？太貴了！醒亞的目光停在旁邊一個小小的仙人掌細沙組合的十分精緻的小盆景上，她想先放在姊姊床頭的電話旁邊，明天上班時，在在公司旁邊的那家菜市場去選一盆有根的黃菊花，才不過美金五元九毛五，反倒是花團簇錦的，十分熱鬧。

回急救房時經過醫師的辦公室，醫生招手叫她進去，問她：「余小姐，你姊姊是不是按照醫師的指示經常按時吃抑止精神病症的藥劑呢？」

「照道理她是應該吃的。」醒亞回答，眼睛看著手中捧著的仙人掌，聲音很低。

「我不是問她該應該不應該吃，而是問她有沒有遵守醫生的指示吃呢？」醫生很嚴肅地問。

「大概沒有。」醒更無可奈何地回答道。

「應該吃的，因為不吃，才會發病的呀！」醫師理直氣壯的說。

「可是，吃了藥並不是說，百分之一百不會有問題的呀！」醒亞抬起眼來看了醫師一下，又理虧似的急速地低下頭去。

「但是，吃了藥，發病的機會就會減少。」醫師很肯定的說。

醒亞兩眼盯著仙人掌上的小刺仔細地看著，沒有說話，她想說：「在醫院裡面，你們有主治醫師，往院醫師，實習醫師，有護士，有男護士，有女護士，還有助理護士，你們有辦法強迫她吃藥，跟我講有什麼用？吃藥是你們的主張，你們的責任呀！」

當然，這番話她只能放在肚子裡講講，說出來不但沒有禮貌，更加沒有責任，完全沒有與醫院合作的態度。

醒亞決定對姊姊吃藥的事，採取事不關己的態度，並不很久，什麼時候開始的呢？也不過才一兩年前吧！經過情況這樣的：

「姊，你看這是什麼？」那天醒亞興奮地由購物紙袋中取出兩件一模一樣的棉背心，當著韻亞的面，先把自己的一件穿上身，再幫韻亞穿另外一件。

「姊，妳看背心多好，身體是保暖了，但是兩隻膀子還可以活動，妳看，妳看！」醒亞舉起雙手上下左右活動，要韻亞觀看。但韻亞回應得並不很熱烈，不，是完全沒有反應。醒亞再仔細一看，韻亞的眼神變得呆呆地十分遲鈍，呀！就是吃了那種控制精神緊張的藥片的樣子，才開始吃了不幾天，藥效全顯示出來了，姊姊的嘴唇已經乾裂，裂開之處，顯出細細的血絲，摸著背心的手也發著抖。

難怪大姊拒絕吃藥。

「吃不得了，吃不得了呀！比死還難受呀！」韻亞愁苦著臉，痛苦地嘆息。

「姊，你看我的面子，看我們兩人穿同樣背心的情誼，吃藥吧，吃藥吧！」醒亞也哭得滿臉都是眼淚。

因為醒亞的軟求硬逼，韻亞又勉強吃了一個多禮拜的藥。

「醒亞，醒亞，我再吃藥，就會死了！」韻亞絕望地宣布，她天天都穿著醒亞送給她的棉背心，醒亞也特地每天穿著自己的那件來看姊姊。

「不是醫生說過，每次都嘗試著給你吃一種對你比較合適的藥嗎？」醒亞還存著一線希望。

「吃過不知道幾千萬種了，哪有一種是適合的！」韻亞愁苦地說。

「藥是非得吃的，不吃藥，我們斷絕姊妹關係吧！」醒亞威脅地說。

「太苦了，太痛苦了呀！」韻亞的眼淚又流出來了。

「不是良藥苦於口而利於病嗎？」醒亞用一種對孩子說話的口氣對姊姊說。

「我的好妹妹醒亞，你不懂，你是完全不懂的，若只是苦在口中，吞些水，漱漱口，也就罷了，能苦多久呢？這不是單純的口中苦的問題，最痛苦的事，整個人成天受藥物控制，就像在地府中受煎熬一般，哪裡是一個苦字可以說得完的啊！」韻亞的眼淚流的，流滿了她的整個面頰。

「吃藥可以控制病情，吃吧！」醒亞還不死心地懇求。

「不要！」孩子一般的拒絕。

醒亞見姊姊不但堅決不肯吃藥，而且立刻就轉身，打算進入房內，心中一急，就伸手出去用力抓姊姊，韻亞說什麼也要往裡走，妹妹只抓到姊姊背心的口袋。

一個用力望房內走，一個使勁扯住不讓走！

下來。

「嗞！」地一聲巨響，釘口袋的線被扯斷了，口袋兩旁的線一斷，口袋就無依無靠的掛了

「醒亞啊，我就不懂你為什麼聽了醫師和護士的話，一定要我吃藥？」韻亞並沒有理會她破掉的口袋，只顧口齒清楚地問醒亞。

「這個，他們都是專家嘛！」醒亞不知如何回答。

「醒亞，你知、我知、天下人都知道，精神病的藥又不能根治精神病，若是吃了藥痛苦、受罪，總有一天可以把病治好，根治了，那點苦還值得，既不能根除，何必讓病人受這個苦呢？」韻亞說得頭頭是道。

她這一番話，說得醒亞無言以對。

「這……吃了藥，頭腦不是清楚了些嗎？」醒亞結結巴巴地爭辯道。

「頭腦清楚了，反而知道痛苦得生不如死，這樣的頭腦清楚，有什麼意思呢？」

「……」醒亞看著韻亞背心上扯破的口袋，拷拷地塌在那裡，對她做著無言的抗議，她的眼淚就湧上來模糊了她的視線。

想起來了，吸毒的病人因為吸毒，身體產生了一種反應，就非吸毒都不可，現在，精神病的病人，是不是因為身體產生了一些反應，來對抗精神的痛苦，吃了藥以後，神智清醒了，就感受到精神上的痛苦了？是不是這樣呢？是不是這樣呢？有沒有人去研究，追根究底呢？

以後，醒亞就再也不勸姊姊韻亞吃藥了。

至於醫院有什麼能耐讓韻亞吃藥，醒亞就採取不聞不問的態度，她自己呢，是絕口不再提起姊姊吃不吃藥的事情了。

既然已經決定了，星期六一大早，醒亞獨自一人，開了車到紐約城的皇后區去搬回韻亞的行李。

經過王家住的地下室的時候，醒亞發現王家房間中央有一架全新的大螢幕的電視機，與這簡陋破舊的地下室氣氛完全不相稱，醒亞抬頭看了王太太一眼，發現王太太一臉戒備的神色，大有要與這架電視機共存亡的氣概，醒亞心裡長嘆了一聲，大姊啊，可憐的大姊！這架電視機一定是大姊出的錢，是在什麼情況之下出的錢呢？醒亞也不想知道了。

不要說醒亞的車絕對裝不下這麼大的電視機，就算是花錢找人來搬回趙家長島的地下室，棟柱肯讓這架電視機進門嗎？

醒亞面無表情地看了王太太一眼之後，又繼續向樓上走去，現在，醒亞想通了，王太太不是本來要趕韻亞掃地出門的嗎？有一陣子，王太太已經完全是要叫警察來轟余小姐另找居住之處的氣勢，韻亞雖然發病時頭腦不清楚，但她是絕對不會欠房租的，因為她每月有固定的進款，王太太之所以要趕韻亞出門，當然是因為姊姊有神經病的緣故，幸好王太太出租房子給那麼多人是不合法的，因為當二房東的王太太自己先理虧，所以也不敢胡亂找警察入門，否則余韻亞早就被趕出門多時了，而要讓韻亞搬出去的事，早就雷聲大雨點小很明顯的中斷了兩三次，當然其中有很多成分是韻亞利用金錢或者物質換來的。

總不可能是這群老中對精神病的人中途突然發生同情心的緣故吧！

總之，全樓的老中聽見余小姐的妹妹余醒亞來了，全部精神一振，都過來幫忙搬行李。

「聽說送進醫院之後，會通電來電擊病人的？」有一位學生問。

「現在電療已經不流行了。」醒亞提醒他。（註：實際上，醫院裡直到現在二〇一八年還在使用。）

「聽說精神病院裡的病人都有手銬腳鐐，行動很不方便的？」又有一人問。

「很可怕吧？」又有人問。

「現在是手烤腳鐐也不再用了。」其實，為了怕病人傷害自己，精神病病院裡有時是給病人穿上所謂的「直夾克」（Straight Jacket），是讓病人的手腳不能胡亂亂動，然後放在四周有軟牆的安全室內，也是所謂的「病人不可能再傷害自己的房間」。

醒亞一面說，一面用手推開韻亞的房門，一股惡臭撲面而來，薰人欲嘔。

房內地上到處丟的是什麼花花綠綠的碎紙？醒亞彎腰撿起來一看，原來是各種安眠藥的包裝紙，裡面的藥片已經沒有了，一定是被姊姊韻亞吞嚥掉了，醒亞眼內馬上湧入眼淚，失眠苦，比電療，比雙手被銬，痛苦得不知道多少倍。

她舉目朝房間內四望，那架大電視機已經不再在韻亞房中，錄影機的盒子被膠帶帶封得綿綿密密，醒亞將那錄影機的紙盒在手中惦了惦，太輕了，不知裡面裝的什麼，只肯定不是原來盒內裝的錄影機。

管他是什麼，先帶回長島再說吧。

醒亞看見韻亞的存款薄被胡亂地丟在凌亂不堪的床上，他就隨手將薄子丟入手提袋中，一眼又看見床上有一個銀行裝現金的信封，她拿過信封，覺得裡面有一張紙，隨手抽出來一看，是一張付了現金八百元收據的條子一張，那裡面除了收據之外，並沒有什麼現金，醒亞手中拿了收據，抬頭看了看房外的老中們，大家也都默默地回看她。

醒亞將那空信封丟入房內的拉圾袋，圍觀的老中全鬆了一口氣。

醒亞實在不願追究韻亞由銀行內取出來的現金到哪裡去了？誰人拿了韻亞多少錢？她倒記得清清楚楚，有一次，醒亞親眼看見姊姊韻亞在前面走，引得一大群孩子跟在後面，醒亞加快了步子追過去一看，原來溫溫笑著的韻亞正將全新的廿元美金的鈔票，送給跟在後面的孩子，一人一張，連陌生的孩子都可以收到散發的新鈔票，那同住一樓房的窮苦的老中同胞拿一些錢又怎麼樣呢？

現在，醒亞的心裡幾乎要哭出血來！她不是哭姊姊韻亞將銀行裡取出來的現金全部散發掉，在這存款薄裡面，一共不過數千元而已，她要哭的是：若姊姊韻亞好好地不生病的話，又聰明又健康，能夠有一個合適的職業，就以一年年薪五萬元美金來計算，這一輩子工作卅年，不是損失上百萬的美金了嗎？對社會，對她個人來說，才真正是一項大損失呢！

醒亞正在一面傷心，一面收拾東西的時候發現姊姊床下有一隻大箱子，由裡面不斷地散發出惡臭之味，她彎下腰，把箱子由床底下抽出來一看，原來也是用與黏貼錄影機盒子同樣的膠帶與同樣的手法封得密密層層，只得到樓下廚房裡找了一把利刀上來將膠帶割斷挑開，打開一看，原來裝的是以前醒亞帶來放在韻亞門前的中國餐館的食物，有的乾得比木乃伊還要難看難聞，最可怕的是那些新腐壞的肉食及海鮮，全都變得黴黴爛爛，臭氣衝得人要昏倒了。

一個老中男生過來幫忙，由醒亞手中接過那一大箱腐臭的食物，拿到樓下垃圾箱中去丟，醒亞在樓上，清清楚楚地聽見他在樓下大聲地吐著口水。

醒亞開始動手整理韻亞的衣服，打算將大衣箱搬過來，發現很多衣服都被一團臭水黏在一齊，而臭水已經半乾半濕，她使勁用力地拉扯，再仔細一看，那團臭水是由一包由菜場中買來還沒有拆包的生魷魚包裡流出來的。生尤魚盒子上的日期，是一個月以前的日期，另外還有一包沒有拆封的生黃魚，這包臭黃魚也把另一大包舊的劣質的毛衣也損壞了。

箱內為什麼有生魷魚？生黃魚？不問也罷，問了又能問出什麼來呢？

最後搬的是那架大而無當的美式老祖父的檯鐘，那檯鐘搬到長島醒亞的家裡，棟柱父子還在睡懶覺，檯鐘發出來嗒嗒的聲音，並沒有吵醒他們。

醒亞用盡全身的力氣，將大檯鐘抬進的地下室之後，大大地喘了一口氣，幸好韻亞的劣質衣服以及廉價化妝品只不過佔了地下室那間大一點的臥室的一個很小的角落而已。

醒亞起得早，韻亞東西本來就不多，有大部分都進了垃圾箱，所以搬她的東西倒也省事，等樓下臥室門關好，那老祖父檯鐘的走動聲音也被關在門內，住在上面的趙家一點都沒受影響。

幸好棟柱及勇勇都還在睡他們的週末大覺，不到中午時分不會起床。醒亞鬆了一口大氣。

因為醒亞替韻亞填的病歷表上的地址是醒亞自己長島的住處，算是長島拿沙郡的居民，所以韻亞的危險期一過，病情略一穩定，就被救護車送到拿沙郡的社區醫院，拿沙郡是美國比較富裕的社區之一，醫院的建築也比較高雅美觀，設備齊全，雪白的粉牆，一塵不染的玻璃門窗，以及閃閃發亮的大理石的地面。

醫院的地點在醒亞的辦公室及住家之間，也就是說醫院、辦公室及醒亞的家成三角形的三點，醒亞要去看望姊姊，只需略略繞一些道而已，比到皇后區的醫院去探望病人方便多了。

韻亞離開皇后區的醫院時，皇后區醫院的社會工作人員，打了一個電話到醒亞的辦公室，通知病人韻妮保曼的家屬趙余醒亞，說她的姊姊已經轉到拿沙郡的醫院，醒亞向他們要了韻亞新醫院的電話號碼及地址，仔細地記錄在記事小冊子上。她這樣做，是因為三十年以前，什麼手機啦、導航器啦都還沒有流行。

醒亞下班之前，在電話中先問清楚了由辦公室去醫院的路，到長島高速公路四九五號，再由三十九號出口出來，向右也就是向北轉，就到了醫院了。

她在下班之前，又取出地圖來，一面看一面用紅筆畫好怎麼走，才將畫好的地圖匆匆帶到車裡，開車之前又看了地圖上自己預先畫好的記憶標誌。

很快，第一次去，由辦公室到醫院，才不過廿分鐘左右，醒亞就利用剩下的時間在醫院附近的西餐館買了一些姊姊韻亞愛吃的海鮮西餐食品。

她按了到十四樓的電梯，到了十四樓，由電梯內一出來，就看見各種標識說明探病規則，原來整個十四樓都屬於精神病科。

醒亞站在門外，按了一下門鈴，身上掛滿了鑰匙的工作人員馬上應聲過來開門，有好幾個病人站在裡面由玻璃窗內朝外張望。

那些病人見醒亞提了一個有西餐館名字的提袋，裡面裝了方方的塑料食物盒，都紛紛過來問道：「你是誰的母親？來看兒子呢還是來看女兒的？」

這些病人第一眼望去，樣子都非常正常，有的穿得邋遢隨便，有的卻穿得又乾淨又整齊又時髦呢，只有一個白種青年，樣子十分可怕，不但顏面五官歪扭，手足也彎折了，尤其是兩只腳尖指向不對的方向，像極了恐怖電影裡面的怪物一樣，雙足在地上一步一拖繞著房間急轉，他見醒亞提了東西，一副探望病人家屬的模樣，也跟著眾人，拖著兩只歪過來的腳，過來圍觀醒亞。

一時之間，那些下棋的、打乒乓球的以及看電視病人，都一致放下正在進行的活動，擠過來站成半個圓圈來，仔細看著醒亞。

醒亞因為要探望姊姊的緣故，常常出入精神病院，早已經習慣了其他不相干病人們好奇地注視，仍然靜靜的站在那兒等待醫院裡的工作人員去報告病人，或尋找病人。

圍觀的人群中有一個大學生模樣的東方男孩，大概認為自己與醒亞一樣，也是東方黃色人種吧，逕自趨前拉扯醒亞的衣服，並且問她：「你會說國語嗎？」

那個掛滿了鑰匙的工作人員笑著喊道：「不干你們的事，不是來看你們的！韻妮保曼，妳的訪客！」

這一來，圍過來看熱鬧的病人你都全部跟著大喊：「韻妮保曼，韻妮保曼，你的母親來咯！你的母親來咯！」

在精神科病院或病室內，很少有兄弟姊妹來探望病人的，一般只有父母才肯來探望有精神病的子女，所以病人也都習慣了只有父母來看孩子。

「韻妮保曼在哪裡？」工作人員問大家。

「她在休閒室內。」有人回答。

「怎麼不知道有客人來了呢？」工作人員笑嘻嘻地問，然後又對醒亞說：「妳在會客室內等一下，我去找她來。」

醒亞依言坐在會客室內，但可以從玻璃窗看中看見姊姊韻亞。

休閒室內嬌羞不勝的韻亞正坐在一個小桌邊的椅子上，幾個年輕的男病人正在向她大獻殷勤。

醫院的急救將韻亞由鬼門關裡搶救回來，回來之後的韻亞立刻恢復了她對異性的吸引力。

聽說妹妹醒亞來了，韻亞就用她那東方女子柔媚的眼睛，像水一般的溜著那些男子們，他一面款款地站了起來，一面對他四周的男病人們軟軟的說：「喲，我的妹妹來了哈！」是那種只有對年輕男人才用那種嗲聲嗲氣的語氣。

其中兩個搶著將韻亞由椅子上扶起來，這兩個搶著扶她的男人，一個金髮一個棕髮，第三個是個紅髮小子，這傢伙一直忠心耿耿像哈巴狗一般的跟在後面，兩隻眼睛直直的盯著她，一步也不願她離開他的視線。

前後才過了半個多月，韻亞的體重增加了，這增加的體重就像水蜜一般，使韻亞看起來白嫩非凡，比出水芙蓉還要嬌艷，不但皮膚吹彈得破，眼睛尤其水汪汪的顧盼生姿，不知什麼時候，連頭髮都油光水滑起來，不由得醒亞不吃驚。

掛了滿身鑰匙的工作人員，將會客室的門用鑰匙打開，讓韻亞進去，其他的病人，全部一擁跟進去湊熱鬧，那工作人員死勁地推著那些好奇跟進來的病人，一面好脾氣地笑著喊道：「出去，出去，不是來看你們的！」

少數的人自動走了開去，有的人被推了出去，有的被推出去之後又擠了進來。

那個心中只有韻亞的那個癡情紅髮洋小子，當然是不到最後關頭不肯離開東方美人韻亞的，搶著把醒亞身邊的椅子拖出來給韻亞坐，坐好之後，還戀戀不捨地拉著韻亞的手，在她手背上深深地吻著，吻完了，他的眼睛還癡癡地看著韻亞，他一面盯著韻亞目不轉睛地看，一面細聲細氣的說：「明天我母親就要來接我回去，等我回去之後，一定會來接妳的姊姊出去，我們結婚，她是我的女神，她一定是最美麗的新娘！」

醒亞見他說話中提到「妳姊姊」，那不是正在對自己在講話嗎？原來這人正在與自己說話！一時之間，醒亞想不出什麼應對的話來。

「喂，喂，喬治還在裡面，喬治還在騷擾訪客！」一個胖女病人跑到工作人員那裡去告狀。

工作人員發現喬治還在這裡，連忙過來拉著他的手，要他出去。

醒亞看著這位紅髮的多情種子，被醫院的工作人員手牽手牽了出去，實在不敢確定他說的話的真實性。

這座醫院是郡立的，地方性的醫院經費有限，精神科病人都是短期性質的，病情較輕或才初期生病的病人，在這裡住一陣就出家人領回，有的就此病症漸漸減輕或者痊癒，這類病人說實話的機會較多，病重的或需要長期治療的，就被轉到長期病院，那些長期病院由他們的設備來看，就分出等級來了，私立病院設備好，州立醫院比較窮，食衣住行的待遇都比較差。病人的話，就比較靠不住，雖然他們不是故意說謊，但因為頭腦不清，不知說出來的是他的幻想呢還是事實，尤其糟糕的是，他們幻想出來的事情，常常是言之成理，令聽的人實在分不清楚。就是由外觀來看，也常常分辨不清楚的。

姊姊韻亞看見妹妹醒亞在看著喬治被牽出去的背影，就笑嘻嘻地對醒亞說：「妹妹，我給這個紅髮小子取了一個日本名字！」

妹妹醒亞見姊姊韻亞笑得十分曖昧，怔怔地不知如何回答話，所以沒有接口。

「他叫做五分一次郎，我給他取的，不是日本名字嗎？」韻亞索性噗哧一聲笑了出來。

工作人員見有個東方男孩過來與她們講話，因為不懂中國話，不知他們在說什麼，又見他們都是黃種人，誤以為他們是一夥的或一家的，就不曾將那個中國男孩轟出去。

那個中國男孩大概吃過韻亞的苦頭，有過前車之鑒，不敢與韻亞講話，只敢跟在醒亞後面，一個箭步搶過去把一張椅子拖過來讓醒亞坐下，自己才又拖過另一把椅子來坐下，講話給醒亞聽：「請你打一個電話給我的父母，告訴他們，我只是開車累了，坐在車上打了個瞌睡，他們就說我有精神病，我其實是沒有病的人！」

你若到精神病院去問病人，他們有沒有病，保險你九個中有十個說他沒有病，她不說你有病已經很不錯了，要他們承認自己有病，那是比登天還難的！

醒亞見這孩子言談舉止似乎很正常，但這些病人通常只看外表是什麼都看不出來的。因而好心地對那孩子說：「醫院沒有冤枉你的必要，你不用擔心，這所醫院是郡立醫院，不收長期病人的，到時候醫生會給你總診斷書，如果沒有病就會讓你出去的，要知你們每天每位病人，都要花郡裡三百五十美元呢！」

「那醫生若說我有病呢？」那中國男孩提心弔膽地問。

「那就會把你轉到州立醫院，那裡公家經費多些！」醒亞仔細的解釋著。

「那不就長期關在病院裡了嗎？」那個中國男孩哭喪著臉問道。

「不會的啦，醫院是不肯無緣無故收留病人的，除非病人有傷害自己或有傷害別人的傾向！他們都是等法院查看了醫師及專家的報告之後，法官判了要留院多久，他們才敢收留多久，何必讓病人或家屬來告他們呢？醫院是犯不著冒這個險的啦！」醒亞之所以對這方面的法律的程序還有一些知曉，當然是因為用姊姊韻亞出入精神病院十幾年的經驗作為參考的。

「那法院判定了有病也不能就這樣無緣無故就把人關起來，一定要事實證明，只要他有傷害別人或傷害自己的情形或事實，就非住院不可了？」

「那也不用急，在長期精神病醫院裡每隔兩周就有律師來巡邏，你若想出去，或者打算與家人聯絡，只需僱請一個律師替你出庭打官司，證明你沒有病，經過正式的法律手續，一定就可以出去了！」醒亞繼續安慰他。

「醒亞，我肚子餓了，咱們吃飯吧！」韻亞在一旁大喊，用手拍著放食物的桌子。

「我沒有錢，身分證也丟了，皮夾也不見了，找什麼律師！」那孩子絕望地用中國話說。

「小弟弟，你不用擔心，你的私人物件，多是由醫院人員當著警察的面，替你妥為收藏在私人財產的保險箱呢，等你出院時，醫院除了將你個人財產全部奉還之外，還會另外發給廿八美元左右作為盤纏哩！」醒亞很內行的告訴他。

「有這麼好的事？若是不讓我出院呢？」那孩子將信將疑地問道。

「那也不必擔心，每一個病人都需要醫師護士照顧，加上衣食住行，花了不少公家的錢財，所以公家也僱用了律師，設法將病人保釋出去，按病家能力酌予徵收律師費用，病人完全沒有錢，律師的費用就由公家來出。」姊姊韻亞進出醫院的次數太多了，醒亞對這些細節，也就不知不覺地瞭若指掌起來。

「有這麼好的事？」那孩子簡直不敢相信。

「醒亞，諾，這是你的筷子，咱們吃飯吧！」韻亞拉起妹妹醒亞的右手，把一雙免洗筷子硬塞進妹妹的手中。

「他們這樣做，其實是替公家省錢，一個病人住在醫院裡，時間一久，累積起來，就花了公家成千成萬納稅人的錢，出去一個病人，就替公家節省一大筆納稅人的錢，若沒病的病人被冤枉，將來萬一告起醫院來，向醫院要求賠償，那公家才是吃不了兜著走呢！」醒亞越說越拿出一種行家的姿態出來，真是欲罷不能。

韻亞見這中國男孩一直纏著妹妹講話，分散妹妹對自己的注意，早就已經不耐煩，只是發作了幾次，這兩人都沒有聽到，現在醒亞帶來的食物袋，放在桌子上漸漸冷卻，妹妹醒亞卻只顧講話，不但滔滔不絕，而且還越說越起勁，完全忘了要招呼韻亞吃東西的樣子，她就用英語狠狠的對那位中國男孩說道：「滾出去，滾出去！我的妹妹是來探看我的，不是來探看你的呀！」

那個男孩似乎一直都很害怕韻亞，被她這麼一罵，更是將身體向醒亞靠近，希望醒亞來保護他，韻亞見他這樣，愈加怒火沖天，嘩啦一下站起身來，一不做二不休，乾脆跑到助理護士那裡，對那助理護士說：「來訪的是我的家人，但是江一直在打擾我們，使得我妹妹來訪都不得安寧！」

正在忙著填寫表格的助理護士見到韻亞來告狀，才注意到那個夾在他們中間的東方少年不是他們一夥的，立刻放下手中的筆，跟在韻亞身後走進會客室。

「要江趕快滾出去，他一直站在這裡打擾我們！」韻亞兇狠地說。

「江，咱們出去吧，讓他們姊妹好好見見面吧！」這位助理護士又吸著鼻子，笑嘻嘻地對醒亞說：「喲，帶了好吃的東西來給姊姊了！」

「哼，這個不識相的，他居然一直打擾我們！」韻亞恨恨地說，把一張漂亮的臉扭成怪樣。

那位助理護士也不與他們一般計較，只是一面擁著那東方少年的肩，領他出會客室，又一面對醒亞及韻亞說道：「好好享受你們的食物喲！」

「吃飯的時候，不要忘記勸姊姊吃藥！」她對醒亞很認真地說：「不肯吃藥無法控制病情哦！」最後還特地把會客室的門關好。

韻亞本來很得意地坐在會客室的會客桌前，等著妹妹將帶來的食物打開，她這兩天，顯得特別嬌媚，行為舉止還帶著孩子的嬌氣，不但外貌乾淨美麗，行為得體，且頭腦也特別清晰，事無巨細，她都能明察秋毫是似的，但此時此刻的她，就特別兇悍。

現在，那助理護士一提到吃藥，她的臉色馬上大變，不但更加惡狠狠的看著江與助理護士離去的背影，還用中指向上，做了一個美式的下流動作，與她現在流動的眼波，吹彈得破的形象完全不相稱。

好在醒亞已經將帶來的塑膠刀叉紙盤一人一份，放在兩個姊妹面前，又將那帶來的海鮮食品盒打開來放在會客室桌子中央，按以往的經驗，醒亞知道姊姊氣色如此之好，胃口一定奇佳，就儘可能地讓韻亞吃她愛吃的海鮮，自己不過陪著姊姊說說話，順便啃一下龍蝦的頭腦腳爪之類，嚐嚐味道而已。

韻亞有模有樣的用紙巾輕輕地抿著嘴角，手中握了塑料的刀叉，細細的咀嚼著食物。

「原來大姊知道那個人的名字，姓江。」醒亞隨口說道。他知道姊姊第一懷恨的事是吃藥，若為了談吃藥而變色的話，不如談她最憎恨的人，也就是中國男子。

果然，韻亞的心情好轉了一些，她很得意地說道：「這傢伙居然想魚目混珠，也想留在會客室，難道想吃我們的東西嗎？真是！」

奇怪的是：韻亞憎恨所有的中國男子，唯一不恨的是勇勇，也有可能韻亞不認為勇勇是中國男子，她其實喜歡自己的侄兒到極點，常常說：「我將來死了，說不定就是明天呢，我要將全部的遺產留給我的好姪兒勇勇！」

幸而勇勇也不負所望，也非常寵愛他的大阿姨，只要是任何沈重的東西，他都不要他的大阿姨提，任何吃力的事情，勇勇也經常搶著去做。

除了勇勇之外，有什麼東方男人是韻亞不生氣的呢？除了爸爸？弟弟？醒亞實在想不出來了。

住在綺色佳的最早幾年，中國同學們見韻亞發病，都很同情，常常不等韻亞的要求，就自動過來幫忙，尤其是在韻亞正式發病的前幾年，有一位中國姓杜的留學生，不知怎麼得病了，得了病之後，就跳樓自殺了，大概所有的老中都怕咱們的韻亞也走這一條不歸路吧，人人都善意的防範著，對她特別友善，還常常說些：「留得青山在，不怕沒柴燒」等等鼓勵的話來勸慰著韻亞，而韻亞那時候只為了自己的睡眠不規則而煩惱，如此而已。

可惜後來她所認識的朋友及同學們都先後畢業了，有句話說是：「久病無孝子。」其實，生病日子久了，被拖累的人都不耐煩了，連孝子都保不住，何況素昧平生的人呢？

後來，在以色佳的老中留學生們的眼睛裡面，余韻亞不過是個有神經病的女瘋子而已。在美國的老中的圈子特別小，一點芝麻綠豆大的消息，馬上不脛而走。

新到的女同胞遇見了韻亞，經過老學姊的指點，就好像遇見蛇蠍一般，好的人敬而遠之，壞一些的恨不得要唾之誅之而後快，日久，韻亞和醒亞倆姊妹就練成了一付之我行我素毫不在乎的樣子來，任由人家背後指指點點，風言風語。

男生呢，千篇一律，本來知道韻亞有神經病，原來有點好奇，也有點同情，但只要知悉余韻亞是所謂的花顛之後，不得了，不但馬上輕視不屑，而且也馬上覺得就算是輪姦或強暴她，都是她自取其辱。

沒有一個男生敢於同情她，不怕人家笑話嗎？

是不是有什麼中國男人給韻亞吃過苦頭呢？不然她怎麼那樣痛恨中國的年輕男子呢？

韻亞見醒亞瞪著眼睛看著她，知道妹妹又在胡思亂想了，就溫溫地笑著，用紙巾輕輕的抿了抿嘴角，也眯起了眼睛斜睨著妹妹醒亞。

醒亞見姊姊韻亞心情似乎不錯的樣子，突然想到一件事，小心地問姊姊道：「姊，醫院的人說你自殺未遂，是怎麼一回事？」

韻亞溫溫地對妹妹笑著說：「喲，那是個人私事，提不得的喲！」

醒亞沒有想到韻亞如此回答，只得訕訕地說：「是吃了什麼藥嗎？」

韻亞一面喝水，一面避重就輕地說：「醒亞，你知道我的大毛病，只要有一點小事，馬上就睡不著，就是吃多了安眠藥罷咧！我們不談這個，你今天回去，替我帶點東西到醫院中來，好不好？」

「姊，什麼東西呢？」

「我有一件睡衣，很是美麗，穿了它，睡得比較舒服！」能使姊姊韻亞安眠的睡衣，千萬不能忘了！醒亞心裡牢牢記住。

看見韻亞狀況良好，知道她在醫院裡有人妥為照料，醒亞的心情感到空前的輕鬆。想到公司裡新請來的大老闆，原係新官上任三把火，現在，這三把火時期已經過去了。而，這新上任的三把火照得醒亞這位東方小女主管通體發亮，一次緊接著一次的業務會議中，很明顯的看出醒亞趙目前的地位日益穩固，良好的未來還在等著她。

一路開車，暢通無阻，回到家中為時尚早，醒亞換掉工作套裝換上廚房工作服號到廚房裡去了。

醒亞心情很好，先將白米及自來水放入電鍋後插上電，葷菜尚有一個棟柱及勇勇父子倆人都愛吃的紅燒豬蹄，只需在家炒一盤素菜，燒一個湯，切切洗洗不久也就準備就緒，棟柱還有好一陣子才會到家，不如趁這個空檔時間到地下室去順順姊姊韻亞的東西，今晚先放在車子的後廂裡面，下次去看姊姊可以帶給她。

醒亞之所以在公司裡能夠漸放光芒，當然是因為現在時機成熟了，美國社會上下，以致公認要種族平等，男女平權，這才給醒亞這位東方女性有發揮才華的機會，而更重要的是，醒亞不但努力，而且還懂得如何利用時間，隨時隨地，分秒必爭地結果啊！

醒亞一面心中分析，一面向地下室走。

棟柱說過，在長島買大房子就是變相儲蓄，所以他們的房子相當的大，每月收入儘量地填進房子裡去，地面上有兩層，上層是臥室洗澡間及廚房，中間是客廳飯廳起坐間加兩個車位的車房，因此地下室特別大，有兩間極大的臥室外，尚有客廳洗澡間及廁所。

韻亞的東西堆在地下室裡比較大一點的那間臥室的一個角落裡。她的東西很少，箱子裡裝了一些梳洗物件及化妝品、像潤膚膏、口紅、指甲油等，都是些比較廉價的物品，找來找去，找不到姊姊所說的睡衣。

會不會搬東西的時候丟掉了呢？不是有一大堆衣物被腐敗的食品沾著，不早就將那些衣物都丟進垃圾箱了呢？

醒亞只好將姊姊韻亞的的東西再重新整理一下放好，當她的手碰到那被膠帶封的密密層層的錄影帶盒子時，不然好奇心起，裡面到底是些什麼？要將它層層疊疊封得如此嚴密，她用雙手將盒子捧起來搖了搖，又輕又沒有聲音，好像空的一樣。

醒亞奔上樓去，取了一把剪刀，將在盒子上貼著膠帶剪開，裡面到底有些什麼好東西，值得報得如此的嚴密謹慎呢？

剪剪拆拆，弄了好一陣子，才將盒子打開，不由得不令醒亞啞然失笑，原來真的是一件粉紅色透明的睡衣，軟軟的，輕若無物，薄如蟬翼。

一定就是姊姊韻亞要的那件了。

這件衣服實在可笑，透明的這樣，穿的這件衣服，不等於沒穿嗎？在什麼樣的店裡才有的賣呢？

不知怎的，棟柱今天比平常早些下班，進屋後發現廚房裡電鍋內正在煮飯，切好綠油油的青菜排在菜板上等著下鍋，老婆醒亞不在廚房裡。

勇勇房內的收音機響著，門是緊緊的關著，大概這傢伙正在做功課，他做起功課來，一定要把收音機打開了，這樣才會對外界是視而不見，聽而不聞，所已經常將房門關得鐵桶似的。

地下室裡反而乒乒乓乓，有人翻箱倒櫃找東西，老婆醒亞好像在地下室。

她在那裡做什麼？

棟柱向地下室走的時候，醒亞正雙手提著一件透明的粉紅色的睡衣在等一下端詳，棟柱心裡十分不悅，老女人韻亞就喜歡這些不成樣子的衣服，成什麼體統。

棟柱因為專心探看醒亞在做什麼，不曾注意地下，突然被地下一包散亂的東西一拌，幾乎跌了一跤，心裡一驚，這一下怒火全上來了。

他彎下腰來撿起一看，原來是一包書，打開來一看裡面全是圖片，頓時怒不可遏，火上加油。

「你那姊姊真是世界上第一號女瘋子，怎麼看這些低級書刊？我們家有個正在長大的孩子，萬一孩子看到這種書，豈不是受到不良影響，你這個母親怎麼做的？」棟柱怒吼了起來。

「什麼不良書刊？我怎麼沒有看見？」醒亞上急急忙忙將那透明睡衣塞進明天要帶東西給韻亞的袋子內，慌慌張張地問道。

「妳是什麼都看不見的，一心只想著你的第一號大瘋子，喏！拿去看吧！」棟柱盛怒之下，將書朝醒亞的臉上丟去之後，怒氣沖沖地走出地下室。

那本書丟在醒亞的臉上，火辣辣的痛，醒亞只得用一隻手捂著臉，另一隻手去翻那本書。

這本被棟柱叫做書的雜誌，原來不過是《花花公子》，以及花花公子的對台雜誌，裡面有很多結實性感的男性裸體照片，不但故意賣弄那身糾結的肌肉，特別故意做出一些撩人的姿態，當然不是什麼正當的教科書之類，但拿當今美國來說，除了圖書館之外，哪家文具書攤上沒有陳列出售這些雜誌的？有什麼大不了的呢？勇勇是個在美國出生的孩子，長到這麼大，要看什麼書沒有？要看這種書什麼地方沒有？哪裡還輪的到他那有神經病的阿姨來教壞他，把他帶壞呢？

是棟柱太累了呢？還是少見多怪？是不是今天實驗做得不怎麼順心？路上發生了什麼？

醒亞想了一下，覺得棟柱這個氣是白生了！所以不再理會，忙忙上來整理晚餐。

吃飯的時候，醒亞搜索枯腸，打算找一個比較高興的話題來講，對了，棟柱不是常常譏笑她在公司裡為資本家賣命，無人欣賞嗎？所以她就說：「今天我們這一組的工作，在業務會議裡被表揚了！」

話一出口，才發現她自己認為高興的事，並不等於就是棟柱高興的事，因為棟柱聽了之後，發了一聲冷笑，說道：「哦！表揚了就會怎麼樣？要你們更死心塌地地給資本家白做？做個更忠實的走狗？還是加了薪水，給了妳們幾塊肉骨頭？」

醒亞一天見棟柱鼻孔裡發出冷笑來，就知道提錯了話題，心中一灰，懶得再發表什麼言論了，只顧給勇勇舀湯。

「其實，我每天辛辛苦苦上班下班，少說也有十小時以上，也不過只求回家能吃到一碗安逸飯吧，哪裡知道你的要去管一些不相干的精神病人的瘋子的事情！」最後，棟柱說，他把最後一句的聲音提得很高，表示他不滿的程度。

醒亞沉默了好一陣子，才輕輕地說：「我也是，我也恨不得回家也吃一碗安逸飯呢！」

棟柱見她久不出聲，現在出聲大概是要吵架，馬上怒氣沖沖地說：「妳知道就好！」

過了一下，棟柱才回味過來醒亞話中的意思，想到她一工作也是十幾小時，也就不說話了。吃完了飯，棟柱特地泡了兩杯茶，熱熱的，一杯熱茶給老婆醒亞，另一杯熱茶給了自己。

第二天下班後，余家倆姊妹在醫院十四樓的會客室中坐定，照例先吃醒亞帶來的食品，吃完之後，醒亞將姊姊指名要的東西交到韻亞手中。

韻亞一看見化妝品，立刻就眉花眼笑的立刻將化妝品取出來，就著手中的飯盒上的小鏡子化起妝來。

只是，韻亞的臉頰怎麼會出現紅潮，沒見她擦什麼胭脂，擦了之後，更是艷光照人，怎麼顧盼之間，水水蕩蕩的表情啊？也沒有喝什麼酒啊？

韻亞歡天喜地地抓起睡衣，在會客室就打算解開現在衣服的扣子，醒亞大大的嚇了一跳，忙問：「姊，怎麼……？」

韻亞笑嘻嘻地說：「怎麼啦？我想穿你帶來的漂亮衣服！」她一面說，一面咯咯地嬌笑。

醒亞一把搶過睡衣，一面問：「姊，妳的房間在哪裡？我去看看好嗎？」

韻亞一把又將睡衣搶回去，媚笑道：「好，妳跟我來！」姊姊韻亞說話的時候，眼波流動，嚇了妹妹醒亞一跳。

「姊，醫院不是規定我們要自己清理自己帶來的食物嗎？」醒亞提醒姊姊韻亞。姊妹兩人將吃剩的食物略加整理，會客室的桌椅略加擦拭。韻亞拉了妹妹的手，笑吟吟地走向她的病房。

因為經費的關係，她住的是三人一間房，裡面窗明几淨，韻亞的床頭，有個小几，小几上有一大盆插花，一看就是職業性巧手花匠插的，參差高低，五彩繽紛，十分美觀悅目。

「姊，凡是妳到之處，就有這麼新鮮美麗的插花，而且這麼一大盆，是誰送的呀？」

韻亞走到花盆邊，手中還握著那件睡衣，雙眼盯著美麗的花兒，露出雪白的貝齒，微微的笑著說：「漂亮嗎？我自己用信用卡訂的啦，我自己不心疼我自己，誰來心疼我呢？」韻亞說完，又親親妹妹的臉，愛嬌地說道：「醒亞，妳是世界上對我最好的人，只是，除了我之外，誰還肯送花給我呢？」

醒亞不語，因為購買或訂購昂貴的花籃，並不是自己的習慣，何況，這盆花要值韻亞每月房租的三分之一多了吧？王太太不是老提超韻亞有個糟老頭的洋朋友，原來他並沒有送花！

醒亞想了一下，還是笑道：「姊，你自己的錢，愛怎麼花就怎麼花……。」還沒有說完，韻亞已經將上衣脫了下來，正在扯那背後的鈎子準備要脫胸罩，把醒亞真正嚇了一跳，不由得失聲喊道：「姊！」

韻亞嬌笑了起來：「嗯，我愛穿漂亮的衣服！」醒亞連忙笑著阻止：「姊，這件衣服有傷風化呀！什麼時候買的呢？」姊姊韻亞笑嘻嘻地回答：「是男朋友送的禮物。」醒亞正色說道：「送你這件衣服的人太沒有分寸了……。」

醒亞一面講，韻亞仍然專心一致地在穿和脫，完全不理會妹妹說什麼，醒亞無奈，只得繼續說下去，她說：「這人怎麼能送未婚女性一件這麼不端大雅之堂的禮物呢，我不想看，我不想看，我要回去燒菜煮飯，反正這座醫院正好在我辦公室與住家之間，來看妳是十分方便的！」

話猶未了，一位陌生的長髮男孩，大約只有十五、六歲而已，一聲不響地掩進門來，張開雙臂來抱韻亞，不但把頭埋在她的雙峯之間，還拚命用手搓揉著摸她肥白光滑的屁股。韻亞不但不以為忤，反而咯咯媚笑地鼓勵著。

醒亞愕然，尖聲喊道：「喂！喂！他是誰？妳認識他嗎？怎麼不認識的人……。」

那孩子呼吸沈重，開始掀開韻亞的裙子，且用力去褪她那薄如蟬翼般的內褲，韻亞也十分熱心的去扯他褲子上的拉鍊。

「喂！喂！他不過只是一個孩子！」醒亞又傻傻地嚷道，在一旁慌了手腳。

突然，門外有人邊跑邊叫，醒亞一聽外面走廊裡吵聲大作，再轉頭看姊姊韻亞和那小男孩似乎完全旁若無人，醒亞立刻將姊姊的病房門虛掩，趁機跑出了韻亞的房間，自己的一顆心反而突突亂跳。

正在醒亞在猶豫要不要把姊姊的事情向醫院裡的工作人員報告的時候，突然又有一個男病人口中大叫，由廁所中推門衝了出來，廁所的門被他推開之後，裡面明晃晃地可以看見一位叫做喬治的紅髮小子，額頭上鮮血如注，流得滿地都是鮮血，他用另一隻手扶著被鮮血染紅的洗臉盆，站立不穩，搖搖欲墜……。

一位穿了醫院制服的壯年男子聞聲奔進廁所，廁所的門大開，他奔進去之後一把把紅頭髮抱進懷裡，那位撞牆的病人被他一拉，就此躺進醫務人員強壯的雙臂之中，鮮血將兩人都染得通紅。

另外有一位醫務人員奔過去安撫那個叫喊的人，因為那個叫喊的人突然希斯地理得比流血的人還厲害。

眨眼間，就有人飛快地帶了急救箱，擔架……進入廁所內，須臾就有兩個工作人員把那個用頭臉撞牆自殺的紅髮病人抱了出去，又有人立刻過來將地上的血跡馬上擦得乾乾淨淨。

這些人分工合作，有條有理，在醒亞還沒弄清楚發生了什麼事之前，整個病房一切恢復原狀，好像什麼都沒有發生過一樣。

醒亞反而被這瞬間發生的事情，嚇得一顆心更加撲通撲通的跳個不停。

韻亞的房門關著，醒亞伸手輕輕推了一下，房門關得緊緊地，裡面的韻亞和那小男孩一定完全不知道外面發生了一位紅髮青年喬治用頭臉撞牆自殺的事情。

醒亞乘病房恢復平靜之際，逃一樣的離開了醫院，後來一連好幾天都沒有再去醫院看望姊姊韻亞。

太不像話了！醒亞心中說。

幾天之後，醒亞還是有點不放心姊姊，又帶了東西到醫院去，這天醫院的訪客特別多，大家都坐在那裡等工作人員來檢查帶去的東西。只是以前檢查都是問些：「有沒有刀片、火柴等危險物件？」若是答說沒有，也就招招手讓他們過關，今天不同了，檢查特別仔細，耽誤很多時間。

訪客們一面等候檢查，一面談天閒聊。

一位長得十分慈祥和藹的中年婦人對醒亞說：「今天我家詹姆士出院，出去之後，我要帶他去整容外科整容。」

醒亞很客氣地說：「你的兒子叫詹姆斯嗎？我雖然常來，只知你是他母親，但不知道他的名字叫詹姆士。」這位婦人經常來看那個長得恐怖有著呵呵叫聲的青年，不用問就知道她一定是他的母親，所有人都知道他脾氣非常壞，只有做母親才會老是一付逆來順受的樣子。

「小的時候，我們叫他詹米。」這位慈祥的母親非常和藹的說。

「詹姆士生出來就是這樣嗎？」醒亞問。

「這本照片薄上貼的全是一些他車禍以前的照片，他自己雖然沒有喝酒，可是不幸被酒醉了的駕駛人開車撞到了，可憐無辜的詹姆士不但身體受到創傷，腦子更是受到震盪，希望手術過後，能恢復原來的一半就好了。」詹姆斯的母親一面擦眼淚，一面取出一本照片冊來給醒亞看。

醒亞接過這照片本，一面翻看著忍不住一面嘆氣，心裡不由得不感嘆，想不到眼前這個只會口喊「呵呵」的怪物，在車禍以前原來這麼魁梧強壯，面目英俊的，人生竟然這麼靠不住！

這位可憐的母親，她心目中「原來的一半」不知是什麼樣子？照片中看到他穿了運動裝與一些籃球選手們照的，有一張是穿的便服在家中後院與家人一同烤肉拍的，醒亞注意到照片內有一位美麗的女郎與詹姆士非常親熱，詹姆斯皮膚很白，頭髮顏色很淺，與他母親同色，但這位女郎的頭髮又多又黑，醒亞不敢問她這位女郎是詹姆士的女友呢？還是妹妹？反正無論是什麼人，問起來都不合適，因為醒亞從來沒有看見這位女郎來探望過詹姆士，問了做什麼呢？

詹姆士的父親以及母親，那倒是常常看見的。

「現代科學發展，什麼奇跡都會實現的，何況只是整容復原呢？」醒亞想了一下，決定這樣說來安慰詹姆士的母親。

詹姆士的母親聽了醒亞的話，果然心存感激地說：「醒亞，妳的心地真好，居然能常常來探望姊姊，想來妳也早就注意到精神病院來看望久病病人的，只有年邁的父母親，很少有兄弟姊妹來探望的，你的姊姊病了有二十年了嗎？」

「可不是，前前後後也有二十年了吧！」

在他們交談的這一段時間，又陸陸續續來了一大群看病的訪客，家人們也都帶了大包小包，諸如花卉、盆栽、食品、衣物、收音機、唱片、甚至小的手提電視機，根據經驗，知道這批訪客來訪的一定是初期生病的病人，或者是發病了不久的病人，因為開始生病的時候，他們不但縱有父母，橫有兄弟姊妹之外，還有一些非血緣關係的親戚、朋友們來探訪，世界對他們尚有關注，等生病久了，情況就會大為改觀。

一下子來了這麼多訪客，使得在入口檢查的人，更是忙得不亦樂乎。

第五章

「聽說前一陣子，有個病人撞牆自殺，好像叫做喬治什麼的，不知妳知道不知道？因此之故，檢查得比以前嚴格得多啦。」詹姆斯的母親以為醒亞不知道，特地告訴醒亞這件事。

「不是說病人撞牆自殺嗎？他們怎麼反而檢查火柴小刀等危險物件呢？」醒亞不解的問道。

「就是因為病人撞牆，醫院才沒有什麼大罪，但也擔當了防範不週之過，何況，有病人要自殺，對醫院的名譽也不好，少不了也要檢討的。」詹姆士母親很有道理的說。

「你知道不知道企圖自殺的那位病人現在怎麼樣了？」那位多情種子，捧了韻亞的手，深情地吻著韻亞的手背的那種虔誠的樣子，尚是歷歷在目。

「他已經被救活，現在已經被送到州立醫院去了。」詹姆士的母親說。

正在此時，詹姆士已經出來見客了，醒亞本來想問詹姆士的媽媽，詹姆士對有人自殺的事知道不知道？知道的話，有沒有受到影響了呢？比及見到詹姆士穿了新衣，扭著怪臉，倒拖了一雙腳，發出呵呵響聲的樣子，知道問也是白問了。

正在此時，檢查的人查出醒亞的兩雙竹筷，詹姆士母親的一把叉子，還有別人的指甲刀等，都堅持不放行，要留下來等一會兒會完了病人之後才肯發還。

「中國竹筷是吃飯用的，沒有竹筷不能吃飯了！」醒亞無可奈何地辯解。

「很多中國功夫電影都用竹筷子做武器，太危險了！」這位美國醫院的工作人員說。

「你看過中國功夫影片？」醒亞問道。

「第五電視台每天演兩個小時半中國功夫片，你這中國人難道不看？」他問。

醒亞要上班，哪裡會看。

「喂，妳的兒子出來啦！」這位工作人員對一位手抱初生嬰兒的年輕母親說。這位年輕的母親專心地等待著他的兒子，一雙眼睛一直朝裡面看，看得醒亞心驚肉跳。

原來她是韻亞年輕男朋友的母親，難怪賈克那麼年輕，他的母親手裡抱著一個出生嬰兒，看起來比妹妹醒亞還年輕，最令醒亞不自在的是：那個叫賈克的青少年堅持要他心愛的女人出來見他的母親，而且堅持要兩人手牽手出來。

現在情形就是這樣，賈克的母親把帶來的食物放在桌子上，手中抱了小嬰兒與大兒子賈克有一搭沒一搭的講話。

小青年賈克的手，一刻不放鬆地牽著中年婦人韻亞，韻亞的左手被賈克扯著，坐在另一個桌邊，桌上放了妹妹醒亞帶來的食物。

「沒有竹筷，吃不成飯！」醒亞終於找到了一個題目來講話，韻亞不開口。

「我去要一把塑膠叉子來吧！」醒亞站起身來，走到外面，向工作人員要塑料叉子。

「我們已經將你的姊姊韻妮移到單人房間，而且白天將她的房間鎖了起來，因為她將不同的男病人帶到她的房間去，我們不許她關門，她也無所謂，就讓門開著，堂而皇之地與那些男病人在裡面做那不可以開門做的事。」

「不可以嗎？……。」醒亞的臉漲得通紅，不知如何回答。

「當然不行，以前有個十幾歲的小女孩，居然懷孕了，病人懷孕了，不是我們的責任嗎？」那位工作人員很氣憤的說。

醒亞不知如何答腔，只能看看左右，又看看姊姊，這兩天韻亞的臉開始又圓來起來，下巴也變成了兩個，身體也胖了起來，整個人好像被吹了氣似的漲了起來，最使人傷心的，是她的臉上又顯出茫茫然愚蠢的表情。

韻亞分明一點也沒有聽見妹妹與醫務人員的對話，由這一點可以知道，這種手牽手的會客法並不是韻亞的主意，完全是小青年賈克的主意。

韻亞很明顯地已經神志不清楚了！

醒亞才張口說：「姊……。」韻亞突然不能控制地張口大笑。

哈！哈！哈！

小賈克仍然牢牢的牽著他愛人的手，而他的愛人正在大笑不止，他也不注意。醒亞當然是見過韻亞這樣子笑的，但是每次見到，仍然免不了要傷心、驚訝、無可奈何！

哈哈！哈哈！哈哈！

「姊，妳又笑了！」醒亞心悸地說。

「我？是很好笑，控制不住，好笑！」韻亞也對醒亞說，又哈哈地笑了起來。

那位醫務人員見韻亞笑成這樣，搖頭說道：「你姊姊自從這次入院到目前為止，一直拒絕吃藥，所以病情不能控制。」

「沒有吃藥嗎？」醒亞隨口問道。美國法律規定，只要病人不傷人也不傷害自己，醫院不可以強迫病人吃藥的。很明顯的，將房門打開與男病人在房內做那不可開門做的事是不能構成強迫吃藥的罪名的。

「而且，一定要經過法院審判明文規定以後，我們才可以執行法院的規定。」

「負責治療我姊姊的醫師在不在？我可不可以去看她？」醒亞問。

「白醫生也說過想見妳，請你稍等待一下，我這就廣播去找她。」助理護士匆匆去了，不久就聽見擴音器裡面尋找白醫師的廣播，再過一會兒，助理護士匆匆忙忙進到會客室來，對醒亞說道：「白醫師在她辦公室等妳，請向左轉，第三間就是了！」

醒亞依照他說的話，找到了白醫師的辦公室，這位醫師金髮碧眼，相貌精明果斷，年輕有為，正是醒亞最心儀最想做的那種典型女強人。

「妳的姊姊韻妮保曼，前前後後病了有二十年左右了。」白醫師一面說話，一面翻閱手中韻亞的病情資料及個人資料。

「有時好，有時很壞……。」醒亞點頭同意。

「有的幸運的病人，會漸漸好起來，有的病人，會漸漸壞起來……，妳姊姊是屬於哪一種呢？」白醫生繼續一面講話一面翻著病歷。

「她現在每次發病的時間，比廿年以前長，而不發病的時間，比廿年前短。」醒亞據實以告，心情很壞。

「那是屬於不好的啦……。妳有沒有參加過家屬互助會呢？」白醫師問醒亞。家屬互助會是由醫院社會工作人員主辦的一種組織，如此家屬之間不但可以互相幫助照顧病人，有時大家互相傾訴吐吐苦水，也可以互相安慰，交換心得。總而言之，有了這個組織，使病人家族至少不會覺得孤立無助。

「……。」醒亞不知如何回答，因為她是不可能參加這種互助會的，她哪裡抽得出那麼多時間和精力。

「我們這裡這種組織很多，討論會、互助會……，我們醫院裡的社會工作人員莉莉最清楚，到底妳應該參加哪一種，妳告訴她就好。若不知道有哪幾種，向她調查詢問，她也會告訴妳。」

「我要上班，還要管家……。」醒亞吞吞吐吐地說。

「哦，妳也是職業婦女，什麼職業呢？」白醫師和顏悅色地問。

「我是做商業應用電腦的。」醒亞回答。

「太好了，終歸有一天，我們可以把病人的資料輸入電腦之中，讓醫師可以使用。」

「其實，你們醫院的巨型電腦中，一定有各個病人的資料。」醒亞指出，那時，個人電腦尚未發展到讓每個醫師可以使用而已。

「關於精神病的知識，一切尚在摸索之中，以前古典派醫師都認為是受社會環境的影響，現在學者認為與個人遺傳絕對有關係。總而言之，最後歸根結底，是病人的思想功能發生問題，問題的現象，要的是思想功能不正常，另一種是情緒不正常，當然，兩者是相關的。」白醫師分析著說。

「我姊姊有時是胡思亂想，有時是情緒失常。」醒亞說道。

「一般來說，身體內的荷爾蒙以及化學物質分泌失調就會導致思想不正常，也會產生情緒不穩定。」白醫師點頭說。

「白醫師，什麼叫思想不正常？」醒亞很認真地問。

「就是不能控制思路，例如看見、聽見、或想到一件事，馬上不能控制地聯想到無窮無盡的其他相關的或不相干的事。」

「每個人都多少有點這樣吧。」醒亞笑著說道。

「程度不同，只要不過分，就不是病，過份了影響正常生活，就是有病了。」白醫師正色地說道。

「我姊姊是有點過了。」醒亞不得不承認。

「另外一種叫情緒失控，病人有的時候萬分興奮，一連幾天幾夜不能睡眠，東西都被她整理得有條有理，一天可以洗好幾個澡，有時好幾天不肯洗一個澡，有時特別膽怯，什麼都怕，有事特別膽大，什麼都不怕，有時頭不梳臉不洗，可以永遠不換衣服，也有時日以繼夜睡覺？」白醫生問道。

「對了，對了，就是這樣，就是這樣！我姊姊韻亞就是有你說的全部現象！」

醒亞非常興奮，好像終於碰見了知己一般。

「有時懶懶的，只想睡覺，有時十分亢奮，有時什麼都不管，甚至完全沒有了羞恥之心？」白醫師指出來。

「白醫師，我姊姊……，她其實受過高等教育，我們父母親為人也很正直，家庭也很高尚……只是……！」醒亞漲紅了臉，向白醫師替姊姊辯護。

「醒亞，妳姊姊是有病的人，很多行為受失調的內分泌影響，不是她自己能控制得了的，你千萬不要為你姊姊感到羞恥，她是不幸有病的人，要特別同情及照顧她！」白醫師很懇切地說。

「謝謝妳，謝謝白醫師！」醒亞此時對白醫師感激莫名，主要是醒亞覺得全世界的人，以棟柱為首，都覺得韻亞是壞女人，而這位不肯與壞女人一刀兩斷的妹妹當然也是罪大惡極，或者至少是頭腦不清，現在有這麼一位有能力的醫師用這樣懇切的話來鼓勵她，不覺得醒亞余做錯了事，醒亞能不感激涕零嗎？

「目前還有一派科學家認為病人的腦細胞是受到過濾性病毒的侵害，還導致內分泌失調的！」白醫師又補充道。

「那就是說，病人雖然有很多異常行為，但不是他們不對，他們也並不是是壞人，只是他們不幸生病而已！」醒亞這一下，簡直太興奮了，她一向都很同情姊姊韻亞，覺得姊姊做的錯事，很多是身不由己，現在有權威的人用科學的解釋來告訴她，姊姊韻亞只是個不幸的人，只不過是因為受疾病拖累的病人，怎麼不會令做妹妹的醒亞覺得安慰呢？

「病人當然是不幸的！」白醫師很肯定地說。

「我姊姊不肯吃藥，我也並不主張要強迫她吃藥，我看我姊姊太可憐了！」醒亞嚷道。

「不肯吃藥，各種學說紛紛不一，有一派說他們吃的藥品大部分是使筋肉鬆弛、行動遲緩，病人感覺受到控制，又有時因為藥品起不良副作用，使病人感到不適，還有的是因為精神病患都是長期病人，藥品吃久了，身體就對藥品起了排斥作用，不但藥效不好啦，身體更是不舒服！」白醫師說。

「我姊姊自己解釋說，她不吃藥的話，頭昏頭疼一點也不覺得，就是覺得也可以忍受，但是吃了藥以後，頭腦清楚，所有的痛苦反而完完全全地感受到了。」醒亞真高興有機會把姊姊韻亞的想法告訴一位同情者。

「是有這個可能，我這裡有一張單子，上面列有書名，次序是由淺入深，解釋精神病情形的，大部分科學家都同意，說是受遺傳因子影響大，也就是說在這個世界上受同樣的挫折，有的人就能安然度過，有的人就會有創傷，有的人的傷會痊癒，有的創傷就可以使某些人致命。」

「這些醫學專科的書，我看得懂嗎？」醒亞擔心地問。

「你若是按照表上列的次序來讀，概不致會有大問題，因為這些書都是按照深淺次序來排列的。」

「那就好了。」醒亞比較放心了一些。

「都是一些醫學常識的書籍，不必有專門訓練，只要有心！慢慢一本一本看去，就可以看得懂，圖書館都可以借到的。」白醫師很有耐性的解釋。

醒亞滿懷感謝地由白醫師手中接過了列滿了書名的紙條，將那張條子小心地放進皮包裡面，決心要按部就班去一一閱讀。

何況，不論會不會增加醫學常識，這麼長一串的書，每本都逐字逐句地讀過的話，自已英文的閱讀能力一定會增加不少，醒亞目前在美國公司工作，加強英文閱讀能力也是有益無害的。

圖書館借來的書只能讀三周，到期一定要歸還，醒亞讀書時間不多，哪裡能保險三周之內讀完一本書？當然是到書店去買比較好，買回來放在家中，裝在手提袋內，什麼時候想要看，什麼時候可以看，也都隨意，一口氣買花的錢太多，反正應該一本一本地按部就班地讀，每本大多是美金十四元到廿五元美金左右，慢慢買，經濟上比較不吃力，時間上也比較寬裕。

第二天中午，醒亞就帶了書名單子到書店中買了第一本回來，坐在車中就迫不及待地看了起來，她看得時而唏噓、時而哽咽，因為書中描寫的病人情況幾乎與韻亞都是大同小異，談到病人家屬的反應，也與余家情形相差無幾。

「我若能早些、早幾年知道有這樣的書就好了。」醒亞不由得嘆道。會不會？余韻亞可不可能因早些延醫而避免悲劇發生呢？

當然，這是誰也說不定的！

兩天後，醒亞醫院去看望姊姊，吃了一碗閉門羹，經過情形如下：

醒亞與往常一樣在醫院門外按鈴，按完鈴後就站在門外等裡面的人來開門。

「喲，要找韻妮保曼嗎？請妳等一下。」裡面的人開門出來見是醒亞，並不立刻讓她進入會客室，反而將門重新又鎖上，自己匆匆返進去了好一陣子，大概進去像上面求得一些指示罷，才又匆匆趕到門口來開鎖。

「對不起，韻妮保曼今天沒有會客的權利。」這位工作人員自己站在門裡，將門開了一條縫，探出頭來對醒亞說。

「怎麼啦？我姊姊怎麼啦？」醒亞緊張地問。

「韻妮被穿上了直夾克，不可以見客。」這位工作人員滿臉同情地對醒亞說。

「啊，直夾克！怎麼……。」醒亞又驚詫又痛心，眼淚不由得就流了出來。直夾克是一種資料堅固的塑料夾克背心，穿了那種夾克的人，手足都被夾克固定，不能動彈，醫院裡的人聲稱穿了直夾克的人就不能傷害別人也不能傷害自己了。

「韻妮不肯吃藥，只好給她打針，她不合將給她打針的人咬了一口……，。」醒亞又沒有親眼看見，只好任由醫院的人員敘述。

「啊！可憐的姊姊韻亞！」醫院裡面有醫師又有護士，還有助理護士，在精神病院裡又有孔武有力身強力壯的男護士及男助手，咬了有什麼用？只不過坐實姊姊自己的罪名罷了！既然已經在醫院裡面了，穿直夾克的時候只是遲早而已……。

在醒亞淚眼模糊裡，那人由門縫裡塞給醒亞一張通告，原來醫院已經向法院上訴，要求法庭授全權給醫院來沿療病患。也就是說由法院來授於醫院有可以強迫病人吃藥打針的權利，開庭日期寫的明明白白，歡迎家人參加。

醒亞特別看明並記住開庭的日期，特地在開庭的時間又到書店去買了一本白醫生指定的書，她不想去法庭，實在去了太多次了！她受不了法庭上宣布結果時她所感到的痛苦。十年以前，醒亞第一次進法庭，是在綺色佳，那時她還是學生，為了去法庭還特地請了假不去上課。

那次韻亞的罪名是騷擾一位中國男學生。

「法官大人，我的名字叫軍強，不叫佳騏。」那位無辜的中國男生說，他大約比韻亞小五歲左右，長得眉清目秀，非常好看。

「佳騏，我的愛，你不是告訴我若把孩子打掉，沒有牽掛，我們就結婚嗎？你發過誓的！」韻亞紅腫著眼睛，在法庭上哭泣。

「法官大人，我叫洪軍強，不叫佳騏，我有中國護照證明我的名字叫洪軍強。」那個叫洪軍強的中國研究生用英語對法官說。

「佳騏，我把孩子拿掉了，我們結婚吧！」韻亞法庭上苦苦地哀求。

「法官先生，我只請余韻亞同學看了一場電影而已，我的名字叫軍強，不叫佳騏。」軍強哭喪著臉說道。

「你不是口口聲聲說海可枯，石可爛，但是愛我之心永遠不變嗎？只要我肯犧牲孩子，我們可以白首偕老，我已經殺掉了我們的孩子，做了一個打掉孩子的母親，那些海誓山盟，難道你都忘記了嗎？」韻亞在法庭上又哭了起來。

醒亞坐在一邊，一直替姊姊韻亞擦眼淚，拍著姊姊的肩膀安慰她。

那時法官問起醒亞的意見，年輕的醒亞滿腔熱血，正眼也不看姊姊韻亞一眼，非常熱烈地發言，認為姊姊應該吃藥打針，勇於面對現實，勇於接受治療，不是良藥苦於口，利於病嗎？打針吃藥，暫時受點小苦算什麼呢？治療才是根本，那時，她認為，像她這樣積極地不姑息姊姊，這才是真正愛姊姊的人呢！

那次韻亞在法庭上雖然聲嘶力竭，哭啼啼的反對著不肯接受治療，一點也沒有用處，最後法庭還是宣判了要韻亞接受醫藥治療。

治療的結果，不過換得韻亞目光遲滯，口乾唇裂，據韻亞說，打針吃藥之後，日夜不能安眠，而且又有便閉之苦，總而言之，她面如死灰，絕望地宣布：「不如死了算了！」醒亞看見姊姊這樣受苦，想到剛才自己在法庭振振有詞的發言，不是幫兇是什麼？

「可惜無法去死，好像那個姓杜的中國留學生一樣，一死也就百了哪！」韻亞哭喊道。

醒亞一驚，姊姊韻亞有時好像糊塗，有時還是說些清楚的話，她這麼說，不是明明白白地知道那姓杜的中國留學生因為受不了精神病的痛苦而跳樓自殺的啦！

按照白醫生告訴醒亞是這樣的：病人初生病的時候，常常受不了精神病的痛苦而自殺，久病之後，身體自然而然的起了反應，對於痛苦已經起了抵制之法，腦筋對於痛苦也漸漸地不再感覺那麼敏銳，所以久病之後，自殺的人反而少了。

令人真正痛心的是：吃了藥打了針，病人反而清楚地感受到痛苦了！

醒亞想來想去，心疼姊姊一人在在法庭上孤苦無依，最後一分鐘，還是請假去了。

在法庭上，反正都是地方律師洋洋灑灑，振振有詞。法院雖然指定了一名免費律師替病人韻亞辯護，但是，這位免費的辯護律師，從來都是理不直氣不壯的。

輪到法官問家屬有什麼意見，醒亞的一顆心猶如刀割，她只得含淚搖頭。所以，當法官宣布醫院取得給病人醫治權利的時候，妹妹醒亞與臉色嚇得煞白的姊姊韻亞一同流著大量的眼淚。

醒亞唯一能做的事，就是去買了白醫師介紹她讀的第二本、第三本書。

「這些書好像都是專門為了大姊的家人而寫的！」醒亞一面讀一面擦著奪眶而出，流得滿臉的眼淚。

白醫生介紹的這些書本替醒亞展開了一個全新的世界，有的是病人的家屬介紹他們的經驗及心聲，也有的是社會工作人員告訴病人家屬如何互相鼓勵及安慰，有的統計資料叫人如何面對現實，有的是醫護人員的手記，也有醫師或博士專家寫的理論性文章。

自此以後，醒亞在她的手提袋裡，總是會放一本書、一個書簽以及一支筆，有空就翻書閱讀，提筆做筆記，看完總不忘將書簽夾在看過的地方，以備下次翻看。

姊姊韻亞住在醫院裡一切有醫院照顧，妹妹醒亞心理上去了後顧之憂，上起班來，格外努力，工作起來也特別勤奮，不知不覺地，三個月一晃就過去了。

社會醫藥保險只肯出三個月的醫藥費，像韻亞這種超過了三個月的長期病人就要換到州立醫院，由州政府來負擔全部費用，在以前美國政府有錢的時候，曾經建立了一些規模很大的精神病院，但現在州政府的經費，早就沒有以前那麼充裕了。

韻亞被送到的州立醫院，座落在醒亞辦公室東邊約十八分鐘路程的一個小鎮上。由長島公路望去，就像科幻電影裡面的一座古城一般，佔地極大，一望如茵一般的綠色草地上，有安靜和祥蔥翠的大樹林，紅磚的樓房，高高低低有規有矩地點綴其中，各樓房之間，另有汽車道路相通。

車道上偶爾有一輛汽車安靜地開過去，間或有一、二位行人，彳亍其間。

長島高速公路五十三號出口，向南有醒目的標識，告訴找路的人，這裡就是醫院入口，在入口處，豎立著極大的醫院一覽圖，醒亞由皮包中找出記事本的小字條，查看姊姊韻亞住在哪裡，字條上寫的是廿二號樓，是全院最大最好的中間那座樓房。

醒亞停下車熄了火，先坐在車內，由車窗中將那巨大的醫院一覽表仔細的看過，又閉起眼睛復習了一遍，才慢慢將車子重新開動，向前找去。

當初建造這樣大規模城市一般的醫院，真是個大手筆呀！

這個醫院實在太大了，車子愈開四周景色愈荒涼，路面越來越高低不平，由它的規模，以及那種整齊劃一美麗的紅磚，就可以看得出當初建造的時候是多麼地堅固高級，現在只不過是年久失修而已，路邊的綠色草地，漸行漸禿，連綠樹的形狀，也都顯出很久沒有人來照顧修剪的樣子。

到了一座大樓，與剛才記的二十二樓地點有點相彷彿，只不過樓外沒有標識，穿了三寸高跟鞋的醒亞，只得將車停好之後下車行走。

電鈴也很破舊，似乎壞了，醒亞伸手去推大門，大門「丫」的一聲居然被推開了。

「有人在嗎？」醒亞高聲的喊著，有點色厲內荏。

「在嗎？」空洞的回聲。

醒亞是利用公司中午吃午餐的時間來的，她知道今天是第一次來，要花時間找路，所以沒有帶吃的食物給姊姊。今天並沒有打算著看韻亞，只是自己先行熟悉環境，找找路而已。

醒亞壯起膽子向大樓裡面走，兩邊發黴的氣味、潮濕的氣味夾雜著尿騷的臭味撲鼻而來。

嘩啦啦，兩隻極肥極大的老鼠由她腳下竄過去，嚇得她一顆心撲通撲通地亂跳。

吱呀呀，窗外大太陽下，有什麼鳥在哀鳴。

格登登，醒亞的高跟鞋踩著水泥走道，發出驚人的回音在大廈中回盪。

醒亞再走幾步，確定是個廢樓，她強自鎮定，快步走到停在水泥道上自己的車子那旁邊。

一到自己的車邊，醒亞匆匆打開車門，一頭鑽進自己的車裡，呼地一聲踩動油門，車子向前衝去。

她的一顆心驚天動地的跳著，在這廢墟中開了一陣子，路已經到了盡頭，前面有高牆，參天的紅磚牆上插滿了有鐵釘的大鐵絲網，明晃晃的電線纏纏繞繞，可以通電的樣子。

這些是什麼？做什麼用的？

醒亞越看越害怕，愈來愈慌亂，車子向哪邊開呢？

完全迷路了！

最後，醒亞強制鎮定，自己提高了聲音自言自語說：「大白天沒有什麼鬼打牆，廿世紀，找個有地址的病房，那會有什麼困難！」

果然，只要一鎮定，人就耳聰目明。

思路一清楚，醒亞靜下來思索一覽表地圖上的方向位置，最後，果然找到了二十二樓。

樓前有一個白鐵制的鞦韆架，鞦韆架上有一對病人情侶在上面搖蕩，兩人唧唧我我，完全陶醉在他們自己的世界裡面。

怎麼知道他們是病人而不是工作人員呢？醒亞已經很有經驗了，他們兩人身上都沒有掛滿鑰匙！

近旁有兩排花圃，一位棕色頭髮的女子，跪在花圃邊地上辛勤的工作，看不見她身上有沒有鎖匙，很難分辨她是工作人員還是病人。

建築物旁邊有一條長凳，有一位中年胖胖的婦女，看見醒亞把車停下，推開車門走出來，向大門前走去，就由長凳上跳下來，展露著孩子氣的笑容，又用孩子氣的聲音對醒亞說：「我的媽媽明天就要來帶我回家了！」

一會身上掛滿了鑰匙的工作人員，過來摸著這位胖胖婦女的圓形的頭，對醒亞說：「這個傻蓓蒂，他母親已經過世三十年了，可能怎麼可能來接她回去呢？」

醒亞看見這位工作人員和靄可親，就問她道：「這是二十一樓嗎？有沒有一位叫做韻妮保曼的新病人進來呢？」

「是一位東方女子嗎？我們這棟樓是二十二樓是不錯的，你說的那位韻妮保曼什麼時候轉到這裡來的呢？」

「昨天下午。」醒亞回答。

「昨天下午？你跟我來，我替你去查。」這位工作人員很能幹地說。

「蓓蒂，妳還要在外面玩呢？還是要跟我進去？」他問那位胖病人，蓓蒂表示還要留在外面，他就很親切地對蓓蒂吩咐道：「再玩一下是可以的，但是不要亂跑，走丟了就不好了喲！」

這位工作人員在前面走，醒亞就跟在後面，她找出一個極大極重的大本子，查了好一陣子，最後終於告訴醒亞說：「韻妮保曼是新病人，你可以到二零八室的會客室去等待會客。」

醒亞見她查的是一個陳舊的大本子，而不是電腦終端機，不用說，一定是經費問題，這裡是州立醫院，經費是州政府負責。

這位工作人員真有意思，她將所有的鑰匙掛在一個非常美麗的項鍊上，中間還有一個黃色圓圓笑臉的牌子，弄得她的鑰匙串變成裝飾用的項鍊。

醒亞望著這滿面春風的工作人員，態度是那麼的明朗，穿著又是那麼藝術化，猜想他大概是屬於那種那種樂天派的人，世界上是有一種人，無論什麼事經過他們的手，就會變得輕鬆快樂。

說實在話，不但精神病院需要這種人，我們全世界都需要這種人喲！

醒亞問她：「我剛才開車開到後面那一幢樓房，原來是一座廢樓，把我的膽子都要嚇破了，到底是怎麼一回事呢？」

那位女士回答道：「我們這醫院當初建造的時候，共有六十四座大樓，因為現在科學發達啊，很多新的藥物可以控制病情，受到最新藥品治療的病人，現在都可以回家或回到鎮上生活，建築物中的大半數已經廢棄不用。」

醒亞表示：「既然有不用的癈樓，應該重修做其他的用處，或者讓每一位病人的生存空間大一點，或者乾脆鏟平，豈不是更好？」那位工作人員一聽，好脾氣地笑了起來，笑著說道：「經費問題，經費問題！哪來那麼多錢，哪來那麼多錢啊？最好的生活環境是每位病人一個房間，但精神病是長期病，那來這筆經費呢？我們選妳來做州長好了！」

「我今天開車到最後幾幢建築物的外面，那邊不但圍牆高築，牆上還布滿了有鐵釘的鐵絲網，上面好像可以通電的樣子呢！怎麼一回事啊？」醒亞繼續追問。

那位醫院裡的工作人員很耐心地回答說：「廢物利用嘛！那幾棟樓已經改成關罪犯的監牢了。」精神病院裡只要有門，門上都有鎖，要改成監牢來關罪犯，想來是十分容易的。

醒亞告訴這位工作人員，她今天是利用公司規定的午餐時間來查看醫院的地勢及情形的，午餐時間太短，今天無法探望病人，只得明天中午再來探望病人。

醒亞自己做了一番打算和決定，一天以後每天中午趁午餐的時間來拜訪姊姊，姊妹兩人一同吃午餐，反正自己是要花時間吃飯，不如一舉兩得，到醫院探病及吃飯一同舉行，也等於中午強迫自己休息休息，那些公事是怎麼也做不完的，晚上晚一點回家好了。

自此，醒亞果然每天來與姊姊一同吃午餐。

口服藥需要天天吃，病人不肯吃藥，將藥片和藥水含在口中，然後背著醫護人員轉身就將藥品吐了出來，真是防不勝防，尤其是州立精神病院的病人，都是排成一排，一個個輪流吃，無法監督到底誰吃了誰沒有吃，或者誰假裝吃了，並沒有吞進去。

被發現了不按規矩吃藥的病人只能打針，每次打針時，都是護士要打，病人不肯，常常要軟硬兼施恩威並用，好處是打一次針可以管一個月，醫護人員不必與病人互相較量，有如打仗一般。

果然不出所料，姊姊韻亞每天與妹妹醒亞一同吃午餐的時候，大部分的時間都是用來抱怨她打針的痛苦：「打了針的日子，就好像在地府中受煎熬一般。」

可見打針是真的使她痛苦，不然，心頭上怎麼除了打針就是盤旋著打針這件事呢？

醒亞無奈，只得勸姊姊：「姊，打針是為了治病，良藥苦於口而利於病，打針……。」一提到打針吃藥，韻亞就會怨恨不已，但是，每次都是姊姊自己先提出來，然後，接著就埋怨：「什麼叫做利於病？我本來好好的，沒有什麼病痛……。」醒亞糾正她姊姊說：「姊，妳不吃藥，不打針，頭腦就不清楚，在這個世界，頭腦不清楚就無法照顧自己……。」

韻亞每每不等醒亞說完，馬上就會打斷妹妹的話，煩惱地說：「不清楚就不感覺什麼痛苦，總比腦筋清清楚楚，什麼病痛都可以感覺好多了。」與往常一樣，韻亞吃了藥或打了針之後，對男人正眼望也不望上一眼，完全失去了興趣。

這座州立精神病院，是給長期病人住的，有的是男病人一層樓，女病人一層樓，有的乾脆是男病人一幢樓，女病人住另外一幢，為了充分利用餐廳，他們也是男病人們與女病人們分開排隊，輪流吃飯。

韻亞打針的針孔，常常會發癢，她就常常一面與醒亞講話，一面雙手亂抓，使勁抓癢。看見姊姊癢成這樣，醒亞就打算幫她姊姊抓癢，捲起姊姊的袖子來一看，真是可憐，一個個針孔，有的針孔看起來還很新，皮膚下面舊的淤血聚在那裡都變成硬塊了，不由得心中一酸，一連串的淚珠由眼眶中流了下來。

「姊，你手臂上針孔累累，變成了硬塊，在這硬愧上打針，是很痛的吧？」醒亞哽咽地說。

「哎！」韻亞長嘆一聲，黯然地說道：「打針的痛算什麼，不過一下子就疼完了，再疼也過得去的！」

「啊！」醒亞連忙跟著姊姊說：「對啊，打針果然只需要很短的時間，疼也很快就好了，你是怕打過針的淤血，也怕淤血的硬塊發癢，是不是？」

「針孔結塊也算不得什麼，過一陣就好了，也不過只是一點皮肉之苦，算什麼呢？」韻亞不以為然地說。

「姊，那……?!」醒亞十分震驚。

「醒亞，打過針以後，精神的痛苦，那才不是筆墨或言語可以形容的唷，那種痛苦才叫真正的痛苦，比較起來，皮肉上的針孔，算不了什麼的！」韻亞愁眉苦臉地哭了起來。

韻亞的臂膀上傷痕累累，青一塊，紫一塊，她居然說皮肉之痛不算什麼，那精神痛苦到底有多痛苦呢？一定是更加苦不堪言了，不然韻亞從及其他病人怎麼都拼死不肯打針呢？

「哼！哼！我是情願穿直夾克也不肯打針的！」韻亞開始冷笑。

「姊，問題是，穿了直夾克，上完法庭審判之後，還是免不了要打針吃藥，只不過弄得醫生護士，法院法官，辯護律師，勞師動眾，天怒人怨而已。」醒亞就事論事，分析給姊姊聽。

「醒亞，我拒絕打針，咬了護士，他們就會給我穿直夾克，那幾天我就不是躲過了打針了嗎？等到醫院上訴到法院，開庭、判決，我就常常可以躲在直夾克裡一兩個星期呢！」韻亞此時，突然隱隱約約地露出一點得意之色。

我的老天呀，醒亞倒抽一口氣冷氣，穿在直夾克理面，不但手足不能動彈，大小便都解在內褲上面沒有人來換的日子，竟然被病人認為是「逃難」的日子，韻亞到底犯了什麼天條，上天要如此懲罰她呢？

「難過哦，難過啊，好像皮膚只上有沙子打擦一樣。」韻亞似乎也不知道怎麼形容自己的痛苦。

「我耳邊有上帝的聲音，告訴我汽油快要被人類用完了！」韻亞已經不止一次告訴醒亞，說上帝在她耳邊警告。

「奇怪，妳的黑頭髮的每一條旁邊，都有著藍色的細邊！」韻亞清清楚楚地對醒亞說。

聽她這麼講，好像打了針以後，精神還是有問題，哦，對了，沒有打針以前韻亞或者是溫溫地笑，或是不能控制的笑，再不就是膽小害怕到極點，沒有精神去談這些身外之事，打完了針，就可以用語言來表達思想，才會把耳邊聽見、眼睛看見的事情說出口來。

儘管韻亞天天有抱怨不了的煩惱，正如醒亞感覺到的，醫院官方的報告，也天天說她的情況日益進步，已經有時可以看電視，有時可以看書了。她甚至可以抱怨眼睛越來越不好，近視度數越來越深了。那也表示姊姊需要用眼睛來看外面的世界了，當然是好現象。

這天，醒亞中午買了兩份午餐，到醫院拜訪姊姊，被拜訪的姊姊韻亞，見了妹妹將手伸出來，手中握著什麼。

「醒亞，你猜我手中什麼東西？」韻亞故弄玄虛地問。

「猜不出來耶！大概是什麼呢？給一點暗示吧！」醒亞問，一面吃著炒麵。

「那，你看！」韻亞把手張開，笑著說道。

原來是錢！兩張一元美金的紙幣，另外還有一些零錢硬幣。

「哇！這麼多錢！哪裡來的？」醒亞本來就寵姊姊像寵孩子一樣，看見韻亞孩子氣地笑著，就笑嘻嘻地用很寵愛的聲音問姊姊。

醫院裡每月給每一個病人美金廿八元作為零用。為了要裝韻亞的零用錢，醒亞還特地到百貨公司姊姊買了一個皮的裝錢袋，袋子繫在腰間，片刻不離身，裡面已經有五、六十元之譜了。

但這兩元多美金，定有其特殊的意義，不然韻亞不會那麼重視。

「賺來的，我自己靠自己的本事賺來的呢！」韻亞高興地說。

「怎麼賺取的呢？」醒亞鼓勵地問道。

「是這樣子的啦，我到我們的醫院福利社去買了一包煙，一包口香糖，回來拆包後零售給其他的病友，得了一些蠅頭小利。」韻亞說得又得意又羞怯。

怎麼零售呢？原來一支煙兩毛五分錢，口香糖一片一毛錢，果然是蠅頭小利。

「哦！他們已經准妳到福利社去了！」醒亞也為這個好消息而高興，福利社在卅號大樓的地下室，距她們住的這棟樓要步行的話，得要二十分鐘左右呢。

「因為我表現良好，已經獲得榮譽通行證，准我出去散步了！」韻亞說的眉花眼笑的。

「太好了！」

「不過一定要在規定的時間之內趕回二十二號樓，遲了就會沒收榮譽證，取消外出的資格。」韻亞說的眉花眼笑。

真是一天比一天進步，實在令人欣慰。

第二天中午，來醫院訪問的醒亞一進門就看見姊姊韻亞正忙，沒有看見妹妹。

醒亞好奇地走過去細看，原來姊姊正在收錢，凡是給了五毛錢的女病友就有資格站在走廊上排隊，現在男病人們正在樓下餐廳用餐，他們這些女病人付完錢排成一排，正在做什麼呢？只見他們排在隊前面的幾個人，一人手中拿了一個紙杯，紙杯發完了，後面的人只好空著雙手，手掌向上。

韻亞手中拿了一個裝咖啡粉的罐子，將罐中褐黃色的粉末向每人的杯子裡倒，到了後來，沒有杯子的人就把空的雙手手掌來接粉末。

「姊，妳在做什麼？」醒亞站在旁邊看了一會兒，實在忍不住了，出聲問道。

「醒亞，我在賣咖啡粉給大家。」韻亞笑嘻嘻地回答，揚一揚手中的罐子，果然上面有速溶咖啡粉的字樣的標示。

原來韻亞向她的朋友們一人收了五毛錢，賣一些咖啡粉給大家，叫她們吃過午餐以後泡來喝。

「姊，妳看，妳快看，她已經開始將咖啡粉吃進去了！」醒亞大驚小怪地指著一個人女病人喊道，因為那位女病人將手上捧著的咖啡粉，不等沖泡，已經開始往嘴裡送了。

「沒關係啦，反正她出了錢，咖啡粉已經是她的了，什麼時候吃是她的自由，反正吃到嘴裡或胃裡，吃飯時自然有飲料可以將咖啡粉泡開。」韻亞面不改色，繼續分發倒粉。

「咖啡粉是苦的吧！」醒亞提醒姊姊。

「我已經向每人收了五毛錢，收了錢才讓他們排隊的，不發完是不行的。」看來韻亞做生意還挺講義氣的。

哇！買進一大罐咖啡粉才花五元左右美金，賣出去卻是一小撮就要收五毛錢，真是一本萬利。

姊妹倆坐下來吃東西的時候，醒亞很懷疑地問她姊姊：「姊，你們餐廳裡吃飯的時候，不是有很多種飲料任大家選擇的嗎？橘子水、牛奶、茶、咖啡，不是應有盡有嗎？他們為什麼還要花五毛錢向你買這種苦的乾咖啡粉呢？」

「那個嗎？餐廳裡的免費的飲料有什麼喝頭呢？不花錢的怎麼可能好喝呢？……」韻亞振振有詞的說。其實，她口袋裡那麼多的硬幣可以證明她道理的正確性了。

韻亞平常不是向來不與其他女性來往嗎？現在接受治療之後，居然能與其他女病人做朋友啦！而她病房的女病及們知道她妹妹每天幾乎每天中午風雨無阻地來看姊姊時，也就千方百計地混到會客室來，混不進來的，也想法子站在窗口看他們兩姊妹會客，若是站在可以聽的距離，她們就會想盡辦法抱怨給醒亞聽：「我們其實本來沒有病，都是打針給打病了。」

「死了，快死了，我們吃藥吃的快死了！」

韻亞已經是中年婦人，還是留著少女的長髮，在她神志不清的時候，留著長髮給她一個錯覺，以為自己還是長髮飄逸的少女。

現在神志清楚一些，發現頭髮一長，使她原本日益稀少的頭髮更是像老鼠尾巴一樣，醫院裡的義務剪髮師給韻亞剪了短頭髮，使她看起來精神好些，醒亞見了，鼓勵地說：「姊，你頭髮短了些，人看起來精神一些。」

韻亞很害怕地回答：「我不喜歡短頭髮，老太太才剪短頭髮！」

可見韻亞的腦筋尚未清楚到瞭解，她現在頭髮的數量、以及頭髮的品質都已經不在適合留少女的髮型了。其他的女病人朋友們，也附和說道：「短頭髮看起來是比較有精神耶！」

韻亞最後很肯定地下了一個結論：「等我將來的頭髮不這麼乾燥，就要再留長頭髮的，可恨的是打針及吃藥才使我的頭髮變得這麼乾燥的！」

有一天，醒亞來訪，韻亞不許她睜開眼睛。

「醒亞，閉起眼睛來摸摸看，這是什麼？」韻亞等醒亞閉起眼睛之後，問她的妹妹。

醒亞閉起眼睛，一面吃吃地笑，一面伸出手雙來摸。

「嗯，一條長長的，不知是什麼。」醒亞笑道。

「一條皮帶啦，我自己做的。」韻亞又得意又驕傲地說。

韻亞給妹妹編的皮帶，不但做得精緻，上面還燒得有花紋，皮帶是黃色的，花朵卻燒成咖啡色，兩種顏色對襯起來真是漂亮。

第二天，醒亞繫了姊姊親手燒製的皮帶來醫院探訪，韻亞見了，得意洋洋地說：「我近來做工賺了不少錢，請你去福利社吃漢堡包如何？」

到福利社的路，約莫廿分鐘左右，路上風景雖然不錯，那一元一隻的漢堡包也很好吃，使醒亞特別感動的是：韻亞居然對於她能由病房出來自由散步這件事如此地欣慰，對於自己花錢買一元一個包子的事，如此快樂。

韻亞能夠在這麼小的事情上感到快樂，不就是邁向快樂的第一大步嗎？

我們人生於世，要升大官，發大財，有大喜事才快樂的話，人生的快樂太少太不容易了，要有一個完整快樂的人生，是要在小事上尋找快樂，這樣一點一滴的自己找到的快樂累積起來，不就是大快樂嗎？

最使醒亞感動的是：韻亞送了一個紙剪的紅心給妹妹，是她們手工藝指導員教的，上面是韻亞用英文寫的：「我親愛的妹妹醒亞，我愛妳！」她還特地在愛字的四周，用紅色的彩筆圈起來，表示慎重。

更使醒亞感動的事：韻亞在把紅心交給妹妹手中時，眼睛中顯示的愛心，以及手足的情分！自從醒亞有了記憶以來，韻亞都是活在自己的小圈子裡，從來沒有這樣以妹妹為中心地親近過。

這些年來，她們的生活就是這樣：姊姊韻亞做了怎麼不對的事情，人們來向醒亞告狀，或者是姊姊破壞了什麼，人家來找醒亞索取賠償等等事項，不一而足，都是些使醒亞提心弔膽的事情，只要有人在醒亞耳邊提到韻亞或韻妮保曼如何如何，醒亞的心就一緊，馬上的反應是：「我姊姊又怎麼啦？」

太多年來，醒亞已經學會不責備，永遠寬恕，甚至放棄對姊姊的事情太費感情。能處理就儘量處理，如此而已。

沒有想到韻亞可以使她如此寬心，如此驕傲的！這種感覺多好啊！

醒亞寬心之餘，非常感謝現在的醫學和科學。

醒亞困惑的是，儘管韻亞的一切變得這麼可喜可賀，而她自己對於吃藥打針，仍然不停地埋怨和訴苦。

「太痛苦，太痛苦了呀！受不了耶！」韻亞會哭喪著臉說道。

「姊，若不是吃藥打針，妳會這麼好嗎？」醒亞企圖提醒姊姊。

這時的醒亞已經將把白醫師交給她的那張字條上所列的書本，由淺入深，慢慢地一本一本地仔細讀過，她不要只是隨意來翻閱，她要把這些書，一本一本，當作一件正事來仔細有系統的研究。有時還仔細地記著筆記。

書上講的精神病人的情況，心理以及生理各方面，她都以姊姊韻亞為見證，使她好像又多看了另一個不同的世界，發掘了新的知識寶庫。

目前天天中午萬事拋在一邊，很有規律的與姊姊一同按時進餐，使醒亞自己的身體也漸好，對自己辦公室的工作也更加有信心，每天起早睡晚也更是行有餘力。丈夫棟柱對她的冷嘲熱諷，醒亞早已經完全有免疫力，可以聽而不聞，視而不見，日子過得格外起勁。

其實，算起來，妹妹醒亞與姊姊韻亞，到底誰得益多些呢？

醒亞也漸漸的認識了韻亞的朋友們：那個黑頭髮，胖胖的中年女子，名叫蘿莎，另一個老太太，白髮紅顏，人人都喊她琳達，還有一個眉清目秀的少女，叫做伊莎貝爾……。

每次醒亞來探望姊姊，管理人員一再喊：「不是來看妳們的！是來看韻妮的，是韻妮的訪客！」可是她們還是要在門或窗外探望，甚至遠遠的站在管理員管不到的地方，朝著來訪的醒亞或朝她的方向看。

韻亞一再很慎重地問妹妹：「醒亞，妳有辦法給我們帶一些紙筆信封郵票之類的東西來好嗎？」醒亞笑著問道：「姊，要這些東西做什麼？」韻亞都是很認真地說：「要寫信——要寫很重要的信，不要忘記帶紙筆信封郵票來喲！」

醒亞一口答應，紙筆信封郵票又不是什麼大不了的東西，豈有不答應之理，只是，怎麼韻亞及她朋友們好像人人都很慎重緊張，實在透著奇怪。

「你們醫院福利社裡不是有面有郵票出售嗎？」醒亞問。

「這是很重要的信件，我們不要醫院福利社的郵票，也不假不信任的人的手，妳是一位我們大家都信任的人。」韻亞正色指出。

醒亞原想抽空到郵局去購買，可是，每天早上上班之前，郵局尚未開門，晚上下班之後，郵局又早關了，中午還要忙著趕去醫院，實在也無法分身去買郵票。

想起來棟柱也曾說要寫信，曾經去郵局做了一次正式採買，所以家中尚有很多郵票，醒亞到書房去翻翻找找，把家中現有的郵票、紙筆、全部找出來，放在一個牛皮紙袋中帶到醫院，反正郵票也不值什麼大錢，就是拿去送給韻亞及她的朋友們，也沒有什麼了不起，算不了什麼的。

當她帶了這一大牛皮紙袋去醫院時，韻亞及她的女病友們都站在走廊裡等待醒亞，醒亞見了她們也十分興奮。

「看我帶了什麼來？」醒亞一面喊，裡面揚著手中的牛皮紙袋。韻亞一把搶過紙袋，打開來一看，正是他們等的東西，眾女齊聲歡呼，開始熱烈地討論起來。醒亞見她們討論得這麼認真，想起自己辦公室還有一個問題沒有解決，也就匆匆離去。

醒亞回到辦公室，工作了整整一下午，仍然沒有結果，心中怏怏不樂，只得先回家再說。

趙家有兩輛車，棟柱與醒亞各人分別有兩副鑰匙，他們家的停車房可停兩部車，車房外的停車道原是停兩部車的停車道，不過其中一條停著棟柱的舊船，所以只剩一條狹長的停車道內停著兩部車子。

一般日子，醒亞如果不加班的話就會先到家，人未到先喊聲：「勇勇，媽媽回來啦！」勇勇也會在房內喊一聲：「媽媽回來啦！」有時也會出房來張望一下再回去，不過經常是喊一下就算數了。

然後就是醒亞切肉洗雞，將紅燒的肉類先煨或煮，然後將米放入電鍋內做飯，最後就是切洗青菜，等一切都準備好，醒亞就會進去將飯桌理理，房間整整，甚至會坐下來看看電視新聞。

一般的情況都是：新聞還沒有開始，棟柱就回來了。

正在做功課的勇勇聽見爸爸車子回來的聲音，就會由房內出來，等候吃飯，媽媽醒亞就將要熱的肉類熱一下，青菜也在此時此刻滋拉拉的下鍋爆炒。

棟柱也就利用醒亞準備最後一步晚餐的時間，將醒亞的車倒回去，將自己的車停在裡面，把醒亞的車停在外面，因為第二天清晨醒亞出門比較早，等棟柱把車子前後排好，那就回來洗洗手洗洗臉，準備吃飯，都是例行的公式。

這晚棟柱要送勇勇到學校去演習話劇，就不曾將車子調整，反正馬上又要開出去嘛。才吃過飯，碗筷還橫七豎八的躺在飯桌上，醒亞公司的電腦室來了一趟緊急電話，必需要醒亞馬上趕過去，那管理程序的程序員，一再強調說：「妳們這一系統若不能順利作業的話，後面全部的各種系統都做不下去了，因為人家用妳們的數字結果來運算的。」

醒亞一驚，匆匆出門，見棟柱的車停在外面，自己反正不久就回來了，就匆匆將棟柱的車開了出去。棟柱一見桌上杯盤狼藉，心中已經不悅，將筷子放了一雙到水池中，就不高興再管，歇手不幹了。走到外面一看，發現醒亞也沒有打個招呼，將他的車子開走了，更加生氣，只好勉強開了醒亞的車，帶了勇勇氣沖沖地出門。

本來打算在學校等候勇勇的時間，可以寫短信呀什麼的，以免浪費時間，現在打開抽屜一看，只筆信封連帶郵票一概不見了，這下子完全是怒不可遏。

他在等候勇勇演習的時候，就一直在那裡乾生氣。

晚上勇勇話劇演習完畢，棟柱帶了勇勇到家的時候，只見他們家的停車道空空蕩蕩，醒亞尚未回家，棟柱將醒亞的車停在街邊之後，就逕自進屋生氣去了。

醒亞忙到半夜才將工作做得差不多，到家之後，頭腦有欠清醒，又忘了將棟柱汽車的車燈關掉。

第二天清晨七點鐘，醒亞出門之時，一看自己的車被棟柱停在街邊，就急急忙忙開了街邊的車送勇勇上學後，匆匆上班。

她一邁進辦公室，看見自己的辦公桌上，一切與昨天半夜自己離開時完全一樣，四周一個人都沒有，遲退早到，就是她的生活，心中著實感慨，這一感慨，早就把昨天開了棟杆的車忘了關燈的事忘得乾乾淨淨。

次日中午，醒亞又到醫院去看姊姊，她現在非常喜歡中午去拜訪在醫院的姊姊，一則遠離自己辦公司的工作，可以好好喘一口氣，二則她現在與醫院人中都很熟悉了，覺得到了醫院比回家還要熱鬧親切呢！

這次，韻亞當著她全部的病友，鄭重其事地交了一封信給妹妹，並且用非常慎重的口氣說：「醒亞，這封信你要親自投到郵筒裡去哦，不要給醫院當局截獲才是，被他們搜查到了，我們也就大禍臨頭了！」

信封上的收件人：紐約州州長科莫先生大鑒。

地址：州政府・奧班尼・紐約州。

看韻亞她們對這件事看得這麼嚴重，一副煞有介事的樣子，覺得十分可笑，更覺得她們認真得十二分可愛，有什麼大禍會臨到十她們頭上呢？前一陣子精神病患者槍殺雷根總統未遂，而且傷及無辜，但因為殺人者有精神病而不能判刑，連總統都無可奈何，寫封把信給州長大人又有什麼大罪呢？

只是，醒亞想不透姊姊及她的朋友們有什麼重要事情，要寫信給紐約州州長呢？那麼慎重其事！

第十八章

醒亞回到家中，照例將上班的套裝、絲襪、高跟鞋、珠寶配件都脫下來，將家中當天的晚餐準備妥當之後，再等棟柱下班回來之前，本要將那些白醫師介紹的書籍取出來看，今天卻一直惦記著韻亞及她的朋友們寫的信，好奇心終於戰勝一切，她決定將信的封口用水蒸氣蒸開，將信的內容隨便用眼睛瞄一下，滿足了好奇心，才要將信重新封好再寄出。

果然，約花了十五分鐘左右，信被蒸氣蒸開了，原來是一封陳情信，其內容如下：

親愛的科莫州長先生：

我們是一群任在紐約州立精神病院的可憐蟲，被鐵索及鐵門緊緊地關在醫院的圍牆之內，過著生不如死的日子，請你老人家大發慈悲，將我們救了，讓我們各自可以回家。

謝謝，

祝你尊敬的老人家

安好

韻妮・保曼
羅莎・卡斯楚
琳達・伊登
你忠誠的州民

……。

這封信的署名由韻亞領頭，後面還加了四十三個名字，這不是全病房的病人的名字、全部都在裡面了嗎？

韻亞看完信的內容，忍不住啞然失笑，姊姊韻妮果然是受過高等教育的女子，懂得領導群雌呢！

接著，醒亞禁不住又大嘆了一口氣，若姊姊不生病的話，現在絕對是一個很有作為的高等女子！

正在此時，她聽見棟柱車子回來的聲音，醒亞此時全心全意地浸潤在韻亞及她的朋友們又天真又可愛的行為裡，哪裡會注意到棟柱鐵青的臉色呢？她轉過臉來對丈夫棟柱笑道：

「棟柱，你看可笑不可笑，韻亞姊及她的朋友們竟然聯名寫了一封信給紐約州的州長……。」

棟柱昨晚帶勇勇回家時為時已晚，今天早上要上班之前的最後一分鐘才才發現車燈的電池全被耗光，當然是因為老婆醒亞忘了關掉車頭燈，耗電過多，車子不能立刻發動了！好容易麻煩鄰居將電池臨時加電發動了，慌慌張張開到了紐約市內的辦公室，已經遲到了四十五分鐘，回來時醒亞又將一封神經病患們由精神病院寫給州長的信要他看，何況目前肚子正餓得冒出火來，加上又累了一天，醒亞卻將那無聊的信在他眼前亂晃，馬上勃然大怒，將醒亞手中的信一把搶過來，三下兩下把那封信撕扯成數片，口中還罵道：

「神經病！」

醒亞原本自覺不該私自拆看姊姊朋友們的信，當初只希望看過之後馬上再封起來，立刻將信寄出去，才不負寫信人的寄託。現在棟柱把信撕壞，再也回不去了，而且他為了表示憤怒起見，再將撕壞的紙片，再撕成更小的碎片之後，全部丟在地上，灑了一地！醒亞心裡吃驚極了，現在怎麼將姊姊朋友們的信寄出去呢？這一急，眼睛都紅了，口裡喊道：「你，你怎麼撕了，怎麼……再怎麼寄出去呢？」立時哭了起來！

她這麼一哭，將棟柱的怒火更是煽了起來，不由得蒼白著臉色罵道：「神經病！寫什麼信給州長，不是神經病是什麼？在醫院的神經病們要寫信，妳比他們還要神經，還要當作一件事來看，難道真的要寄出去？神經病！不正常！」

醒亞急得直掉眼淚，在她看來，不論那信的內容對不對，寫信的目的正確還是不正確，效果高不高，但自己受人之託，忠人之事是應該的，而且，最重要的，棟柱的觀念必須有所改正，她們也是人，只是不幸精神系統有了毛病，腦子比較不清楚，影響行為與平常人不太一樣而已，這些人是應該受同情受幫助，不應該受歧視！

為了要證明自己的看法是對的，醒亞就急急奔到她的皮包中將白醫師介紹給自己正在看的書拿給棟柱看，而且還急切地說：「精神病的病人是不幸的可憐人，你看看這些書，就會瞭解，他們也是人，只不過是有病的人而已！」

棟柱本來就已怒極，現在見她竟然由皮包中取出書來，心中恨她執迷不悟，更是火中澆油，越發生氣，一把將書搶了過來，打算扯碎，但這些洋裝英文書比較厚，不能像信紙一樣幾下扯扯就可以扯成碎片，只得將書頁一張一張撕下來，撕下書頁以後，又將撕下的零碎的書頁一張一張扯碎，口中連連大罵：「神經病的書，看得跟真的一樣！」

棟柱罵得興起，飛奔到廚房中，把廚房中另一本醒亞正看了一半的書也抓過來，一面撕一面罵：「我看你比你姊姊還神經，心裡什麼人都沒有，丈夫兒子完全不重要，只有一個瘋子的事情才重要！」

醒亞本來一直在掉眼淚，現在看見棟柱將書本一張一撕，一撕一罵，氣得發起狂來，直奔到廚房，將另外一本已經看得滾瓜爛熟的書也拿出來放在他面前由他去撕，而且哭喊道：「你撕，你撕，算你狠！」

現在，醒亞哭了一陣子之後，眼淚反而乾了，棟柱撕信固然不對，但是，她的姊姊及朋友們這樣信任她，請她代為寄一封信，她不合私自拆開來看，自己首先錯了，本來就是不可以饒恕的罪過，精神病的人也是人，她們的信當然不可以隨便拆開來看，現在棟柱將信撕毀，就是不給她一個補過的機會。

醒亞立定主意，打算從現在起，從此以後，每天吃完晚飯，要正式坐在地下室那小一點的那間房間去看書，而且，在棟柱面前再也不提書的事情，她已經打算不與他交談了！

吃完晚飯到地下室去看書的決定，才實行了兩三天吧，其實也實在看不成什麼，因為忙了一天，才將書翻開看了幾頁，早就困倦起來，兩隻眼睛一直向下垂，再一想，萬一辦公室有電話來，不如早點去睡覺吧，所以就站起身來上樓去梳洗。

這天她正合上書站起來，突然發現丈夫棟柱站在她的面前。

他什麼時候到地下室來的？怎麼沒有注意到呢？他到底來幹什麼？

棟柱對醒亞意外地和顏悅色，他說：「醒亞，我看妳太忙了，對家裡的事、對我、對勇勇，完全顧不到啦，不如找個人來幫忙吧！」

醒亞站在那兒，睜大了眼睛，吃驚地望著他。

棟柱本來就脾氣不好，個性又倔強，居然會主動下來找她說話，是不是一種變相的道歉呢？其實，醒亞因為工作努力，公司剛加了她的薪水，她還沒有決定要不要告訴棟柱呢，還沒有告訴的原因：一則是為了兩人目前既不交談，當然誰也不能因此而先開口失了尊嚴，二則也是怕棟柱又用這個題目來譏笑她，說是，啊！現在資本家給了你一塊大一點的肉骨頭啦之類的。

既然醒亞的公司加了她的薪水，找個人來幫忙做家事，實在是好的，醒亞那麼忙，目前用的鐘點工潘多拉，房間要先整理好了，她才肯來吸塵，髒衣服要先放在籃子裡，她才肯拿到洗衣機內去洗，要燙要乾洗的衣服，還是要親自送到乾洗店去。找一個固定一點的女工，不是一切都解決了嗎？但是在美國要找個幫忙做家事的人是很不容易的。

「我有一位表妹名叫方小玫，她的父母原來在江西鄉下人民公社裡，屬於黑五類，在三弟棟梁的擔保之下，在他教書的學校申請到入學許可，原來議定好，到美國之後可以在他家住，順便給他們照顧照顧孩子，幫幫家務，可是棟梁的太太艾美反對，棟梁再三求我，要我們給他幫個大忙。」

「我們並不需要人帶孩子，勇勇已經快要上完駕駛課，可以考駕駛執照了。」醒亞回答道。

「我們需要人幫忙妳做家事，我們家太……妳太辛苦了！」棟柱小心翼翼地說。

「棟柱，我們還是問問你大哥好嗎？大嫂不上班，常常到醫院去做義工，她既然有空去做義工，當然也比較有時間照顧表妹。」醒亞也不願攬這件事。

「那你打個電話給大哥大嫂吧，告訴他們，小玫的學費由我和棟梁負責，大哥大嫂不必擔心，還有，我們每個月還可以貼補小玫一點生活費用。」棟柱對醒亞說。

「我們貼補一點錢，當然是可以的。」醒亞點頭。

醒亞噔噔地跑上樓去打電話給棟柱的大哥棟樟，棟柱也如影隨形的地跟了上來。

醒亞正在撥電話，房間裡光線不好，電話號碼的字不大清楚，大概是近年來從早到晚坐在終端機前面的原故罷，眼睛愈來愈壞。

「叭！」棟柱竟替她把檯燈扭開了。

醒亞才撥了三個字就撥不下去了，因為仍然看不清楚，棟柱伸過頭來看了一下，又特意地將台燈移到電話旁邊，果然電話上的號碼就看得很清楚了。

「這房間的光線不怎麼好。」棟柱輕輕地說，聲音就在她耳邊。

醒亞將電話號碼撥完之後，不久就聽見線那邊的鈴聲響了起來，大哥大嫂不在家？在樓上？響了好幾聲都沒有人接。當醒亞側耳細聽電話裡面那邊的動靜的時候，只覺得棟柱高高的個子，暖暖的身體，就近近地貼在她身體的旁邊，只要她的身體略略挪動一下，似乎就可以跌進他的懷裡去似的。

他與棟柱不是自己在大學裡認識的同學嗎？他們不是經過熱戀才決定結婚的嗎？他們兩人之間，不是一直都互相吸引著才決定終身廝守的嗎？怎麼近來變成這樣了？幾乎變成互相生氣的對象呢？

正當醒亞在胡思亂想，心猿意馬的時候，電話那邊被人提起來答話了：「哈嘍，趙府，妳要找誰？」大嫂的聲音。

「大嫂，我是醒亞。」

「哦，二嫂，很久沒見面了，有什麼事嗎？」

「大嫂，我們有個由中國大陸來的表妹，要到你們那邊去讀書，請你們照顧一下好嗎？」

「那不行，我們家只有大哥一人賺錢……！」

「大嫂，一切費用，由三弟家與我們負責，妳和大哥不必擔心的！」醒亞急急忙忙地說，生怕大嫂將電話就此掛斷。

「我們哪裡會怕你們不出錢？誰都知道，二嫂是女強人，賺的錢多！」大嫂在電話裡說。

「就是因為我上班，比較忙，所以……。」

「是這樣的，我要做義工，我家房子太大，清理起來很不容易，無法照顧她，她是絕對不可以在我們這裡的。這樣好了，等她在你們那邊上學了，歡迎她放假時來我們這裡玩，以後我們有空就去到你們那裡去看她。」薑是老的辣，趙大嫂在電話裡回得一乾二淨，叭地一下，急急忙忙將電話掛斷了。

「這樣說，小玫只好住在我們這兒來了，因為艾美說若小玫到他們那裡去，她就要與棟梁離婚，艾美是說到就做到那種人。」棟柱的失望是顯而易見的，艾美是老三棟梁的老婆。

「我們勇勇大了，又很懂事，實在不需要保姆。」醒亞還在那裡傻傻的重複著同樣的話。心裡在那裡思前想後，感慨萬分，不知如何是好。

「住在我們這裡，可以幫忙做一些家事，醒亞，那樣我們不是空閒一些，好好地喘過一口氣來？」棟柱對醒亞討好地說。

真是的，結婚以後，醒亞和棟柱兩人各自為了事業在外面努力掙扎，家裡面的事情又是無休無止的，什麼事是都必須兩人親自動手處理，當然兩人的感情被日常的柴米油鹽醬醋茶愈磨愈單薄了。醒亞近來甚至懷疑丈夫棟柱到底還愛不愛她？想到這種問題，也只能胡思亂想罷了。

好在每天很忙，胡思亂想的時間不多。又好在日子久了，醒亞雖然對丈夫對自己的愛情有所懷疑，但對辦公室的工作能力信心日益增加，姊姊韻亞的病況日益好轉，對她也是一副定心丸，勇勇從小就只令人為他驕傲不必為他煩心，所以近來有朋友是呼他為「女強人」的時候，初聽真是嚇了一跳呢。

女強人？怎麼會是我？

但仔細想想，如果說賺的錢比男人多，就是女強人的話，她近來每半年就加一次薪，順帶又升了幾次官銜，收入是不錯了，頭銜也挺響亮的，這樣想，自己似乎又當得上這個頭銜。

她也變成了窮則變，變則通，將棟柱對她的態度大而化之，自求多福，不再期盼他有什麼溫柔體貼的行為，但是，若是夫妻日常能夠和睦相處，相敬如賓，不要再為雞毛蒜皮的小事爭吵，那該多好呢！

不過，只看棟柱近來這兩天對她的態度，一下子轉變了很多，是不是象徵著她婚姻的危機，也會轉向，也就是說日漸好轉的呢？如果是那樣，那該多好呢？

「棟梁家孩子小，需要一個保姆，先讓小玫在棟梁家住一陣子，等小玫對環境熟悉了，三弟棟梁的太太艾美可能就喜歡她了，那時就會覺得家裡有個保姆是不錯的呢！」醒亞還存著一線希望，希望至少能拖一下時間。

「不行的，艾美說過，絕對不許進他們城內的學校！」棟柱嘆了一口氣。

「不過，到我們家來，也實在不是辦法……。」醒亞猶豫地說。

「表妹小玫現在就在老蔡家，我這就去老蔡家接她。」棟柱還沒有說完，就急急忙忙把車開走了。這可將醒亞弄糊塗了，不是說三弟棟梁與三弟妹艾美吵得翻天覆地，艾美已經將棟梁掃地出門了等等嗎？怎麼表妹小玫已經在長島的朋友老蔡家裡呢？

老蔡距離醒亞家開車不需要二十分鐘距離。果然，不到四十分鐘，棟柱將他的表妹方小玫帶到家了。

第七章

「方小玫這個名字，是不是太小資了些？在公社裡的時候，用這樣的名字，比起叫小紅、小軍來說，是不是不夠前衛呢？」醒亞是由台灣來的，忍不住開口問。

「我們那有資格叫前衛而革命的名字！」小玫小聲地回答。

這位表妹個子雖高，可是又黃又瘦，隨身只有兩只廉價的塑料皮箱，地下室小的那間臥室給她住正好。

「房間小了點。」醒亞抱歉地說。

「太好了，又有桌子用，又有床睡，還有這麼好的窗簾，質料比人穿的衣服還好呢，這些桌子還是真的木頭做的，床上還有彈簧，地下室有這麼高級的地磚，倒像給仙女住的呢！」方小玫很誠懇地說。

「妳要不要去看看廁所浴室呢？」醒亞見她一點都沒有不滿意的樣子，放下心來。帶她到給小玫專用的廁所浴室看了一下，方小玫更是讚口不絕。

「這麼雪白的瓷磚，這麼高級的洗手台，還有這麼好看的全新的大鏡子，比高幹家用的還好，由我這黑五類來住，有點浪費了！」小玫簡直滿意極了。

「只要你喜歡，太好了，我們也放心了。」棟柱高興地說道。

「當然喜歡，我們在公社裡面，全家五口住一間比這還小的房間呢。」小玫回答道。

「等有空我帶你去買點需要的東西。」醒亞對小玫說，因為小玫只有兩只箱子。

醒亞與棟柱把小玫安頓好了之後，兩人回到他們寬大的臥室。

「她說她們全家住的那間比她現在住的那間房還小，可能嗎？」醒亞將信將疑地問。

「上次我到中國去拜訪的時候，他們不許我到人民公社去，所以我也沒有親眼看到，只要小玫對她現在的房間很滿意，那就行了。」棟柱高興地說。

「其實，我們的地下室雖然名叫地下室，但是光線還是很充足，至少有一半在地面上，而且窗子也大，採光也不錯。」醒亞也滿意了。

棟柱見醒亞坐在那裡說話，自動走過來親了一下醒亞的臉，笑嘻嘻地說：「醒亞，妳真好，你能收容她，我在表姑面前也有了交代。」

「你只為要在表姑面前有交代，就不管在我面前有沒有交代？」醒亞見棟柱心情很好，當然也很高興，就撒嬌他斜睨了他一眼。

「醒亞，妳不要客氣，嫂嫂就跟姊姊一樣，妳有什麼家事，她都可以幫忙的。」棟柱也很誠懇地說。

「她會做什麼呢？」醒亞問。

「我回鄉的時候，上面給我安排到住在城裡我們家的房子裡，小玫的母親被派來照顧我，小玫就幫她母親買菜、煮飯、炒菜、洗衣、燙衣、擦地板，什麼都會做的。」棟柱一面講一面回憶。

「她年紀這麼小，怎可能什麼都會做呢？」

「小玫不小了，已經二十八歲了，因為營養不良，才這麼面黃肌瘦的。」棟柱解釋說。

「看起來像個十幾歲的小姑娘，還沒有開始發育似的，若不是太瘦，其實五官長得還不錯的。」醒亞很誠實地說。

「醒亞，小玫的外祖母，是我家七爺最寵愛的小姨太太，七爺以前是個大地主，荒年的時候，見人家領了一對雙胞胎的姊妹花，長得很漂亮，雙生女的家貧養不起，七爺家也不多兩口吃飯，就一口氣將這對雙生姊妹一併買了下來做小，後來這雙生姊妹的妹妹生了一個小女孩，就是我的表姑，表姑長得跟他母親一樣的美麗，後來因為生長在地主之家，是地主家的掌上明珠，就被當作地主的女兒來鬥爭，小玫的眉眼也很像表姑年輕的時候，只不過表姑那時是大小姐，到了小玫就是黑五類罷了。」常常陰陽怪氣的棟柱，今天居然一口氣講了這麼多話，真是不容易。

「你小時見過表姑嗎？」醒亞懷疑地問。

「不知是真的見過還是聽母親說起過。」棟柱一面思索一面回答。

「大概是你母親說的。你就算見過，不可能記得的。你的母親告訴過我，你到台灣時還抱著手裡呢！」

「見過沒見過都不重要，其實，小玫長的越漂亮越好，我們都巴不得她美若天仙！」棟柱笑嘻嘻地說。

「你真好笑，她長得美不美與我們有什麼關係?!」醒亞也笑了起來。

「當然有關係，她長的越美越容易嫁掉，嫁掉之後，我們不就完成任務了嗎？」棟柱推心置腹地對醒亞說。

醒亞很久沒有聽見棟柱對她有什麼推心置腹地體己話了！今天居然在臥室裡一口氣對她說了這麼多悄悄話，不是完全把自己當作心腹的一家人嗎？

醒亞見棟柱金絲眼鏡後的眼睛那樣誠懇知心地看著她，又娓娓不倦地與她把陳年爛芝麻也一一講給她聽，心中感動莫名，也就高高興興地說：「我們這兩個做表哥、表嫂的，應該多給他留意，讓她早一點找到合適對象，我們也就鬆一口氣了。」

「可惜我的同學同事們都四十多歲了，要替她找，可能要花一段時間，其實，我們那邊的後博士還不少。」棟柱很認真地在思考。

「讓她一面進學校學習，我們一面替她尋找，等她有了學位可以自食其力之後，找人更方便了，我們公司就常常需要一些臨時性的顧問。告訴你，趙棟柱，以後我要找臨時顧問來給我工作的時候，就專挑三十歲左右的未婚男性，你看好不好，公私兼顧！」醒亞半開玩笑半認真地說。

在江西鄉下公社長大的表妹，就這樣住進了趙家，進入了趙家的生活。

小玫非常聰明，加以十分有心，又懂得察言觀色，所以在趙家甚得人心，趙家也人人過得心滿意足了好一陣子。

勇勇是個心地善良的孩子，雖然他與表姑的年齡及背景都不一樣，語言更是隔閡，但自從小玫搬進來的第一秒鐘，就完完全全接納她成為家中的一員。

「我看勇勇近來十分得意，他現在可以做表姑的小老師，教小玫的英文及新數學！」棟柱眉花眼笑地說。

小玫堅持要醒亞辭掉臨時鐘點工，她說：「表嫂，洗衣服太容易了，我們把髒衣服收集好，又不是拿到河邊去洗，而是要等潘多拉來把衣服和肥皂粉放進洗衣機去洗，等她洗完又送進烘乾機而已，這個我也會做，何必花錢請她呢，我本來以為操作洗衣機、烘乾機有多難呢！花這麼多錢請臨時工，原來只不過按幾個開關而已。」小玫對醒亞說。

「表嫂，掃地打蠟很容易，只不過用吸塵器先吸過，才打掃，也是很容易操作的，打蠟更容易，只不過將溶液在地上拖一遍就好了，不難的。」過了不久，小玫又對醒亞說。

「這有什麼，一個禮拜才做一次，我們在鄉下的人民公社裡，每天要把一大擔髒衣服抬到河邊，用手搓好，再放到河水裡清洗，哪有什麼機器呢？」小玫告訴醒亞。

不久，小玫將趙家洗衣、掃地以及煮飯的事，幾乎都學會了，做起來比臨時鐘點女工好多了。

有一次，小玫脫掉鞋在家裡洗地，醒亞以為她認為光腳比較利落，只看了看沒有說話，就去做別的事了。過了不久，吸塵器的聲音停了下來，很久沒有再度響起，醒亞心中覺得有異，跑過去查看，看見棟柱已經過來了，原來小玫的赤足受了傷。

「哎呀，趕快不要動，勇勇，快去拿點藥來！」棟柱喊。

「怎麼了？腳背碰破了嗎？」醒亞也關心地問。

勇勇三步當成兩步，先拿清洗的雙氧水，又將那消毒的藥霧噴筒拿來。棟柱用棉花球沾了雙氧水清洗過小玫的傷口之後，然後跪在地上用噴霧器把小玫的傷口很仔細地噴了一遍。

「喲，私人家裡就有這麼多藥，我們在人民公社的時候，只能把用過的火柴盒外擦火柴的那一小塊磷紙撕下來在傷口上貼一貼。」小玫看著那攤開的一大堆藥品說。

「火柴盒？是用來點生日蛋糕上蠟燭的嗎？」勇勇問。

「白天生火燒飯，晚上點蠟燭照明用的。有人受傷就用它來貼一貼傷口消毒。」小玫回答。

「哦，公社哪來那麼多火柴盒呢？」棟柱問。

「就是！若沒有，傷口最後只好算了。」

「怎麼能算了呢？傷口不是會發炎嗎？」棟柱吃驚地問。

「發炎也沒有辦法！幸好我今天拖地之前就把鞋子脫掉了，不然豈不是更糟糕！」小玫慶幸地說。

「更糟糕是什麼意思？」

「那是因為我只有這一雙鞋，又是新的，若當時穿了鞋再拖地，不是就把新鞋弄破了嗎？」小玫還在說。

「現在妳的腳上的皮不是破了嗎？若有鞋來保護腳不是好嗎？」勇勇以為他的中文理解力有問題了呢！

「腳破了過幾天就傷口就會好了，鞋破了長不回來的。」小玫認真地說。

小玫說的話使醒亞、棟柱及勇勇大為震驚，全家三人互相無言地看著，看來他們受這話的震撼真是不小，尤其是棟柱，臉色蒼白了許久。

「我的鞋怕不有五、六十雙，可惜都是高跟鞋，而且我的腳比妳的小，妳一定穿不下，小玫，哪天有空，我帶你去買幾雙全新的學生鞋吧！」醒亞脫口對小玫說，棟柱特地非常感激地又盯著醒亞看了很久。

後來，醒亞事多，倒是棟柱帶了小玫去買新鞋，順便還買了幾件新衣，小玫渾身上下打扮一新，好像換了個人似的，一點也找不到人民公社黑五類的痕跡了。

最使醒亞滿意的是棟柱近來笑口常開，但以前那種處處對老婆醒亞吹毛求疵的情形完全絕跡，又開始隨口說笑話，跟初結婚的時候完全一樣，常常說得人人笑口常開，這不是天大的喜事嗎？

近來醒亞上班也格外帶勁，小玫代勞很多家事，完全不需要表嫂醒亞操心，使她常常能到醫院去探望姊姊韻亞，加以韻亞雖然仍是常常埋怨，很明顯的頭腦日益清醒，醒亞將家中近來發生的一些小事告訴姊姊，也能引得她點頭微笑呢！

鈴……！驚天動地的鈴聲要崩斷人的神經似的。醒亞睜開朦朧的睡眼，翻過身伸手去接電話。

「這是醒亞趙，你是誰？」醒亞迷迷糊糊地問。

果然是她最不願接的電話，就是由電腦室來的緊急電話，看看腕上的手錶，清晨五時，不去不行，只得快快地爬起床。

家裡有暖氣，被窩裡溫暖如春，可是外面正是大雪紛飛，天地一片雪白。

醒亞穿上厚大衣，足蹬大雪靴，出去打算將車頂上的雪刷刷乾淨，哪知才到門口，就見到早有人比她先工作了。

原來勇勇知道媽媽要出去，身上早就穿了厚厚的大衣，先取了媽媽車上的鑰匙，將汽車先發動，小玫也知道了醒亞要出門去工作，早就先開始刷掃車頂上積了一夜的白雪。

勇勇看見小玫正在刷窗上的積雪，堅持不許，將掃雪的刷子一把由小玫的手中搶過來。

「這不是女士的工作，這種體力勞動是由我們這些有紳士風度的男士來做的！」勇勇嚷道。

小玫手中的雪刷被勇勇搶去，只得站在一邊發呆，棟柱見小玫站在雪地裡，粉臉被凍得通紅，手足發僵，忙不迭比跑進去將上周他帶小玫去買的新大衣給她披上。

「新的大衣，沾上了雪……。」小玫捨不得。

「大衣就是給人保暖用的，看你的小手凍得這樣僵……。」棟柱一面說一面用雙手握住小玫瘦削的雙手。

「哎呀，怎麼冷的跟冰棍一樣?!」棟柱疼惜地喊了起來。

平常醒亞為了電腦室的公事半夜出門時，一向都是冷冷清清，獨自在黑暗的夜裡，扭亮了車前頭燈，燈光照著車的前面，可以清清楚楚地看見車前紛飛的雪花，自己一人坐在駕駛位上，奮不顧身那樣地朝黑夜裡衝了出去，一片白茫茫的宇宙在暗中等待著她。今天醒亞出門，倒有三人送她上車。

臨走，小玫還說：「現在已經清晨五點了，表嫂這一去可能今天不回來了，大概就此上班，假設半夜出去，會回來的話，我還可以陪妳去呢！」

醒亞很感動地說：「你們都進屋裡去吧，何必大家都招涼啊！」

棟柱連忙說：「我們回去喝點咖啡，三人馬上都不冷了。」

醒亞只聽見小玫說：「好極了，我來燒咖啡，我現在不但會燒咖啡，連煎蛋，烤吐司樣樣都會，你們要吃那一樣？」

不出所料，醒亞到了辦公室不久，就把問題解決了，實在是因為這個新的作業從規劃、設計、製作、試驗以及推出教導客戶使用，樣樣都做到近乎完美的程度，樣樣都是經過醒亞聰明的大腦設計及完成的，所以就算有什麼美中不足，也不過是一些臨的性權變的問題而已。

正在醒亞坐在辦公室自已的座位上開始喝咖啡休息的時候，他的同事也陸陸續續地來上班了，大家一見她穿著寬大的套頭毛衣，寬松的牛仔褲，套著大雪靴，沒有穿高跟鞋，素臉上也沒有化妝，知道一定是她管轄的那部門系統有問題，她是被電腦室緊急電話緊急召來解決問題的。

再過了一會兒，醒亞老闆辦公室的電燈也都亮了起來，醒亞看了看，覺得還不十分疲倦，不知是要先回家休息一下，下午再來，或者乾脆今天就不來了。

醒亞正在收拾桌子的時候，老闆笑嘻嘻的走進她的辦公室，站在門口問她：「醒亞，妳有一分鐘嗎？」

醒亞心情很好，就學著美國人調皮的口氣，笑嘻嘻很爽快的回答：「有哦！我有兩分鐘呢！」

「到我辦公室來說點話好嗎？」她的老闆說完，就轉身回到自己的辦公室去等待她了。

「當然！」醒亞一面爽朗地說，一面把自己辦公桌上的電燈扭熄，跟在老闆後面，拖了腳上的大雪靴向老闆辦公室走。

老闆見醒亞走進他的辦公室，就走過去將辦公室門拉上，最後還有點不放心門是不是關好似的，特地伸手把門推了一推。

他也沒有讓醒亞坐下來，讓她站在辦公桌的前面，就和顏悅色地問醒亞：「醒亞，妳來我們公司有幾年了？」

「五年了！」醒亞站在那裡爽朗地回答。因為老闆沒有示意要她坐下。

「這麼久了嗎？」老闆不相信似地說。

「是啊！上周才收到公司贈送的鍍金原子筆以及鍍金鉛筆等記念品，收到了公司通知說我現在可以累積退休金了！」醒亞仍然站著，朗朗地回答。在上世紀九〇年代，因為員工福利的法律還沒有顧到退休問題，所以美國一般公司的退休金制度不那麼完善。

「嗯，又到了該升遷的時候了，這樣好不好？我給妳報上去，請求給妳升遷，妳向來一直表現良好，如果能更加強努力，我想批准不是大問題。」嗯，棟柱一定會說，果然是要丟一塊更大的骨頭，骨頭上帶著更多一點的肉給她了！

「謝謝你！」醒亞走過去與老闆握了一下手，拖著大雪靴的腳突然變得非常輕快，快步走回自己的座位，何必急著馬上回家呢？等一下，等老闆開完上午十點鐘的那個會議，自己再回家也不遲啊！

十點鐘的時候，老闆的辦公室空了，醒亞覺得再等一下吧，既然老闆不在，萬一有客戶來電話，由她來接電話總比無人接電話或女秘書接電話好些吧，還是等到中午吃午餐時提了皮包出去，這樣不但比較不惹人注意，還可以順便告訴秘書，說今天下午不來了，不就行了嗎？正在盤算的時候，自己桌上的電話響了。醒亞伸手去接。

「哈嘍，這是醒亞趙！」她說。

「醒亞在嗎？」沒有聽過的美國腔口音，醒亞的中國朋友大部分叫她余醒亞，但是在辦公室裡，老美還是叫她醒亞，或者叫如蜜歇斯醒亞趙。

「是，我就是。」

「我是公司大門前的警衛人員，這裡有一位女士自稱是妳的姊姊，在進門處的會客室裡等你。」

「好，我馬上就來。」

果然是韻亞，她見了妹妹，急急對妹妹說：「醒亞，你給這個計程司機六十元，好嗎！」

醒亞本想問姊姊，在醫院裡不是存了不少的錢嗎，又想問她為什麼坐這麼貴的計程車過來，一定是由醫院裡溜出來，被人家計程車敲竹槓了，但結果她還是對姊姊說：「姊姊，妳與這計程車司機在這裡等一下，我去拿我的皮包，咱們一同走。」那計程車司機本不願等，但人家說要回辦公室去拿錢、拿皮包，不等不行，就把嘴巴緊緊的閉了起來。

醒亞拿了皮包，穿了她的大皮靴，以及牛仔褲，到秘書處關照一聲我下午不來了，因為平常上班都是套裝高跟鞋，現在她這樣的穿著，大家一看一目瞭然，知道她晚上來加班，連解釋都不用解釋，就可以堂而皇之地提早回家的。

到了公司大門的外面，醒亞將三張廿美元，一張一張地數給司機，明明白白地表示這計程車費太貴了，所以三張廿元之外，並不肯給小費。打發走了計程車，醒亞提了皮包在公司的停車場內找到了自己的汽車，坐了上去，等韻亞也坐上車後，開始發動引擎，然後說道：

「姊，我送你回去。」

「回去？回到哪裡去？」韻亞突然警覺起來。

「當然是回醫院去，醫院見妳失蹤，一定通知警察局四處找妳了。」醒亞板著臉說。

「那有什麼關係，我只是一個精神病患者，又不是罪犯，警察局還不是象徵性的隨便找找，只要我不特地走到警察局，特地跑到他們手中，只要不自投羅網，他們哪裡會來管我。」

韻亞說的頭頭是道。因為她說的其實是對的。

「話不是這麼說，妳若回醫院其實是對妳的病情比較好的。」醒亞耐心地勸著韻亞，韻亞目前頭腦比較清醒，勸她什麼，她都聽得懂。

「我恨死醫院給我打針吃藥，我是絕對不回去的了！」

「那妳要怎麼辦呢？」醒亞無可奈何地問。

「醒亞，現在社會保險局還在上班，由我們親自向他們去報備妳的新的地址，醫院向警察局報的案就會正式撤銷，我就完全成為自由人，只要我在這三十天之內，不做什麼違警的事情，就與那些有醫院正式釋放的人完全同等地位。」原來韻亞對法律程序完全清楚。

「可是，醫師認為你尚未……。」醒亞還想辯論。

「醫師知道什麼！等卅天後，我的社會保險金就會寄到我們那裡去，那就行了。」韻亞很有把握地說。

「妳那裡？妳們哪裡？」醒亞問，對她來說，韻亞的辦法十分不妥。

「當然是妳家地下室的大的那間臥室。不要忘了，我是你的親姊姊，方小玫不過是個遠房的窮親戚而已，論學歷，她不過只是個專科肄業，我可是有美國正式著名大學的碩士學位的。」韻亞理直氣壯地說。

「……。」醒亞不知說什麼才好。

「趙棟柱除了有博士學位，有個壞脾氣之外，什麼都不如妳，薪水也不如妳多，對人接物也不如妳能幹，心地也沒有妳善良，咱們怕他什麼?!」看來現代的醫學，不得不令人敬佩，韻亞這次在醫院裡住了還不到兩年，頭腦竟然如此清晰，分析能力就如此之強了。

醒亞猛然警覺，十分後悔平常把家務事一五一十地到醫院報告給姊姊聽，現在後悔也來不及了！「妳私自由醫院跑出來，沒有取得醫師給妳的治療計畫及藥品處方，日後怎麼進行治療呢？」醒亞問姊姊。

「嘿，上次他們醫院正式放我出來，還不是一樣！」韻亞更是理直氣壯。

醒亞只得默不作聲。

上次韻亞由醫院裡正式出院的時候，醫院通知妹妹醒亞來領病人回家，給了醒亞一列名字，那一位社會工作人員在哪個機構工作，到哪裡去聯繫，哪位醫生叫什麼名字，在哪座醫院服務，又有白天治療中心接受打針吃藥檢查，哪裡有病患活動中心，有些什麼活動，如何參加等等，洋洋數十張紙，釘成一個小冊。

結果呢，韻亞一概拒絕去。

甚至有一天，姊妹倆要步行到一家新開的餐館去，韻亞一定要繞道過去。

「姊，這餐館在一百七十街，我們左轉過去就行了。」醒亞提醒她姊姊。

「咱們向右轉散散步。」韻亞笑嘻嘻地說。

「姊，你不是說肚子很餓了嗎？不想早點到？」醒亞問道。

「向左轉，那邊就是一家私人診所，我不喜歡看見醫師。」韻亞非常嚴肅地解釋道。

「什麼私人診所？那家私人診所是黃外科，外科跟妳有什麼關係？妳為什麼連外科醫生也不喜歡？」醒亞實在不懂。

「只要跟醫生有關的，我都痛恨，外科醫生不也是醫生嗎？」韻亞回答道。

由醫院正式釋放出來的韻亞，連私人外科診所都要避免，醒亞當然只能面對著醫院交給他的一大疊進展表苦笑，上面密密麻麻寫著幾月幾號，要到什麼醫務室去打什麼針，幾月幾號，要到什麼治療中心去報什麼到。

姊姊韻亞不肯去，妹妹醒亞當然只好對著這些進度表啼笑皆非。

算了，不去想它，想有什麼用。

「姊，你不是不喜歡住在我家嗎？覺得我們家房子太大，地點太偏僻了嗎？」醒亞還企圖做最後的說服。

「你家房子平常是太大、太空，現在不同了，有那麼多人住，我還怕什麼，你怕我吃太多，用電太多嗎？在我每月政府給我的社會福利金裡面扣好了，我還有美金三萬七千元在你那兒，我出錢住妳家，方小玫不出錢住妳家，你怕趙棟柱說話嗎？他有什麼話好說呢？是他錢賺得比你多嗎？」韻亞振振有辭地說道。

韻亞的其他兄弟姊妹及父母，雖然明言不願與她有任何來往，但是過年過節總免不了要寄個五十、一百給韻亞作為禮物，加上她的社會保險金是每個月固定的收入，住在皇后區的中國人中間，手頭比起一些新來的留學生及打工仔當然寬裕得多，平常很知道如何使自己成為眾人羨慕的對象。

方小玫是公社的黑五類，目前經濟方面，不名一文，當然不能與她余韻亞相提並論，看來韻亞早就衡量過了。

「姊，我們怎麼一定要比人家強呢？」醒亞問。

「醒亞，你不要再長他人的志氣滅自己的威風了，小玫除了比我們年輕之外，哪一點比得上我們？」韻亞問醒亞。

「她有前途……。」醒亞勉強回答。

「前途？當初我們到美國來不也是全是前途嗎？」韻亞說。對了，韻亞是中華民國中山獎學金把她送出國的。

「……。」

「不要忘記，我們以前在台大的時候，是前後姊妹校花呢！小玫再漂亮，沒有進過國立大學，無論如何總比不上我們一流大學的校花吧！」韻亞格外自信。

韻亞靠了自己的自信搬進趙家，她的行李本來就寄放在醒亞家地下室那間大的臥室裡，現在，她只須把人搬進來，連行李都不用搬。

醒亞家的地下室，只是名為地下室而已，實際上房間的牆壁有大半露在地面上，窗子大，光線足，也沒有潮溼之氣，不但遠比江西公社好，比皇后區的那些分租給中國學生住的分租屋也好得多。

可惜趙棟柱對余韻亞每月交來的房租及伙食費用並不看在眼裡，他一再向醒亞埋怨：「妳大哥比妳大，他又是兒子，韻亞以前姓余，現在姓保曼，余韻亞的事情當然應該由妳哥哥負責的。」

「我哥哥嗎？嫂子天天吵著要離婚，大哥自顧不暇呢！」醒亞愁眉苦臉地說。

「不久，我們也會被她余韻亞搞得要鬧離婚的！」棟柱憤憤地說。

「不要氣了，不要氣了哪，我正在給姊姊找房子，總要找個合適的吧！」醒亞妥協地對棟柱說。

自從醒亞真的升級做了經理，跟著升級而來的是薪水跳了一大截，工作當然加多，責任也更是重大，自己也覺得：現在，不必人家提起，自己都覺得自己是女強人了！

把自己歸成女強人，那種感覺真好！

醒亞把她升級的事在棟柱面前保了密，她知道他一定會諷刺她，會說些什麼：「喲，本來管兩個系統，現在要多管了一個，本來管廿個人，現在管三十個人吧！呀！恭喜恭喜！果然由資本家的小奴才變成了資本家的中奴才了！什麼時候變成大奴才呢？鄙人在這裡拭目以待呢！」

醒亞是真的積極地在給韻亞找房子，兩年前韻亞住在皇后區時，韻亞的房東王太太一直催韻亞搬房子的時候，醒亞就看廣告、讀報紙，四處留心房地產的買賣，只是後來韻亞入精神病院長住了一陣子，她才暫時將買房之心收在一邊，現在既然棟柱催韻亞搬家，她自己的薪水又增加那麼多，當然把買房子的心又熱絡了起來。

「姊，我今天經過我們鎮上唯一的合作公寓，發現他們有雅房預售，真正高級哦，我去看了樣品，真不錯哦。」醒亞下班的時候自己去看了一下房子，回來對韻亞說。

「有樣品公寓可以看，我們兩人一同去看看如何？」韻亞也不反對。

姊妹兩人去看完公寓樣品，兩人都非常滿意。

「夏天坐在游泳池畔乘涼，真是不錯！」韻亞很高興地說。

「球場及花園都修整的很好。」醒亞也很高興。

「樣品公寓廚房裡的冰箱洗碗機都是新的。」韻亞注意到了。

「那兩間壁櫥才好呢，實用得很！」醒亞也指出來。

「不知要等多久才能搬進去？」

「他們正在翻新，為了要盡善盡美，要花很多時間的，不過我們可以先付定金。」

「早定早好，免得被人家捷足先登。」

先不提倆姊妹積極尋找公寓的細節，講講方小玫罷！

「表嫂，妳真好命，表哥條件這麼好，有博士學位，又做教授，兒子勇勇又這麼有前途，你們有自己的房子、車子還有一份待遇好的職業。」小玫曾經不止一次地對醒亞很羨慕的說。

「可惜你表哥脾氣暴躁，近來我隨便做什麼他都看不順眼。」醒亞不由得苦笑。

其實，棟柱諷刺人的時候，眼鏡後面的黑眼睛帶著揶揄，彎彎的嘴角帶著嘲笑，尤其他指出來的事實常常一針見血，非常中肯。

假若你能客觀一點的話，這個人是非常令人心醉的，但要真正客觀，也就是說，不把自己當成他挪揄的對象。但是，要真正客觀，談何容易，醒亞心想。

「表嫂，妳是人在福中不知福啊！」小玫笑著說道。

「是嗎？有這回事嗎？」

「當然是嘍，當然就是這麼一回事！」小玫肯定地說。

「小玫，像妳這樣，又年輕，又聰明，那才真正好呢！」醒亞嘆了一口氣。

「表嫂，我們家是黑五類，被打成地主的後代，其實我爸爸是貧農，不過因為娶了地主的女兒，成分也就不行了，人家也不敢跟我處對象，我都快三十歲了，還沒有合適的對象，看樣子，我這一輩子只能靠自己了，一定要想辦法進大學，將來才能找到比較合適的工作，自己養活自己。」小玫說。

「小玫，上次表哥不是說要給妳介紹男朋友，介紹得怎麼樣？」由台灣來的醒亞，老是覺得「介紹男朋友」聽起來比「搞對象」順耳一些。

「介紹倒是介紹了很多，都是由表哥掏腰包請我及對方吃飯，吃了不少次飯，害得表哥花了不少錢。」小玫回答，很過意不去的樣子。

「那你有沒有看中什麼人呢？」表嫂醒亞問。

「就這麼吃一頓，似乎看不出什麼效果，表哥說這叫相親，在台灣很流行的，表嫂，妳與表哥是不是也相過親？」小玫沒有去過台灣，所以對於台灣的事情十分感到興趣。

「那時，你表哥與我都是窮學生，我們是在學校認識的，不是相親認識的。」醒亞笑著回答，不由得不想起那段美好的大學生時光。

「原來你們不是相親認識的？我看表哥很相信相親的樣子！」小玫笑了起來。

「何以見得你表哥相信相親呢？」

「因為表哥三天兩頭就帶我去相一次親，紐約市的餐館幾乎要吃遍了。」小玫回答。

「哦，你表哥沒有告訴我，我一點都不知道他三天兩頭帶你去吃午餐相親！」很出乎醒亞的意料之外。

「好像都是臨時決定的，表哥經常打電話給我，叫我中午到他辦公室去等他，每次相親都安排在中午，相完親我自己坐公共汽車回長島，表哥自己去上班，大概相親每次都沒有成功，所以表哥沒有跟你提起。」小玫有點不好意思。

「每次都是中午相親？」醒亞問。

「表哥說中午光線比較好，互相看得比較清楚。」不等小玫說完，小玫與醒亞兩個人同時笑了起來。

「小玫，我在長島上班，下次我看到合適的對象也打電話來找你去相親。」醒亞還繼續在笑。

「那怎麼好，又要害妳也花錢，相來相去，都沒有什麼結果。」小玫很過意不去。

「那有什麼關係，我們大家趁相親的機會，不用在家煮飯，出去吃點好菜，上上館子，打打牙祭！」醒亞笑道。

「表哥也這麼說。」小玫接口說道。

果然醒亞也打了幾次電話找單身男士來相親，中外人士都有，可惜相親的結果，也就是上上館子吃吃飯，之後就沒有了下文。

「不知為什麼？」

「聽說台灣人就叫這情況叫不來電。」小玫回答。

「小玫，妳可記得那個姓蔡的叫蔡什麼的？」表嫂醒亞問。

「姓蔡的？表嫂，你說的是蔡忠義？」小玫問，到底比較年輕，記得比較清楚。

「他的名字叫忠義？我忘了他叫什麼名字，那個姓蔡的真是白吃了一頓！」醒亞告訴小玫。

「白吃？」

「我們公司請他來做技術顧問，為期三個月，我想三個月夠長了，所以才請他來相親的。」醒亞說道。

「是相了，不是結果還不錯嘛？」小玫回答。

「小玫，昨天才兩個月不到，就沒有來上班了，據說這個姓蔡的另有高就走掉了。」

「走掉了也沒什麼吧？」

「我是講我們，吃虧了！」醒亞說。

「表嫂，你不是老說我們是自己打牙祭邀他來作陪嗎？這個人還算風趣，模樣也不錯，人品也好！」小玫竟然替他說話。

「哎，我是這樣說過。」醒亞點點頭。

「表嫂，忠義說你們公司吝嗇得很，只給他薪水，沒有保險也沒有任何福利，人家別的公司的薪水比較高，而且，距離他正在修課的大學比較近。」

「他還在修課嗎？年齡不小了吧？」

「他的年齡並不大，只比表哥大一歲而已。」

「這個姓蔡的倒告訴妳這麼多！」醒亞詫異地笑道。

「他告訴我更多呢，他說他是台灣閩南人，他們台灣人的規矩，如果相親之後男方不來單獨約女方出去，就是不禮貌。」小玫笑著說。

「這是台灣規矩嗎？我這由台灣來的怎麼沒有聽見過呢？他真的是有彬彬有禮的君子呢！」醒亞聽了以後覺得有點出乎意外。

「他把他的地址及電話都給了我，我把它們都貼在廚房的冰箱上面呢！」方小玫說。

醒亞一看，果然有張方方的小黃紙，貼在冰箱上。

「是不是那張小小的黃色的紙片？貼在冰箱上不會弄丟嗎？」醒亞問。

「不會吧，我的地址本上也另抄了一份，他今天要來帶我去看電影，週末要帶我到她姊姊家去，她姊姊也住在附近，有兩個姪兒，很可愛的。」小玫說。

一個月以後。

清晨七點鐘左右，勇勇已經坐在車中將引擎發動，又將車上蓋的積雪掃盡，坐在車中一邊看書，一面等媽媽送他上學。

醒亞怕吵醒楝柱，睡眼朦朧的提了漱口杯、牙刷及毛巾到廚房去梳洗，發現方小玫已經在廚房中刷牙洗臉了，一定是因為地下室的水管一直通到他們的臥室，怕把醒亞吵醒。

「小玫，妳何必也起這麼早，天這麼冷，怎麼不多睡一會兒呢？」

「今天表哥要帶我到皇后大學語言學院去註冊學英語，英文不好，上不了大學。」小玫一面回答，一面用毛巾擦著面孔。

年輕真好，醒亞不由得嘆了口氣，方小玫近來以前豐滿了一些，真是油光水滑起來，皮膚滑得像凝脂一般，蓬著頭，眯著眼睛，比春睡的海棠還要惹人憐愛。

「讀英文？皇后大學？」醒亞終於會過意來，怎麼沒有聽楝柱提起過。這麼一件大事，不可能提過醒亞忘了。

正在此時，令醒亞感到意外的是最愛睡早覺的楝柱，居然也穿戴整齊，西裝筆挺，笑嘻嘻地走了出來。

醒亞吃驚得嘴張開半天合不攏來，想不到已屆中年的楝柱近來這麼神采奕奕，穿著筆挺的西服，打了領帶，居然還風度翩翩呢！尤其沒有想到的是，久已絕跡的笑容使他不惑之年的臉上，光彩煥發呢！

啊！不惑之年，棟柱不是還不到四十歲嗎？不正是男人最迷人的年齡嗎？

本來就是高高瘦瘦，五官端正，帶了一副金絲眼鏡，完全是翩翩中年美男子的樣子。

棟柱走進廚房，在咖啡桌邊坐下，小玫馬上就端了一杯熱熱的咖啡過去，問也不問，很熟練地就在他的咖啡杯裡加了一匙牛奶，一小塊方糖。

可見小玫是天天給表哥棟柱準備咖啡的！醒亞想。

棟柱也理所當然地取了一個小茶匙，在咖啡中攪拌起來。

「打扮好了要上班？其實，我看女子還是不打扮好看多了，就拿你們姑嫂為例吧，你看你表嫂紅一塊、白一塊、藍一塊，一張臉塗得跟顏料盒一樣，把臉上的皺紋全顯出來了！看小玫不打扮，多麼清新自然，表嫂之所以化妝的這樣濃，全是受了美國商人的毒害，他們恨不得消費者多花冤枉錢，其實，世界上還真有女人相信美國商人那一套呢，真是弄巧成拙！」奇怪不奇怪，有好有一陣子不曾出棟柱之口的那一些揶揄的話又重新出現了。

醒亞這個當事人聽了，真是又氣又急，想說什麼，合起來的嘴，怎麼也張不開，手足都氣得發抖。為什麼這麼氣呢？當然是因為他說的話太一針見血吧！

「嘿嘿，表嫂那有神經病的姊姊，更是了不得了，眼睫膏塗得烏烏青青兩大圈，黏得連眼睛都睜不開，口紅是東一塊，胭脂是西一塊，簡直像個要上臺表演的民族舞蹈家！」棟柱愈說愈得意，最後居然笑了起來。

最氣人的是，他說的一點也不錯，韻亞近來真是打扮得像個要上臺表演的民族舞蹈家！

「我們姊妹當初是台大的校花，追求的人多得是，你以前追求我還不是追得像哈巴狗一樣，沒有沒有想到現在全變了一個人似的！」醒亞終於反唇相譏了。

「變的人不是我，是妳自己呀！」

「什麼……！」

「妳以前不是清清爽爽，到美國來才塗脂抹粉，變成塗料板一般的怪樣啊！」

棟柱越說越得意，醒亞氣得說不出話來，索性心一橫不去理他，逕自右肩背了肩袋，左手提著同樣質料的公司包，腳上蹬著三寸高跟鞋，噔噔噔地上車之後，用發抖的雙手扶著駕駛盤。

發動引擎之前，醒亞忍不住由皮包中找出一個小粉盒，就著粉盒上的小鏡子看了一下臉，呀，嘴角的紋路，真是越來越明顯，而且……，眼角也果真出現了不少魚尾紋！

不看了，不看了，看了更令人生氣，醒亞發動了車子，向勇勇的學校開去。

叫她說什麼呢？

說她余醒亞比方小玫大十幾歲，當然不能再像方小玫那樣年輕貌美了？還是說余韻亞是快要五十歲有精神病的老女人？拿什麼跟人家比呢？

再不然，乾脆說方小玫年紀輕，當然麗質天生，不必化妝？

醒亞想起自己的朋友，那個要自殺要鬧離婚的富美，紹平不是嫌富美跟不上時代，不夠時髦，天天黃臉婆，一點妝也不化。

那醒亞不是化妝了嗎?化妝成了顏料版。

做女人真難呢!

但是，棟柱為什麼要把她余醒亞與方小玫相比呢?

最可恨的地方是，醒亞撫心自問，棟柱一點也沒有說錯，自己這種裝扮，果然是美國化妝品商人推銷之後的產品，只不過被披上現在職業婦女高尚的外衣，被廣告宣傳成為最高尚、最正式、最時髦的形象。

自己要怎麼辦呢?

「媽媽，再不多久，我就要十六歲了!」聽得懂中文的勇勇突然說。這孩子的個性就是這樣體貼，什麼都替別人作想，他看媽媽今天聽了爸爸的揶揄之後，臉色變得非常之不好，先取出粉盒上的小鏡子來照臉，仔細的看著眼角的魚尾紋，後來又將車上的反光鏡扳過來照嘴，再用手去撫摸下垂的嘴角，然後一面開車，一面淌眼淚，心裡十分過意不去，就隨便找了一個話題與母親講話，打算先使母親分心，然後再想有什麼安慰的話可以安慰母親。

第八章

「嗯，十六歲，呀，勇勇是要十六歲了，日子過得真快呀！」果然，改變一個題目，做媽媽的醒亞暫時不那麼激動了。

「媽媽，我十六歲就可以在學校正式學駕駛，及格以後就可以考駕駛執照，等我有了執照……。」勇勇說。

「嗯，有了執照就怎麼樣呢？」醒亞問，慢慢地平靜了下來。

「媽媽，那時妳就不用天天開車送我上學，不必那麼辛苦了，而且，我若是上過駕駛課再開車，汽車保險就不會增加太多了，上駕駛課的效用與超過二十五歲一樣，減少很多汽車保險費。」勇勇很體貼地對媽媽說。

勇勇打了一下叉，母親醒亞覺得好多了。

現在，勇勇要學開車考駕駛執照，小玫要進大學先修班進修英文，韻亞要做什麼呢？

「姊姊，你記不記得我以前常跟你提到的『白天治療中心』？他們有各種節目，妳若有興趣，大可以參加的。」醒亞提醒她姊姊。

「什麼節目？」韻亞明知故問。

「姊，你怎麼可能忘記了呢？那兒可以跳舞、下棋、打球……。」

「若是我沒有興趣呢？」姊姊韻亞問。

「怎麼可能沒有興趣呢？」妹妹醒亞說。

「醒亞，你知道我現在已經不跳舞，不下棋，也不打球了的。」韻亞不悅地說。

當年，醒亞清清楚楚的記得，當然，那是姊姊韻亞在大學裡做校花的時候，可是舞會皇后呢！媽媽常常為了替她做赴會的舞衣而趕工呢！

而且，韻亞那時不但會自己做衣服，有時興致來了，也會自己趕製件吧跳舞衣的。

「就算不跳舞，也可以看書，做手工藝……，反正多得很，由妳選擇。」醒亞說道。

「醒亞，妳這人太奇怪了，我現在不願看書，也不能做手工藝，眼睛已經壞成這樣了！」

韻亞看了一口氣。

「去配副眼鏡，不就行了嗎？」醒亞還不依不饒。

「醒亞，說起看書，有件事忘了告訴你。」韻亞突然想到什麼事，十分鄭重其事地說。

「姊，什麼事？這麼重要？」醒亞問。

「你以前不經過我同意，搬了一大堆無聊的書在我房間的書架上，告訴你，那些書，我看了很不順眼，勇勇房間裡的書架又多又大，我已經叫他把我書架上的書，通通搬到他的書架上去了。」韻亞告訴醒亞。

「那些書是講精神病的，妳應該看看。」醒亞對姊姊說。

「我才不看呢，我又沒有神經病！」韻亞斬釘截鐵的說。

韻亞當年是很愛看書的，醒亞還記得以前臺灣家中的小說，例如簡愛、咆哮山莊、紅樓夢等等，每本書頁上都簽了「余韻亞藏書」字樣，字跡十分秀氣美麗，下面還蓋了姊姊的圖章呢！

奇怪，醒亞思想起來，韻亞肯定並沒有說謊，姊姊近來真的不看書，不做手工藝了。大概正如白醫師介紹的書上說的，當病人的情況變壞的時候，注意力就不能集中，也不能持久。呀，不能看書，不能做手工藝，生活不是減少了很多樂趣嗎？

「姊，咱們出去郊遊如何呢？」醒亞又問。

韻亞已經不理她了，姊姊現在連會話也不能持續太久了。

記得以前在台灣的時候，爸爸媽媽每到想念在美國的姊姊的時候，就天天翻著姊姊的照像簿，裡面大部分是韻亞在台灣時與朋友們到烏來、陽明山等地郊遊的倩影，也有小部分是在美國以色佳與朋友們划船、烤肉的照片，都是經過媽媽的手，一張一張小心翼翼的貼起來的。呀！什麼時候開始，韻亞也不再郊遊了呢？其實，醒亞自己也想到，自己與棟柱，自從每天上班之後，又有什麼時候抽空出去郊遊呢？

「我看，醒亞，妳也不必太操心了，妳說的那個什麼中心，距離這裡太遠了！」韻亞下了一個結論。

「姊，由『白天治療中心』到我們這裡雖然很遠，但我早就跟妳講過，只要妳肯參加，每天早上九點，他們會開車到我們家門口來接妳，中午還有免費午餐供應，下午一點半，自然會有人開車送你回到家門口，而且，都是免費的！」醒亞還不放棄。

「醒亞，妳說這話就十分可笑，治療中心是要有病才治療，我又沒有病，治什麼療呢？」

「姊，妳不去治療中心，整天做些什麼呢？」醒亞不放心地問。

「醒亞，按照妳自己的說法，勇勇要在他的學校選駕駛課學駕駛，以便取得駕駛執照，棟柱送小玫上學去讀英文，訓練她的英語能力，只剩妳下班之後在家裡煮飯燒菜，不如由妳教我開車吧！」韻亞笑嘻嘻地建議道。

這一下，韻亞勝利了，十多年前，韻亞不但有紐約州正式的駕駛執照，她還擁有了一輛小車子，車子好像是她的一個外國男朋友送給她的，後來她與男朋友鬧翻了，車子並沒有要回去，只不過她開起車來旁若無人，不知闖了多少車禍，得了多少罰單，醒亞經過了多少次的心驚肉跳，以及已經花費了多少金錢之後，韻亞的駕駛執照才被吊銷的。

醒亞一聽姊姊韻亞說要醒亞教她開車，簡直嚇得魂飛天外，怎麼可能由她親自教韻亞開車呢，其實，醒亞也知道姊姊韻亞只不過是用開車這件事來嚇她，但也說不定她是不是真的想開車呢，是讓人傷透腦筋。

奇怪就奇怪在這裡，韻亞辯論起來，她自己的道理一籮筐，任何人休想辯論得過她。

更妙的是，有的時候，她不但看見人家看不見的事，甚至會說些別人想說但是說不出口來的話呢。

例如，她說：「妳看你家棟柱，一天到晚領了表妹小玫出出進進，忙得煞有介事一般，這才真正可笑呢！」這些不都是做太太的醒亞想說，但身為表嫂說不出口的話嗎？

韻亞又說：「我看呢，小玫太年輕，好像一枚青澀的果子，哪有成熟女人那麼耐人尋味呢？棟柱也未免太沒有品味了些！」這話引得醒亞注意到令人觸目驚心的事實，真的說不出口，小玫本來又黃又瘦，穿了一件粗布唐裝上衣，黑色土布的長褲，一頭乾燥的頭髮，胡亂用橡皮筋隨隨便便紮成兩只小辮，一點也不起眼，現在伙食好，衣服漂亮，襯得她由青澀轉向成熟的方向走去。

目前的小玫，就是居家的常服，一件寬大的襯衫，下面一件女學生常穿的牛仔褲，哇，自有她的青春帥氣！

不是說越成熟越容易嫁掉嗎？但是在美國的中國女子，在美國要找一個合適的丈夫，怎麼這麼不容易呢？

韻亞現在每天目不轉睛地盯著小玫坐進棟柱的車到紐約去上學，車子像魚一樣的在街上滑行。

韻亞怔怔地睜著眼睛，口中說道：「棟柱、小玫……。」醒亞越聽心裡越亂。

你能說韻亞笨嗎？絕對不能。

但是，說她聰明嗎？當然不可能，她常常不按理出牌，弄得人啼笑皆非。棟柱好幾次，忍不住對醒亞說：「喂，叫妳那有神經病的姊姊不要雙眼老盯著人看！」

韻亞居然會不假思索地立刻回答說：「怕什麼呢？你做了什麼見不得人的事嗎？」

醒亞心不在焉地接口說：「是嗎？」

棟柱見她們姊妹一唱一答，真是氣憤極了！

「醒亞，麻煩妳告訴貴姊姊，請她不要動我書房裡的東西。」棟柱很不高興地對醒亞說。

「動了些什麼東西？」醒亞很心虛地問。根據以往的經驗，她實在不敢保險韻亞在她上班的時候在家中做了些什麼稀奇古怪的事。

「說不出來，反正有人動了我的東西。」棟柱非常堅持。

「會不會是小玫呢？她也常常到你的書房去整理你的東西。」醒亞隨口敷衍。

「我問過小玫了，她說她只是進去擦擦桌子掃地，要知道小玫是很有分寸的姑娘。」棟柱很肯定地說。

醒亞不作聲，叫她說什麼呢？心裡著實不高興，因為醒亞也說不准韻亞已經做了些什麼事，姊姊倚老賣老，既不肯吃藥，也不肯打針，不但不肯接受任何治療，將來要做些什麼，更是一個未知數。

十分令人生氣的是棟柱那麼偏護小玫，只要是小玫做的事都是好的，凡是韻亞做的……。而最令人心痛的是韻亞不但不替她爭一口氣，反而常常做一些稀奇古怪的事來丟她的面子，這不令她生氣什麼令她生氣呢？

其實叫她生氣的事多著呢！

「小玫呀，妳穿的這件新衣真正漂亮啊！在哪裡買的？」韻亞用裝腔作勢的聲音誇張地喊道。佛要金裝，人要衣裝，小玫近來常常穿新衣，不得不令人注意，因為她的箱子裡沒有帶什麼新衣服。

「表哥帶我去買的。」小玫紅著臉，笑嘻嘻地看著棟柱，那樣柔嫩的鵝黃色的連衣裙，顯得年輕的她的笑容格外嬌艷。

「在哪裡買的呢？」不識相的韻亞還在追問。

「普通的購物中心罷了。」不等小玫回答，站在一邊的棟柱代替她回答了。

「呀，棟柱，什麼時候也帶我們倆姊妹去買新衣服呢？」醒亞斜睨著眼，酸酸地地看著棟柱。

「你們兩姊妹的衣服，成箱成櫃，哪裡輪到要我帶你們去買？」棟柱金絲眼鏡後面黑黑的眼睛，就是不看余家倆姊妹，卻是一面說話，一面盯著小玫的眼睛瞄著。

這是怎麼了？眉來眼去嗎？近來醒亞耳朵聽的眼睛看的，都使她受不了，她將手中提著的大不鏽鋼的茶壺，噹地一下，死勁地扔在電爐上，匆匆離開所謂的「現場」。

「我們要買的衣服是要男士們喜歡的那種，所以你帶我們去比較好。」可恨不可恨，韻亞竟然永遠那麼不知趣，還要留在那裡與他們胡扯。

醒亞工作的那家公司，為了要訓練中下層基本幹部，將人事室新近改名為人類資源部，對內開了很多課程，教導員工如何肯定自己，創造自己的正確形象，另外又訓練個人如何做個成功的領導人才，如何開會，如何處理人際關係……，不一而足。

「亟待改善的是趙府的人際關係呀！」醒亞很悲傷地想。改善成什麼樣子？目標很顯著，按醒亞想法是棟柱這一家之主的注意力，需得集中在這一家的主婦身上。

現在，在趙家的日常生活中如何達成這種目標呢？

醒亞左思右想，覺得棟柱與小玫天天在一起，所以感情愈來愈近，自我檢討的結果，認為可能是自己太忙碌，對棟柱太疏忽太不經心造成的，應該想辦法找些機會與棟柱單獨相處才是。

她們家裡每天都是醒亞早早上床，棟柱都是遲遲才去睡覺，醒亞天天不亮就起床來匆匆梳洗，而棟柱正在好夢方酣，除了因為起床時棟柱還在床上才能確定他還在睡覺，不然的話，每天連同在在一張床上睡了沒有都有點恍忽不清。

如何單獨相處呢？左拖右等，就是找不到一個適當的機會。

最後，醒亞下了一個決心，機會要自己找，怎麼能等呢！

星期六，醒亞又起了一個絕早，棟柱還在床上睡覺，這次她下定決心了，當然不能胡亂吵醒他，吵醒他天下馬上無事變有事，更加不能太平，所以還是要讓他睡足。對了，要使他覺得家裡環境還好，起床之後心情一定要好，自己特地下樓來到處巡視了一番，又各處略略整理了一下，比如，將雜誌放回雜誌架上，煙灰缸中的煙灰倒掉之類。

再想了一下，她又在保溫杯中倒了一杯滾燙的咖啡，加了一茶匙牛奶，一小塊方糖，就像小玫替他做的一樣，醒亞替棟柱攪好咖啡之後，又巴巴地端上樓去，放在棟柱的床頭燈旁邊，才又躡手躡腳地走到廚房中去梳洗。

醒亞在廚房中梳頭洗臉完畢，就坐下來特意打扮自己，按照往常習慣的辦法：洗臉、刷牙、擦化妝水、梳頭、噴髮膠、塗粉底、擦胭脂、眼睫膏、擦口紅之類。

等醒亞仔仔細細地打扮好了，照了一下鏡子，又假想自己是棟柱，暫時用他的眼光來看一下鏡子裡面的自己。哇！面孔果然像一幅水彩畫，又像民族舞蹈家要上臺了！

毫不遲疑地，醒亞匆匆地用肥皂和水把臉仔仔細細洗了一遍，用毛巾擦乾臉的時候，發現沒有化妝的臉皮蠟黃一片，她呆呆地看著鏡子裡面的的自己，正在遲疑的想著，要不要淡淡的抹一點胭脂呢？

「不得了！打翻了！」耳邊傳來樓上臥室中棟柱大喊的聲音。

「什麼人把咖啡放在床邊？現在打翻了！」大概棟柱起床上廁所，一不小心碰到了滾燙的咖啡，嚇了一跳，大聲喊了起來。

「是我倒給你喝的！從今天起，我要做賢妻良母啊！」醒亞提了手中的洗臉毛巾，匆匆奔進房去擦拭棟柱打翻的咖啡。

「咦？今天不是星期六嗎？居然沒有去替美國資本主義的老闆加班？」棟柱看見進來的是醒亞，冒出這麼一句話來，搞不清楚他是不是嘲笑，大概太吃驚了，忘了為打翻了咖啡的事情生氣。

「怎麼樣？我今天請你吃早午大餐，也就是晚早餐兼作早午餐，慶祝我這個星期六不加班，好不好？」打蛇隨棍上，良機不可失，醒亞特地給棟柱獻上一個熱吻。

「真是，有人今天心情好，竟然覺得別人也應該跟她一樣心情好！」棟柱喜歡賴床，星期六早上更喜歡賴在床上呼呼大睡，現在被打翻的咖啡這麼一驚，只得呆呆地坐在床上。

「今天外面天氣很好！」醒亞說，把棟柱的上衣遞到他手中。

「我是從來不管早晨的天氣好不好的。」棟柱穿上醒亞遞過來的衣服，正在扣衣扣，醒亞連忙過來幫他。

「走吧！」醒亞拍拍他扣好的扣子。

「咦？走？勇勇及小玫呢？」棟柱問，打算去找他們。

「今天只有我們兩人去吃！」醒亞斬釘截鐵的說。

「只有兩人？不合適吧？」棟柱露出遲疑的樣子。

「勇勇與他的朋友早就約好了，今天要開勇勇舅舅送他的二手車他朋友家去讀書。」醒亞生硬地說。

「為什麼一定要到朋友家去讀書？」棟柱就是不肯邁步。

「這孩子才拿到駕駛執照，哪裡捨得待在家裡看書呢？」醒亞一面說一面觀察棟柱的臉色。

「那小玫呢？她從小在公社長大，公社裡吃的不怎麼好，現在應該讓她吃點營養豐富的美式早餐。」棟柱說，眼睛一直朝外看。

「小玫要考試，她要在家做功課。」一聽就知道，這是醒亞臨時找到的藉口。

「昨天不是才考過嗎？」棟柱不識相地追問。

「今天還要準備下一次的考試！」醒亞堅持道，臉色已經越來越青。

「何必把考試看得這麼嚴重？……」棟柱天天只看見青春靚麗小表妹小玫的臉，已經很久不看老婆的臉了，今天突然看見醒亞沈著一張不施脂粉臘黃色的面孔，真正嚇了一大跳。棟柱知道老婆的臉畫得五顏六色，但是很少去正眼瞧過，現在醒亞如此一臉慘象，看起來真是觸目驚心。醒亞像上戰場一般的鐵青著冷臉，她的心裡已經下定決心，不要方小玫來參加他們夫妻倆羅曼蒂克的雙人餐。

若是棟柱仍然要堅持，那就要誓死反對，醒亞把這件事當作婚姻保衛戰來看。

醒亞鐵青著臉，提了皮包，匆匆將一個公司給他的緊急呼叫器塞到皮包裡去。

當她抬眼向棟柱望去時，也大大的嚇了她一跳。

只見他眼鏡後面黑黑的眼睛帶著揶揄，彎彎的嘴角全是嘲弄。

醒亞抬了抬頭，故意裝作不在乎的樣子向前大踏步地行走。她走了幾步，發現旁邊沒有人，回頭看了一下，只見棟柱懶懶地跟在後面。

這算什麼羅曼蒂克呢？她想，就放慢了步伐，挨過身來，小鳥依人一樣地把手插到棟柱的臂彎裏去，只覺得棟柱吃了一驚，手肘動了一下，自己也覺得非常之做作，一時之間，兩人都覺得十分窘迫。

醒亞因為窘迫，一到餐館就忙忙地點了兩個最大的餐式，點完了之後，兩人默默地坐著等待侍者送食物上來。

棟柱的黑眼睛裡，充滿了嘲弄的笑意。

先上水果，侍者將兩盤切成一半的柚子，一人一盤送到他們面前，醒亞為了掩飾自己的不安，用那精緻的銀匙三挖二挖，把柚子肉吃個精光。

看看桌子對面的棟柱，他一大早被強迫醒來，完全胃口全無，隨手取過銀匙，先挖了一小點送進嘴裡，水果盤就算解決了，被他推在一邊，他示意叫侍者過來收取醒亞用過的餐盤並叫他連自己只吃了一口的水果盤也一併取去。

醒亞與棟柱兩人慢慢無言地坐在那裡發了一陣子呆，過了一會兒，兩杯咖啡以及兩大盤早餐送上桌來，醒亞雙手握緊了刀叉，大口大口誇張地把荷包蛋、鹹肉一掃而光，又把塗了大量奶油及果醬的吐司望口裡送。

等她把一大盤早餐吃得精光的時候，棟柱正在喝著濃咖啡，用黑黑的眼睛看著她。

「怎麼不吃呢？味道不錯。」醒亞用餐巾擦著嘴矯情地問道。

棟柱正要張口，正想要說什麼，醒亞皮包中的呼叫器突然呼叫起來。醒亞心虛，怕棟柱又會生氣，或者說些諷刺的話，就匆匆將呼叫器關掉，匆匆看了棟柱一眼，哪知他還定定閒閒地看著她笑，非常非常高興地說：「好了，這一下我解放了，我生怕你會強迫逼我吃這麼大一盤東西作為早餐呢，你該記得我早餐只能吃一小口甜點配咖啡，其他什麼東西都不能吃的！……。」

「……。」醒亞一動也不動地看著他。

「好了，我叫侍者把這份早餐給我打包好帶回去給小玫，她才是那種應該吃點高卡路里食物的人！」

「……。」醒亞一時說不出話來，叫她說什麼才好呢？

「趕快去打電話給妳的公司呀，等妳電話打完，我開車送妳回家換開妳自己的車去公司，我要回去睡我的回籠懶覺，小玫吃她的營養餐，大家各取所需，各得所好！」

醒亞覺得又窩囊又掃興，但是責任在身，只得向餐館借他們的電話打電話到公司的電腦室，因為當時他們還沒有像現代一樣流行隨身攜帶手機。

真是！

那一陣子真是忙，老是半夜三點醒亞被叫起來到電腦室去工作，第二天清晨十點鐘左右才由公司的電腦室回來。

自然又是黃著一張臉，蓬著滿頭亂髮，沒有時間帶戴隱形眼鏡，半夜出門戴的是大圈圈裡有面有著小圈圈的眼鏡，白花花的陽光照著屋頂，而屋頂又毫不留情地將強光完全反射過來，刺著她大圈圈小圈圈的厚重鏡片後面的眼睛，弄得乾澀的眼睛只能半睜半閉，實在不舒服。

正在這時，她眯著眼睛發現窗外院子裡臨時工比爾在那裡掃落葉，大概掃得熱了，老美只怕熱不怕冷，上衣掛在樹上，自己赤著胳膊，光了上身，用鐵扒在掃葉子。

韻亞用雙手撐大了一個裝落葉的塑膠袋的口，站在那兒等他，大概覺得無聊，覺得不耐煩了，索性一手提袋，另一隻手空出來莫比爾赤裸的胸膛。

比爾吃她這麼一摸，將手中的鐵耙朝地上一丟，作勢要去抓她。

穿了很少衣服的韻亞在前面跑，光著上身的比爾在後面追，韻亞大聲地呼叫著，嘻嘻哈哈地笑個不停。

迎面正好遇見棟柱與小玫表兄妹，一前一後，兩個人戴了一色的墨鏡及同款的鴨舌帽，有說有笑地由家裡出來，兩人完全沒有看見醒亞，一直朝棟柱的車子走去。

「你們去哪兒？」醒亞有氣無力地問。

「我們去學車。」棟柱的臉上還堆滿了笑容。

「表嫂，不久我也可以拿執照了，等我學會了開車，可以幫你很多忙。」小玫伶俐地跑過來對醒亞笑著說。

「怎麼我都不知道妳在學開車，什麼時候開始的？」醒亞不悅地問。

「你的事業心那麼重，哪有什麼閒情來管我們。」棟柱諷刺地說。

「什麼叫做事業心？我是身不由己呀！」醒亞不由得不委屈的苦笑了起來。

「我就不懂，白天上班八小時做不完的事，要半夜去趕就行嗎？週末清晨十點才回家……。」棟柱比她還要不高興。

「這是我們做電腦程序設計人的命苦啊，半夜不趕，第二天公司員工支票就發不出來，員工領不到薪水，誰負責？」醒亞也有她的苦水。

「做資本家的奴隸，也要有個底！」棟柱做出不屑的樣子。

「週末不去趕出來，下周客戶要用電腦時不能用，黑壓壓一屋子的工作人員不能工作，坐在那裡閒聊，然後嚷著說，電腦壞了，這浪費在幾百名員工的工資，誰該負責？」醒亞越說越停不下來。

「當然是我們女強人一肩挑了！」棟柱把女強人三個字說的特別大聲。

奇怪不奇怪，醒亞平常一心想做女強人，但是被棟柱這麼一諷刺，女強人倒好像是壞字眼似的。

「勇勇呢？」醒亞不想跟他爭了，打算改變話題。

「喲，難得妳還記得有個兒子！」棟柱的話中仍然帶刺。

「勇勇與一群洋孩子朋友們出去打球了。」小玫插口回答。

「走吧走吧，現代女性，工作至上，我們還是去開車吧！」棟柱站在那兒對小玫說，但是身子並沒有動。

醒亞詫異地朝他們看，想了一下之後才明白，原來她的車子停在棟柱車子的正後面，擋住了他的車不能後退。醒亞一賭氣，由車中踏出來，一言不發，右肩揹著皮包，右手提了公事包，做出當時職業女性最典範的走路姿勢，頭也不回地向家中匆匆走去。

醒亞的眼角看見棟柱正不慌不忙地將她的車子開出去，騰出位置來，以便自己的車子可以倒到大街上，然後再將醒亞的車又停回趙家的車道。

最後，小玫坐在棟柱的車子的駕駛位上，棟柱坐在駕駛座旁。醒亞還親眼看見棟柱指手畫腳地在專心比劃給小玫聽什麼。

小玫棟柱他們開的車子一下子就滑入街心，消失在那陽光裡面。但是棟柱與小玫兩個人一式的墨鏡，及同一款的鴨舌帽的樣子，卻在她大腦中久久不去。

醒亞自顧自生著悶氣，回到樓上，匆匆梳洗完畢，覺得肚子餓得前胸貼後背，只得趿著拖鞋下來，到廚房裡去打開冰箱找東西吃。

好容易找到一塊棟柱吃剩的起司蛋糕，醒亞自己泡了一杯無咖啡因的咖啡，又到放刀叉的抽屜中找到一支塑料叉子，坐下來打算吃喝。

她用叉子將那起士蛋糕送到口邊，突然想到小玫那不及盈握的小蠻腰，馬上胃口全無，就將手中的塑料盤子、叉子連同蛋糕，賭氣一般嘩啦一下子全部丟進了垃圾箱。

想起人家說多喝咖啡對皮膚不好，小玫那滑得像凝脂一般的皮膚就在醒亞眼前威脅似的晃蕩，醒亞索性將那自來水龍頭擰開，把剛才才泡的那杯熱咖啡全部倒進水槽裡面讓自來水沖走，沖了好一陣子後，才將自來水龍頭扭緊。

醒亞做完了這些，就咚咚咚地將腳上的拖鞋死勁地踩著上到樓上臥室，偌大一幢樓房，空蕩蕩地，使那咚咚咚的聲音傳到耳中特別刺耳，她聽得越發生氣，悶悶地抱著枕頭躺在床上。

這麼一折騰，肚子索性咕咕地響了起來。醒亞下定決心不去管肚子，只是使勁地使雙眼閉起來。不知道閉了多久，她才迷迷糊糊好像要睡去了，門鈴又響了起來，可惡，是樓下有人按門鈴。醒亞只好披了睡袍，把厚厚酒杯底的眼鏡又戴起來，下樓去應門。

「上週末妳家先生、太太到敝處來買的遊艇……。」那送貨的白人開口道。

「先生及太太？」醒亞完全不能進入狀況。

「付訂金的時候，關照我今天送來，你看，我今天送過來了。」那人指著手裡拿了一張表格又說。

「今天？什麼今天？」醒亞想補睡一下覺又被打斷了，怒火重新升起。

那人見醒亞這副樣子，也嚇了一跳，連忙取出一個本子，仔細查看那日期，查完之後，很肯定地說：「今天是星期六，對的，是要星期六送來的！」難怪棟柱今天不必上班，在家教小玫開車，原來今天是星期六，週末。

「我怎麼會不知道呢？」醒亞問。也是，她是真的不知道。

當然，說醒亞真的完全不知道棟柱要買機動船，也不完全對，因為棟柱曾經說過不知道有多少次了，要把手中的股票賣掉，賣出來的錢要幹什麼。可惜平常棟柱說些什麼，醒亞常常心不在焉地聽，他是說要買一輛新車呢？還是新船呢？

「是有餘……買……足足有餘。」他好像老是如此說過。

「這裡的地址是不是五號？」那人見醒亞沈吟不語，將信將疑地問。

「是五號沒錯！」

「是不是家中國人呢？」那人也疑惑起來了。

「是中國人沒錯。」醒亞回答道。

「那你的主人沒有關照過妳，難道太太也沒有關照你說星期六有人要送機器船來嗎？」這人很不高興地問醒亞。

「什麼先生？什麼太太？」醒亞大怒，一定是棟柱與小玫竟然瞞著她去買了一條船了。她想，現在幸好看不見自己的樣子，看見的話，蓬著頭髮，垢著面孔，戴了厚重酒杯底的近視眼鏡，鐵青著一張臉，肯定是難看極了。

「他們姓什麼？」醒亞突然怒得快要失去理智了。

「他們姓李！妳看，這不是姓李嗎？」那人指者表格上的姓名給醒亞看。

「我們不姓李！買船的人長得什麼樣子？」可惡不可惡？難道是棟柱為了要瞞著她買船，連姓名都改了？

「先生戴著眼鏡，太太是一個很漂亮的年輕東方女子，喂，你難道不知道你女主人長得什麼樣子？還要我來形容給你聽嗎？你到底簽收不簽收，不簽收的話我就要運回去了。」

「簽收什麼？什麼也不簽！」醒亞勃然怒道。

「妳拒簽，運費可得你們付啊！」

那人逕目帶了工人押了機器船回去了。

難道是醒亞自己疑心生暗鬼？但是，她細想了一下，自己為什麼會疑心呢？

放眼望去，只見院子裡面，比爾的上衣還掛在原來的樹枝上，韻亞及比爾兩人早已不知去向。

好在比爾是個誠實的美國白人，說好每小時多少錢，實際上做了幾小時就算幾小時的工錢，從來不會說謊，這一點不用管它。

話說機器船被帶走了不久，棟柱後腳喜滋滋的開了一輛新車回家，後面跟的是小玫，開了他的舊車。兩人一色白的日本小車，一前一後。

「怎麼樣？現在我們一家四個人，一人一輛車，醒亞，妳看怎麼樣？」棟柱好興致。

醒亞此時，心裡如打翻了五味瓶一般，哪裡還說得出話來。所以，在棟柱面前，十分不願意提起有人將機器船押送過來的事，哪知道棟柱竟然也絕口不提。

「看他能瞞多久？」醒亞心中想。

「咦？怎麼不說話？」棟柱居然問起醒亞來了。

「怎麼買新車這麼大的事，竟然沒有徵得我同意？」醒亞終於找到了一句話。

「好了，好了，現在再徵求不也是一樣嗎？」棟柱笑嘻嘻地說。

「買……。」醒亞一時找不出什麼反對的話，只能生著更大的悶氣。

「喂，坐了我的新車出去逛街如何？」棟柱邀請醒亞。

「笑話，逛……。」醒亞還在生氣。

「咦？妳不是喜歡羅曼蒂克嗎？坐了新車出去逛還不夠羅曼蒂克的話？還有什麼更羅的呢？」棟柱雖然被擁有新車的喜悅衝的昏昏濤濤的，但是還不忘了要去調侃她，這就是棟柱！

小玫完全被快樂淹沒了，手中拎了一隻白色的大高杯子，奔進車房去取刷子、肥皂來洗刷打掃那輛新屬於她的車子，找到了打蠟的工具，又拚命專心一致地替她自己的車子打蠟，因為棟柱的舊車並不很舊，打了一下蠟，仍然可以光亮如新。

醒亞被棟柱調侃得啼笑皆非，只得硬著頭皮鑽進棟柱的新車裡，一股新車的氣息，向她蓋了過來。

正在此時，他看見棟柱新車內駕駛座旁的杯座上面，也有一隻與小玫手上拎的那一隻一模一樣的白色大高杯子，這麼一看，醒亞的怒火完全上來了。

「怎麼，買了一對新白茶杯！」醒亞真正爆發，勃然大怒了，怎麼，連杯子都要一對，小玫與棟柱，真的要一人一隻一模一樣的杯子嗎？

醒亞這一生氣，手也發抖了，眼淚也出來了，哇的一聲，大哭起來了！

「哭什麼？車行送的杯子啦！質料又不好，一股塑膠氣味，妳想要嗎？拿去最好，我最恨洗杯子，紙杯子多好，不必洗，用完就丟，省了多少事。」棟柱說。

「送給我？你不是……？」醒亞嚇了一跳，回答得非常遲疑。

「既然妳喜歡，妳拿去，我情願用免洗紙杯。」棟柱雖不知醒亞大哭和生氣的真正原因，但送杯子給她似乎是送對了，當然很高興。

原來這杯子是車行送的，醒亞想，心裡覺得非常慚愧，果然是自己誤會了。

「小玫有了車多好，我就不必老是開來開去，做她的車夫，現在，我不但有了新車，又解放不做方小玫的司機了，豈不輕鬆？」棟柱見醒亞的臉色陰晴不定，不知什麼時候又會得罪她，只得拚命找題目來說話。

「喂，妳想不想試開我的新車？」棟柱問。醒亞止住眼淚，點了點頭，棟柱見太太點頭認可，興奮得臉都紅了，由新車的駕駛座位上跳出來讓醒亞坐。

「開你的新車嗎？」醒亞坐進棟柱新車的駕駛座。

「這裡是信號燈，這裡是喇叭，這是……。」棟柱坐在醒亞身邊高興地指指點點。

「嗯！」對呀，小玫有了自己的車，棟柱不必與她成雙成對的出出進進了，這不是好事嗎？棟柱買了一輛新車，不是太好了嗎？醒亞突然高興活潑起來了。

「怎麼眯著眼睛開車？」棟柱問醒亞。

「太陽西下，射著眼睛，有什麼辦法！」醒亞撒嬌地說。

「辦法當然有，全看妳做不做！」棟柱一面說，一面將自己的金絲邊的近視眼鏡上掛的墨鏡取下來，掛在醒亞的眼鏡上，又把自己的鴨舌帽也取下來給醒亞遮住那斜射過來的陽光。幫她替醒亞掛上墨鏡的時候，他的神情那麼專注，鏡片後面黑的眼睛那麼迷人，加上醒亞熟悉的棟柱的特殊的體味，竟然使她有點意亂情迷起來。

「好了，這樣太陽就不刺眼了，妳要小心開……哎呀，前面紅燈，妳忘了踩剎車，怎麼把我們的性命不當一回事呢？」棟柱幾乎要罵人了。

醒亞在駕駛座上開車，面帶微笑，一點也不以為忤。

女人真奇怪呀，棟柱想。

後來醒亞親自打電話找人來給趙家做了個新的車道。

「做兩條車道就好，每排兩輛一前一後，不必四輛汽車排成一排。」勇勇對媽媽建議。

「兩條車道停起來不麻煩嗎？誰前誰後，囉嗦得很。」醒亞分析給兒子聽。

「媽，我不久就進大學了，只有寒暑假才回家，平常上課的時候，都要住在學校宿舍裡，車子當然也停在宿舍裡，不必特別為我開條新車道。」勇勇人小，但是看得倒也很遠。

「進大學，你進哪個大學？」醒亞問兒子。

「小玫姑姑不久就結婚了，也不必為小玫姑姑開什麼車道，我與玫姑姑共用一條車道，爸爸媽媽共用另一條就行了。」勇勇胸有成竹地說。

「我結婚？嫁給誰？八字還沒有一撇呢！」小玫紅著臉辯道。

「昨天蔡叔叔不是送妳回來嗎？我以為他向你求婚了。」勇勇凡事都很聰明，可是到底還是小孩子，常常看童話書，總以為結婚是很簡單的事。

「他借了本書給我，我拿去還他，簡單得很，他見我走路回家，所以開車送我回來，如此而已。」大家這樣說說笑笑，從來都不把韻亞包括在他們的談話之中。

「醒亞，佳騏說他現在功成名就了，要我到加州去跟他結婚呢！」韻亞的眼睛裡發出奇特的光亮。

「誰是佳騏？」醒亞問姊姊。她事情太多，一時腦筋轉不過來，不知姊姊韻亞什麼意思。

「醒亞，妳跟我來。」韻亞很神祕的說。不知姊姊葫蘆裡賣什麼藥。醒亞雖然不想知道，但是近來實在太冷落了韻亞，心裡著實過意不去，所以跟了姊姊到地下室的房間裡來。

趙家的地下室大部分在地面上，天花板又高，比一般的地下室略為乾燥敞亮，但是韻亞的房間，總有一種特殊的氣味，加上噴了特別強烈的香水味，實在夠熏人的。

「佳騏是個多情種子，這些都是他親自寫的！」韻亞取了一疊發黃的情書給妹妹看，很溫柔地說。

「這些情書，那麼舊了，二十幾年前寫的吧！有什麼閱讀的價值呢？」醒亞大失所望，他對二十幾年前的情書實在提不起興趣。

還好，信雖然很陳舊了，但真的是一些信件，可見佳騏是個真人的姓名，十分鐘以前，醒亞還以為連這個名字都是姊姊杜撰的呢！

「是這樣的，看棟柱對小玫這麼關心體貼，令我想起佳騏，一想到他，他就打了一個電報給我，要我去加州做他的新嫁娘，我本來還不能決定去還是不去，我去把舊的情書打開來翻了一翻，看看他這個人值不值得嫁。」韻亞對妹妹說。

「姊，這封信是二十年前的舊信！有他的新電報嗎？」醒亞提醒姊姊，不知韻亞說的是真事呢？還是幻想出來的事。

「就是看了舊的，才覺得他這個人還蠻誠懇的，我看是可以嫁的。」韻亞的眼睛又發出像玻璃一般的光亮。

「姊，二十年前妳的追求者一大堆，他是其中之一嗎？」醒亞實在不記得有這麼一個人。那時整個台灣就是男多於女，真正是一家有女百家求，最使醒亞難忘的是有一次好幾個追求者碰在一起了，韻亞的大弟，還當著大家的面說：「最好是先打上一架，贏的上前，輸的靠後，事情不就簡單了嗎？」

但是，醒亞完全不記得那些追求人的中間，誰是佳騏了。

「姊，妳把他打給你的電報拿給我看，我就相信了。」最後，醒亞只得說。其實，醒亞信又怎麼樣，不信又怎麼樣呢？

「哪，醒亞，妳瞧這是什麼？」韻亞果然由抽屜內找出一張東西來，勝利地放在醒亞面前，原來是一張灰狗汽車車票。醒亞仔細看那車票，灰狗車票一年有效期，倒也還沒有過期。

「怎麼坐灰狗不坐飛機呢？」醒亞疑惑地問。

「坐汽車可以沿途看風景，佳騏沒有什麼錢，要是棟柱買票給小玫的話，很可能買飛機票，小玫今年多少歲？二十七呢還是二十八歲？」

小玫、小玫、又是小玫，醒亞聽了，心中著實煩惱，氣得跌跌撞撞地向樓上走，因為走得匆忙，而且韻亞房間內的燈又特別暗，房裡又像颱風過境一般的凌亂，到處堆滿了東西，百忙中醒亞竟踢到兩只箱子，她拖著踢痛的腳，忍著痛，逃回自己的房間。

話說棟柱完全不知醒亞拒收遊艇之事，等了一個週末，沒有看見遊艇，竟然對醒亞說：

「妳看，美國公司一天到晚吹說他們的工作效率好，看來也不過爾爾。」

醒亞沒弄清楚，問他道：「又抱怨什麼了？」

他回答道：「說是上週末要送來，影子也沒有一個，定金倒要先付。」

醒亞不知楝柱所說的就是她週末拒絕簽收的那艘機器船，以為就是他定的什麼東西，就指點他道：「你既然付了定金，當然有訂貨單，訂貨單上不是有號碼嗎？打個電話查詢一下，不就行了，何必又生氣呢？」

楝柱被醒亞一指點，認為不錯，就打了個電話過去，人家忙將楝柱的姓名、地址、電話及所定的機器船的大小型式及號碼記下以便查詢，說是查好馬上回話。

且說楝柱這裡正忙著，就聽見窗外有人連聲呼喚：「密斯韻妮，密斯韻妮！」

醒亞一聽，忙跑到屋外問：「比爾，你找韻妮嗎？」

比爾點頭，由他才買來不久的小貨車上跳了下來。

醒亞見他由車上跳了下來，嚇了一跳，時間過得真快呀，幾年前初到趙家找割草臨時工的比爾，那時還是個青澀的孩子，現在他真正變成一個有模有樣的美男子了！

尤其是今天，他那短短可愛的金髮梳得服服貼貼，臉也洗的很乾淨，被太陽曬得深棕色的皮膚，愈發顯得他的藍眼睛像透明的藍玻璃一樣，穿了一件合身的牛仔褲，褲腰裡裹著他那精瘦的腰身以及微翹的屁股，細褲腿緊包著勁健的長腿，上身又穿了一件無袖的牛仔背心，把他那有力的雙臂裸露在外面，越發顯得他又年輕又英挺。

醒亞見了他的新貨車，笑著說：「喲！這麼漂亮的車，這麼新，這麼亮！」

比爾紅著臉，對醒亞說：「趙太太，韻妮小姐曾對我說，她喜歡粉紅色的玫瑰花，所以我特地去選了好幾株粉紅色玫瑰的樹苗，今年秋天下土，明年春天就會長出韻妮小姐喜歡的粉紅色玫瑰。」

比爾一面說，一面回到小卡車中去去找出他辛辛苦苦買到的樹苗，拿過去給醒亞看：「今年秋天先種下長根發芽，讓冬天的雪花壓著，明春雪水化了滋潤根基，花朵就會份外美麗。」接著，他又熱心地笑著說道：「我想要韻妮小姐先看一下……。」

棟柱平常避韻亞唯恐不及，而且做得那麼明顯且沒有風度，難得這個少年比爾如此善良，對韻亞又如此友善，醒亞心裡著實安慰感激。

還沒有等到醒亞開口，站在一旁的勇勇，早就一疊連聲地跑到樓下，一面用英語喊道：「韻妮阿姨，韻妮阿姨，比爾找你去看花苗……。」

沒有回音，原來韻亞不在家。

勇勇小孩子愛玩心切，沒有找到阿姨，逕自與一夥同學門到學校參加球隊練球不提。

且說比爾知道韻亞不在家，臉上的笑容馬上消失，失望之情，溢於言表。醒亞沒有想到他如此之失望，不由得安慰他道：「比爾，初初種下的玫瑰樹苗，葉子都沒有幾張，幾枝禿苗，沒有什麼看頭，等將來抽芽長出花蕾，韻妮小姐自然會看見，那種驚喜，不是比只看幾枝光禿的樹苗更好嗎？」

比爾一聽醒亞此言有理，臉色立刻好轉，興致衝衝地說道：「對極了，等開出花來再給韻亞小姐看，肯定更好！」比爾把失望變成為希望，馬上快樂地一面挖地種苗澆水，一面還哼著美國近來流行的鄉土情歌。

棟柱坐在客廳等運船公司的電話的時候，就坐在那兒翻看報紙，所以院子裡比爾與醒亞的對話，他都聽得一清二楚，比爾哼著美國鄉土情歌的聲音傳過來，竟然是一支比一支清新愉快，一支比一支高昂快樂，忍不住放下報紙來，笑著對醒亞說道：「看來我們這位小情人比爾並不知道他遇見的是個神經病！」

醒亞看見棟柱一直帶著諷刺的笑容，心中已經十分不悅，現在見他又用中國話來譏笑比爾及韻亞，更加不高興，正待反唇相譏，電話鈴突然響了起來。

棟柱正在等電話，急忙取過電話筒來聽。

「什麼余小姐？余小姐的妹妹在這裡，你問她妹妹吧！」棟柱把手裡的電話筒交給醒亞，醒亞接過來聽，原來是老人院打來的。

「請問你是余小姐的妹妹嗎？我們想知道你的姊姊什麼時候再來我們老人院唱歌？」電話裡是一位老先生的聲音。

「嗯，這個嗎？不知道呢！」醒亞回答。

「我們都喜歡聽她唱的可愛的中國歌曲，怎麼好久沒有來了呢？余妹妹，可不可以麻煩妳轉告她，我們老人院的老人，都十分盼望她，希望她能常來。」另一位老太太的聲音說道。

醒亞聽了，心中更加欣慰，看，年輕的比爾，老人院的老人，都很喜歡姊姊呢！想到這裡，醒亞心裡一動，忙叫對方等一下，自己趕快放下電話筒，奔到樓下，打開韻亞的房間門，只見姊姊的房內凌亂如故，與上周毫無分別，唯獨不見了她的兩只箱子，那箱子本來就豎在門口，上周還被醒亞的光腳踢到，現在明明白白就是不見了。

醒亞心裡又突然恢復了那種空空的感覺，急忙跑上樓，奔到電話旁邊，對電話裡的老太太說：「我姊姊不見了，他說要到加州去結婚，不告而別。」

「太好了，像她這樣可愛的人，是應該結婚，去加州結婚是好事，韻妮也向我們提起過，只是沒有告訴我們詳細的日期，沒有想到她說結婚就結婚，等她結婚回來以後，我們要為她舉行一個派對來慶賀祝福她。」電話裡說。

「好，等她回來再慶祝好了！」醒亞口裡敷衍地說，可是心裡馬上更加亂糟糟的了。

「怎麼辦呢？她有沒有吃藥，現在情況更加不大好了，韻亞的房裡那麼亂，就明顯的表示姊姊的腦筋又開始不太清醒了。」醒亞說，心裡又慌又亂。

「她這個神經病，不在眼前活現世最好！」棟柱在一旁說道。那個時候他們還沒有手機，棟柱正在等電話，現在家中電話被醒亞佔住了，心中十分不悅。

「告訴你我在等電話，妳要做什麼，打電話給誰？」棟柱問醒亞。

「打個電話給報館，登個尋人啟事吧！」醒亞告訴棟柱。

「我從一早就在等外面打進來的電話，妳又不是不知道！我勸妳不要再一人霸佔電話罷！」棟柱開始生氣了！

有什麼稀奇！醒亞心裡想，那時雖然手機還沒有普遍，但是公用電話亭街邊巷口比比皆是。於是拿了鑰匙，開了車子，到附近公用電話亭打電話給報館要登尋人啟事廣告。醒亞是有準備的，身分證信用卡什麼的全在手邊。

尋人廣告在報紙上一露面，由清晨七點半開始，到半夜十二點，趙家的電話就二十四小時響個不停。

「我昨天在中國城看見一個長髮大約有四十餘歲的東方女子。」一大清早就有陌生的熱心人士提供消息。

「昨天？你知道今天現在她在哪裡嗎？」

「嗯，今天沒有看見。」那人不是白說廢話嗎？

鈴鈴鈴……。電話鈴又響了。

「我昨天在哥倫布廣場上，看見……！」哥倫布廣場在紐約城內。

「奇怪，怎麼似乎人人都看見一個約四十歲長髮東方女子呢？」勇勇問。

「大概這種形容太廣泛了，符合這特徵的東方女性太多了。」小玫輕輕地對勇勇說。

「大阿姨若不留長髮……。」勇勇問。

「那些短頭髮的東方女子也是很多的。」小玫說道。

為了要向遊艇公司要求退款，棟柱打了無數的電話，對方說是趙家不遵守合約，運送過來又退回去，堅持要扣下手續費、運費以及賠償費等等，浪費了不少的金錢與口舌，弄得只要有電話鈴響全家就觸目驚心，沒有好氣。

半夜，鈴……！不識時務的電話鈴又響了。

棟柱被鈴聲驚醒，氣得由床上跳下來，將電話叭地一聲，連筒帶線一齊由牆上扯了下來，牆上扯了一個大口，灰粉紛紛掉在地上。

「你、你……這是做什麼？」醒亞氣急敗壞地問。

「怎麼樣？大家都聽不成！」棟柱也氣得臉色發白。

「這、這……我們怎麼辦？」那時他們還沒有手機，家中沒有電話是不行的。

「我們總不能為了一個神經病兒全家都發狂，我白天還要上班的！」棟柱大聲地吼道。

醒亞用右手的食指指著他，身體氣得發抖。

亂了一陣，醒亞冷靜了下來，也覺得這二十四小時的電話騷擾，實在吃不消，就去買了一個答話機，又開車到附近公用電話亭，用公用電話打電話給電話公司，要他們來將被棟柱扯斷的電話線接通，再讓小玫在家專門等待他們的技術人員過來接線。

「這樣，我什麼地方都去不成了。」小玫接到醒亞給他的這個任務，有點失望。

棟柱一時氣憤，扯斷了電線，沒有想到受害的是小玫，心裡著實過意不去，一直看著自己的表妹，沒有說話。

還好，他沒有毛遂自薦，說不上班在家裡陪小玫等電話公司派人來接線。醒亞一直暗中注意棟柱，只見他過了幾分鐘，下樓到工具室取了他的工具箱上來自行接線。

「好了，小玫不必在家傻等，我把電話線接起來了。」棟柱大聲地向大家宣布。棟柱又將醒亞新買來的答話機裝上，自己在答話機裡灌上答話，他說：「這是趙家，失蹤的四十多歲的長髮東方女子已經找到了，請不要再打電話來，謝謝合作。」雖然仍然不知道韻亞在哪裡，但是，趙家的電話終於日趨安靜。

醒亞也改變了政策，自己向公司請了一周的事假，天天坐在電話旁邊，按照攤開的美國地圖上灰狗汽車可能經過的路線，用紅筆一一仔細畫好，挨鎮主動打電話到灰狗車站，尋找可疑的東方長髮女子。

聽起來，這不像大海裏撈針嗎？可不是！但卻偏偏會被醒亞遇上了呢！第三個週末，當醒亞蓬著頭，戴上酒杯底的眼鏡，打電話到加州舊金山的灰狗車站時，對方聽了醒亞的描述，居然說道：「女士，請妳等一下，我們站上的工作人員查理說他和他太太見到過一位長髮的東方女子，好像是個中國人，請你稍等，我去把查理找來跟你說話好嗎？」

過了一會兒，電話那邊有個叫查理的人說：「數天前，我看見一個東方女子，在舊金山的灰狗車站裡面迷迷茫茫亂轉，我上去問她叫什麼名字？要找誰？她說她叫韻妮余，是來加州結婚的。」

醒亞一聽，對著電話筒忘形的尖叫道：「是了，是了，那就對了，我要找的人是叫做韻妮余，是到加州去結婚的。」查理在電話的那頭說：「我問她結婚的未婚夫是誰？住在哪裡？我們可以送她過去，她說她千里迢迢有紐約過來尋找的未婚夫叫佳騏張，現在已經死了，所以結不成婚，你說可憐不可憐？」

「死了？佳騏張果真死了嗎？」醒亞吃驚地問。

「我問她父母是誰？住在哪裡？她回答說父母被關起來了，小妹妹不許她去看望父母，聽得我這局外人非常生氣，哪有妹妹不許姊姊去探望父母的。在我們美國是不可能的！」查理不滿地說。

「……。」醒亞不說話，他們的父母雖然沒有被關起來，但是大家瞞著韻亞，不讓她知道父母的地址，因為怕父母見到有神經病的姊姊傷心，所以，韻亞不知道父母的地址和現況，一點也不假，而他們余家的小妹是真的不許大姊去看父母，韻亞一點都沒有說謊。

「我本來是要幫助她的，但她長得很好看，我可不願意我太太不高興，就把她帶回去交給了我太太，我太太是好人，一個好心女子，聽說這位東方女子這麼可憐，未婚夫死去，而自己的妹妹不許姊姊去探望父母，也覺得……。而且，聽說小妹是醫生呢！哪有因為醫生而不許可姊姊去看望父母的道理，除非……要知我太太也怕傳染病的……我太太……這位東方女子，抵死也不肯吃我太太做的食品……。」查理的聲音，由電話裡傳過來。

「這位東方女子沒有傳染病，我是她的大妹妹，我不是醫生，我們的小妹是醫生。」醒亞告訴在電話線加州那邊的查理說。

「妳姊姊已經瘦得只剩一把骨頭了，我和我太太只好把她交回給站長。」查理說，聽起來就知道他們夫妻是一對老好人。

「交給了站長？是舊金山灰狗車站的站長嗎？我姊姊現在就站長那裡嗎？」醒亞連忙問個清楚。

「不在呀，我與我太太見他不肯吃東西，只好把她交給站長，這位東方女子告訴站長說怕我與太太在餵她的食物裡面下毒，站長無法……，送到艾滋病的機關也不收她，說她沒有艾滋病。」

「那她現在在哪裡呢？」醒亞追問。

「我們站長由她的皮包中找出一張紐約到舊金山的灰狗車票，斷定她是由紐約市過來的，就給她買了一張回紐約的車票，把她送回到回程的路上。」

「現在……？」醒亞緊張地問。

「大概還在回程的車中。」電話中傳來好人查理不肯定的回答。

說來說去，不是找著了，又沒有找著嗎？當然，至少摸到韻亞的行蹤了。

又過了兩天，醒亞找到了匹茲堡的灰狗汽車站站長，對方說是有一個叫韻妮余的長髮東方女子，在他們車站內失魂落魄般的到處徘徊，灰狗車站每站都收到通告，有一位四十餘歲的東方女子，沒有傳染病，失蹤了，若您是她的家屬，請來領回。

醒亞在電話中的說話被在一旁的棟柱聽見了，只見他恨恨地說道：「叫他們把那女子送進精神病院，不就一了百了了嗎？……。」醒亞白了他一眼，很內行地批評道：「在車站徘徊的人成千成百，只要那人沒有傳染病，又不害人又不害己，哪能隨隨便便就送人家到醫院去的道理？」

「其實，家屬又不只我們一家，你們余家人全死光了嗎？」

醒亞聽他這麼說，心裡十分來氣，雖然氣棟柱這麼無情，但轉念仔細一想，姊姊韻亞事實上是住在他姓趙的人家的屋簷底下，可恨的是她余家娘家的人，不但人人袖手不管，而且還覺得二姊醒亞多事呢！

「什麼叫做大同世界？就是老有歸宿，生病的人有人照顧，人生在世，能夠幫助人就要幫助人，家人有人生病了，由她自生自滅的世界，也不是我們追求的目標呀！」醒亞曾經對小妹說過。

「那妳去追逐那種世界好了！」小妹智亞回答道。

兩天之後才是週末，初拿到駕駛執照的勇勇開車送醒亞到紐約拉呱地機場坐飛機到匹茲堡，再由匹茲堡飛機場坐計程車到灰狗車站。

醒亞先到灰狗車站的站長室去找站長，站長領她到車站後面的一間小房間。

「你們家屬再不來，我們就要把她交給警察了……，就快餓死了的，我們就有權力交給警察了。」那位站長說。

是一間很小很髒用來存放站上的水桶肥皂掃把等雜物的房間，裡面又黑又暗，門打開時有一絲微弱的光線照進去，韻亞蹲在一個角落裡，不知是開門的聲音還是漏進去的光線驚動了她，只聽見韻亞很害怕的喊著：「不要碰我，不要碰我！」喊聲充滿了惶恐。

醒亞藉著微弱的光線，看見姊姊的長髮，濕黏黏、油膩膩地貼在滿是污垢的額頭上，臉上，做妹妹的一顆心都要碎了！

世界上每個人都要到這個世界上來走這麼一遭，姊姊韻亞的這一遭，要用什麼字來概括形容呢？

醒亞搶上去一把抱住姊姊，長期處在黑暗中的韻亞大吃一驚，身子一顫，正要叫喊，再看抱住她的原來是妹妹醒亞，就立刻流下了安慰的眼淚，放心地說：「醒亞，醒亞，我的好妹妹，我知道你會來救我的，我早就知道了。」

聽見姊姊這麼說，醒亞已經破碎了的心，更是被壓成粉末一般了！

醒亞帶著韻亞回到紐約的飛機場，勇勇開了車到機場去接媽媽及大阿姨回家。

「韻妮大阿姨，妳要撐住呀，我將來要做一個很好的精神科的醫生，好好替你治病呢！」勇勇對阿姨韻亞說。那時勇勇還有兩年才高中畢業，當時，大家都以為他說著小孩子的話，沒有想到後來他竟然真的做了精神病的醫生，而且在二〇一七還升做了系裡的主管呢！

第九章

車子進入趙家車道時，不怕冷的比爾正脫光了上衣在前院割草，車門開處，勇勇將大阿姨韻亞由車中抱了出來，比爾忙丟下手中的工作，將瘦得只剩九十幾磅的韻亞由勇勇的手中接過來。

抱著韻亞進門之前，這位高大善良的美國大男孩眼中含著淚水，不顧韻亞發出來的強烈的體味，突然當著眾人的面，低下頭去，用嘴嘴唇拂了拂韻亞的額頭。

站在趙家門前看的趙家的人全部默不作聲。

勇勇提了韻亞小的那件行李，是匹茲堡灰狗汽車站站長交給醒亞的，大的那件行李早已不知去向。

醒亞跟在勇勇後面進屋。

棟柱不聲不響，將地下室的燈及電扇全部打開，去掉一些氣味之後，才默默地回到自己的書房裡去，可見他還是有善良的一面的。

小玫也跟著棟柱在地下室轉了一圈，才回自己的房間。

看來，對韻亞返回趙家的事，最喜形於色的是比爾，只要一有機會，他就會來趙家替住在半地下室的密斯韻妮服務，醒亞見他這樣熱心，有意將工資發得格外慷慨，以資鼓勵的意思。

韻亞經過一陣子休息調養，體味漸漸淡去，氣色也日漸轉好，但因不曾吃藥打針，所以外表好像乾淨了，但是行為卻明顯第一天比一天妖嬈。

韻亞近來不但鎮日與比爾嬌聲媚氣地周旋，又常常到老人院，贏得一群老先生們過來說說笑笑，老人院裡面女多男少，比例極為懸殊，不過韻亞的老人朋友中仍然以老先生為主，老太太寥寥無幾。

這天比爾來趙家後院修剪樹枝，還沒有開始動工，就四處張望：「密斯韻妮在家嗎？」

勇勇這一陣子密鑼緊鼓，準備大學的ＳＡＴ考試（入學考試），每天急急忙忙開了舅舅新近送他的二手車到同學家去準備功課，所以當比爾向他問起韻妮阿姨的下落時，他只能一問三不知，把個頭搖得撥浪鼓似的，然後急急發動車子，匆匆出門而去。

趙家的人個個都搖頭說不知韻亞去向，只有細心的小玫回答比爾：「今天是老人院的老人外出聚餐的日子，韻亞姊姊告訴我的，他們請韻亞姊姊一同去聚餐，一大早就開車來把她接走了。」

「這麼早，是聚早餐嗎？」比爾追問。沒有人知道答案。本來一不見韻亞，比爾就心不在焉，現在一聽小玫說韻妮被人家請出去了，更是神不守舍，坐立不安，把那剪樹枝的刀剪得振天價響，弄得剪下的樹枝也就七零八落地往地下亂掉。小玫看見見剪下的枝葉大大小小橫七豎八地落了一地，只得跟在後面去撿，撿來堆在一邊。

棟柱急急由房內快步走來，邊走邊揚著手中的報紙說道：「小玫，報上有人登廣告，在賣二手貨遊艇，說是好像新的一樣，看來價錢卻比向遊艇公司買便宜多了，跟我去看看吧！」小玫一聲歡呼，丟下手中正在撿拾在樹枝斷葉。

醒亞見了，大聲地反對：「現在天氣轉涼，哪有人買遊艇的？那是盛夏的玩意兒！」

棟柱卻回答道：「就是要天氣轉涼啊，才會殺到便宜貨，走，小玫，咱們去殺價，購買價廉物美的東西！」

一陣旋風似的，棟柱帶了小玫，開著車子走了。

鐘點工潘多拉已經不來上班，最恨燙衣服的醒亞總不能將自己的衣服留給小玫去燙，她是表妹，不是花錢雇來的女工，醒亞只得自己動手。醒亞才燙了一件衣服，就發現很多衣服的扣子鬆了，有的線拽斷了，一一仔細檢視，時間很快就過去了。

直到傍晚，夕陽懶懶慵慵地掛在西山，韻亞才由三位衣著講究的老先生護送回來，坐的是一輛敞篷的豪華轎車，她那咯咯的笑聲，老遠就由晚風中送了過來。

比爾一聽見韻亞咯咯的嬌笑，就像一條大狼犬那樣地警覺起來，等到頭繫紗巾，身著風衣的韻亞嬝嬝婷婷地笑著由車中走出來，向三位老紳士慢慢地用英語一一嗲聲嗲氣地道著再見，他就一個箭步跳到車邊。

比爾站在車邊，眼睜睜地看著這三位老人家一一向韻亞吻別，臉上一副尋求生事的樣子。三位老先生中有一位，看見比爾虎視眈眈地站在旁邊監視，心裡十分不服氣，故意把吻別的時間拖長，還弄出嘖嘖之聲來，韻亞一面咯咯地媚笑，撒嬌地一面說：「這算哪門子禮貌，差點悶死我！」她硬是不依，把個熱烘烘的身子，軟軟地搭在人家身上，那老先生被撩得興起，哈哈大笑一聲，將手在韻亞的屁股上輕輕拍了一下。

三位衣著講究的老先生，一起鬨然大笑。

比爾見狀，怒路由心頭起，惡向膽邊生，跳過去呼地一下，把韻亞拉到身後，然後將那拳頭，握得緊緊的。

三位老先生見在年輕人這麼兇悍，全部勃然變色，其中一位，聲色俱厲地問道：「你是誰，在這裡做什麼？」

醒亞由門內出來，看見院子裡劍拔弩張的樣子，嚇了一跳，連忙打著圓場，說道：「各位老先生，這個年輕人叫比爾，是來幫我們修剪樹枝、打理院子的。」

那位老先生不悅地說：「這樣沒有禮貌不知分寸的工人，妳就應該辭掉他。」

幸好勇勇讀完書，由朋友家開了車回來，見到那些老先生原來是認識的，慌忙由車中出來，很恭敬地上去打招呼道：「哈羅，道格拉斯先生，我今天與你的孫子安地讀了一天書，你老人家好嗎？」

那些老紳士見了孫子的同學，當然不好意思再與一個鐘點工人一般見識，只好開了他們的高級敞篷車，施施然而去。

臨走，老人中的一位，不合丟下一句話：「韻妮甜心，明天我們再來接妳。」比爾聞言，大為不甘心，一逕追著韻亞問道：「你明天還要去？去做什麼？」

本來不干比爾的事，韻亞一味溫溫地笑，一點也沒有理會比爾的問話，轉身自行走到樓下去了。比爾心猶未甘，竟一直追了下去。

突然，樓下砰然一聲大響。

醒亞側耳聽了一下，再也沒有任何動靜，也就算了，醒亞自己有自己的苦惱，煩心事很多，無法去管他們。

勇勇聳聳肩，帶了自己準備考試大包的書，逕自回到自己的房內，房門緊緊的關了起來。

不知怎麼，棟柱及小玫仍然蹤影全無，醒亞跑到廚房裡掀開鍋蓋查看，排骨肉已經煮的離開了骨頭，白飯在電鍋中溫得又乾又硬，青菜的葉子也已經變黃。最後，醒亞只得將電飯鍋中加一些清水，熬排骨湯的火給關掉。

又過了好一陣子，天色已經黑暗了，勇勇打開房門，跑出來用中文問：「媽媽，我餓了，何時開飯嗎？」

這是他自己發明的，因為他的中文老師告訴他們說中國話最後一個字是「嗎？」的話，就是疑問句，可憐這個在美國出生的中國孩子，只能舉一而反三，凡是問話，都加上一個「嗎？」字。

醒亞在半黑暗中抬頭望了一下牆上的夜光鐘，嚇了一跳，原來竟然已經八點鐘，只得由鍋中夾了一筷子紅燒肉送進勇勇嘴裡，勇勇嘴裡含著紅燒肉，又回房去苦讀。

可是醒亞卻無論如何都定不下心來了，她啪的一聲關掉電視，站起來在客廳中兜圈子，兜了幾圈，停下來站在客廳中央向四面一看，牆上的字畫，桌上的花瓶、鮮花，全都已經模模糊糊地，籠罩在夜色中了。

呀！已經這麼晚了嗎？推開門來一看，外面的夜風吹來甚涼，她上樓取了一件外套披在身上，走出趙宅。

社區路燈已經亮了，醒亞心裡亂糟糟的，在外面巷口又胡亂走了好幾圈，原來社區裡家家戶戶的燈都亮了起來，趙家整棟房子一片漆黑，只有勇勇的窗前亮著，大概還在讀書。

醒亞又急急忙忙趕回來將一樓房間內的客廳的燈一一扭亮。

再等了不知多久，才聽見棟柱的車子開進車道。醒亞唰的一下，由沙發上跳起來，心跳的速度也加快了起來。

棟柱一進門就喊餓，匆匆忙忙上樓洗臉洗手。

「車胎爆破了要修理，才弄得這麼遲。」小玫解釋說。

「趕快吃飯吧，要趕快吃飯了！」勇勇餓的臉色發白，口中一直嚷道。醒亞一肚子氣本待發作，見勇勇如此可憐的喊餓，只得按住性子，開始炒菜、熱菜。寂寞已久的廚房突然一下子抽風機呼呼地響著，菜也滋拉拉地忙著在油鍋裡暴跳翻滾。勇勇見有飯吃，忙碌地在座位上排著碗筷。

小玫不見韻亞，問醒亞道：「韻亞姊吃過了嗎？」平常因為韻亞知道棟柱對她沒什麼好感，所以大部分時候都藉故不與趙家人一同吃飯。妹妹醒亞又不向她收房租，因而她的經濟甚為寬裕，上館子吃東西也很方便。

今天，既然小玫問起韻亞，醒亞就隨口答道：「不知她吃了沒有，小玫，妳下去問一下好了！」小玫因為回來晚了，嫂嫂臉色很壞，打算巴結一下，聽了醒亞的話，急急忙忙奔下樓去，一張白臉被太陽曬的紅咚咚的，頭髮上插了一支黃花，不知是不是棟柱採給她的，穿了一身翠綠的洋裝，也不知棟柱帶她到哪裡去買的。這樣紅綠黃三色相映，明明就是一支青春之歌。

小玫才下樓，馬上像被反彈一樣又奔了上樓，一張臉更紅。大家看著小玫，不知發生了什麼事，只見小玫雙手捂著胸，半天說不出話來。棟柱見狀，也不打話，由椅子上跳起來，親自跑到地下室一探究竟，醒亞與勇勇也跟在後面。

樓下一片漆黑，因為聽見這麼多人下樓，驚動了地下室的人，地下室起坐間的沙發上，本來合成一體的人形，突然分開成為兩個人影由沙發上跳起來。棟柱啪的一下，打開樓下起坐間的電燈，兩個人原來是韻亞與比爾，兩人都是赤裸裸光條條的，比爾跳起來後，連忙替韻亞找衣服蔽體，人人都狼狽極了！

還好，勇勇又啪的一下，將電燈又給關掉了。

「神經病就是神經病，我們安分良民不能再留一個廉恥全無的人，這樣不是把孩子帶壞了嗎？」棟柱盛怒之下，大聲地吼看著。

「爸爸，我已經不是小孩子了，不會把我帶壞的。」勇勇很肯定地說。

「趙德勇，你胡縐些什麼？」勇勇的答話，正如火上澆油，使棟柱更加不高興。

「爸爸，我讀了很多關於精神病病症的書籍，知道他們都是些不幸的有病的可憐人，腦子的分泌，體內的化學成分不能平衡的緣故，是很可憐的！」勇勇很認真地對爸爸說。

「你？你，你！怎麼會有這些怪想法？居然同情起這些沒有廉恥的神經病來了。」棟柱盛怒之下，「你」，「你」個不停。

「爸爸，這些不是怪想法，這些都是有科學根據的！」勇勇一不做二不休，竟然奔到自己的房間，搬出一大堆書出來。這些書原是醒亞按照白醫生的指示，買來看後，放在韻亞房內，韻亞因為不願閱讀，最後終於放在勇勇的房間的書架上面，沒有想到，因為這些書是給一般人讀的，文字淺顯，易讀易懂，高中學生勇勇倒是一本一本按部就班地看了起來，無怪從來沒有提過叫人拿走。

「嘿，原來你居然想要用這些神經病的書來毒害自己的兒子，告訴妳，余醒亞，我要你的那位保曼夫人，馬上給我搬出去！」棟柱終於忍無可忍，下起逐客令來了。

比爾穿好衣服之後，跑過去對醒亞道歉，說道：「趙太太，韻妮小姐是單身，我也沒有太太，當然，我們應該在韻妮房間，不該在地下室的客廳裡……，但是，我們完全沒有犯法，我們很正當啊！」醒亞見他孩子氣的理直氣壯，雖然覺得他說的話找不出什麼毛病，但是棟柱已經動了這麼大的氣，何必在這個時候火上澆油呢？只得對比爾擺擺手。

比爾見女主人醒亞也要擺手他離去，只好在黑暗中把車子開走了。韻亞索性把房門關緊，躺在床上裝睡。棟柱一不做二不休，發起狂來，一定要韻亞當晚就搬。

「搬出去，馬上搬出去！」棟柱一面怒吼，站在韻亞的門外，把門敲個不停。

「天這麼晚了，明天再說吧！」醒亞旁邊勸棟柱。

「我餓了，我正在長大，我需要營養！」勇勇說。沒有人理會勇勇，他見大人不理他，逕自坐在餐桌上抓起筷子大吃起來。

「且等明天罷，她又沒地方去，半夜到哪裡去呢？」醒亞輕輕的一再勸棟柱，勸了一陣子，好像效果不大，索性也由地下室跑回飯廳，抓起碗筷，與勇勇一同努力朝嘴裡扒飯。

「不行不行，她還在這裡，我食不下嚥，也影響我晚上的睡覺，今天非搬不可。」棟柱發起狂來，暴跳如雷，看樣子韻亞不走，他真的要不食不眠了。

醒亞吃完晚飯，放下筷子，踱到樓下，看見棟柱鐵青著臉，手中握了一支釘錘，用釘錘在瘋狂地敲著韻亞緊閉著的房門。似乎棟柱也開始發起神經了！而且比韻亞更為瘋狂。

醒亞無奈，示意要棟柱走開到一邊，自己一面輕輕的敲門，一面輕輕地喊道：「姊姊，是我，我是醒亞。」韻亞拖了很久的時間，才慢吞吞地起床將門打開，醒亞對姊姊說：「姊，我們不與他一般見識，我們收拾收拾東西，我帶你去找個旅館吧！」

「棟柱，我今天送我姊姊去旅館，你也想法子要小玫搬出去。」醒亞手中拎了鑰匙，提了皮包，對棟柱說。

醒亞說完，她們倆姊妹，醒亞在前面，韻亞在後面，倆姊妹上了醒亞的車，將勇勇的車子倒出來，因為醒亞今天沒有出去，所以她的車子被擠在最裡面。

這個時候，勇勇也吃完晚飯，就幫著把韻亞阿姨的一小包行李放到車上。臨出門，醒亞特地回頭瞄了棟柱一眼，看見他仍然扳著一張冷臉，坐在滿桌都是冷菜的飯桌前面，小玫正泡了一杯熱茶放在他的面前，茶葉尚未泡開，正在他的眼前冒著熱氣。

醒亞坐在駕駛坐上，韻亞坐在她的身邊，深更半夜，姊妹倆要到哪裡去呢？

「姊，我們辦公室附近有一家汽車旅館，我常常經過那兒，雖然從來沒有進去過，不過看起來不錯。這樣好，我每天中午都可以去看妳。」醒亞想起來了。

「醒亞，我就知道，只要跟著妳就行。」韻亞溫溫地笑著，發生這樣大的事，眼見她已經完全被嚇昏，頭腦已經不清楚，完全不能處理事情了。

到了旅館，價錢倒不貴，醒亞填完老闆娘遞給她填的表格，用信用卡付了一周的費用。用鑰匙開門，進到房內一看，房間內充滿黴氣，但也顧不得那麼多了。

「姊，這裡距我辦公室很近，妳現在好好休息，明天中午，我一定會來看你。」醒亞把鑰匙交給姊姊，臨走時，對姊姊說。

回到家裡，醒亞冷冷地對棟柱說：「棟柱，我也不喜歡小玫住我家，你想辦法給她在美國人家找一個保姆或者是管家的工作，她可以住在人家家裡，告訴你，她若住在美國人家中，才能真正學日常應用英語，比上什麼語言學校還強呢！」棟柱不出聲，她知道他聽到了。大概正被氣得發昏，不知如何反應吧？也許，也有可能，他正在為他自己暫時發狂而後悔吧。

「我被一個神經病害了，害慘了！」小玫哭喪著臉，輕輕的自言自語。醒亞聽見了，頭也不抬，心裡卻大聲地喊道：「是我，是我不願意妳住在我家，與神經病無關！」其實，醒亞心裡的想法是：自己每天上班，壓力本來就大，韻亞的事情，更不簡單，已經到了強弩之末，再要天天看那青春靚麗，人生正在開始的小玫，像一朵正在含苞待放的花兒，在她眼前全力地綻放，何況，她得到棟柱全部注意力，而自己呢，只能得到他的冷嘲熱諷。

「小玫是我表妹，妳不要他在我家住，叫我在表姑面前怎麼交代？不如我也搬出去！」棟柱突然暴跳如雷。醒亞不理他，自己走到樓上去睡覺不提。

第二天，中午午餐的時間，醒亞出了辦公室，在路上買了一些食物，開了車到汽車旅館去探看姊姊。韻亞塌著又長又稀疏的頭髮，睜開暗淡無神的眼睛來應門，門縫裡漏進去的光，照著她完全平塌塌長髮中間的頭皮，發著禿頂的亮光。呀，想當年，那髮長及背、雲鬢蓬鬆的美人兒，隨著歲月的遞增，頭髮不但漸漸失去光彩，且數量愈變愈少，就算盛裝時洗過吹過，不仔細還看不出什麼不對，但現在這樣，完全是一副遲暮婦女的形狀。

還有，她居然仍然穿著那件扯破了口袋的背心，口袋還是連著一條僅存線絲，掛在背心上。這件背心的口袋，是醒亞因為姊姊不肯吃藥，兩個人爭執起來扯破的。醒亞看見姊姊床邊掛的睡袍又舊又破，上面還沾了一片黃斑，實在寒酸，只得在下班時給姊姊買一些睡衣拖鞋之類的東西，第二天中午帶去給姊姊。

姊妹倆中午坐在旅館的房間裡，醒亞就一面吃東西一面隨口講一些安慰鼓勵姊姊的話。例如：「這家旅館的房間有發黴的氣味，別的旅館又太貴了，我們先忍耐一下，等搬到新的地方就好了。」

「今天帶了報紙來，姊，你可以先看看，打個把電話去詢問一下這些招租廣告，有空我可以帶妳去看。」

「現在，醫學界又發明了更新的藥品來抑制精神病，據說對某些病人可以說完全沒有副作用，姊，其實妳不妨試試，哪天我帶你去看醫生。」等等不著邊際，沒有實際用處的話。

醒亞因為勞苦功高而在公司裡享有特權，她的午餐時間可以有一小時半，也就是說九十分鐘，旅館雖然近，來回卻要三十分到四十分鐘，剩下的時間，也不夠讓姊妹兩人到館子裡去坐下來吃，所以都是上午十一點半左右，醒亞由辦公室內打電話去預定午餐，中午十二點後去取，然後帶到旅館，韻亞半睡半醒地躺在床上，等著妹妹，妹妹到了，才無精打采地坐起身來，姊妹兩人匆匆吃著午餐。吃的時候，也都是醒亞獨自一人濤濤不絕地說話，韻亞都是溫溫地笑著，眼睛裡茫茫然，完全心不在焉的樣子。

吃完午飯，醒亞離開旅社去上班，醒亞順手帶上姊姊的房門，韻亞連嘴都不抹，又回到床上去躺，當然更談不上什麼刷不刷牙了。

週末，醒亞要照顧家事，無法分身來看姊姊。

韻亞在那間旅社裡住了一周之後，醒亞看見姊姊沒有反對的跡象，就用信用卡又去支付了第二周的租金。可是，總不能一直住在有黴氣的旅館裡面呀，下班時，醒亞就沿路留心起來。

無巧不巧，經過他們姊妹很早以前打算去付定金後來因為事多又忘了的公寓時候，看見那邊仍然掛著極大的招賣的牌子，醒亞按照牌子上的電話號碼打了一個電話去詢問。

「我們只剩下一個單位了，只能給單身人住，沒有陽台。」原來這棟公寓如此之搶手。太好了，醒亞問明了價錢，第二天中午就匆匆又去看了一遍：游泳池、洗衣機、洗碗機各機都有。後來找了律師利用午餐時間去簽約，掏出支票付了兩萬七千美元做頭款，領了公寓的鑰匙，以後每月付四百美元分期付款，三百卅二元管理費用。

雖然貴了一點，但比旅館便宜一半，高級萬倍。所以利用一天中午午餐的時間去銀行將兩萬七千元美金由儲蓄賬戶轉入支票帳戶之後，再利用另一天的午餐時間，去定了幾千元的家具，以便早點辦妥早點搬離汽車旅館。一連好幾天沒有辦法去旅社探望韻亞，好在姊姊手頭是有一些零用現金的，吃飯什麼都一定夠了。

然後，醒亞中午興致衝衝地拿了一個大牛皮紙袋的合同文件及鑰匙到旅社向韻亞報告好消息。

敲敲姊姊房間的門，沒有人來應門，到哪裡去了呢？不是每天都打電話給韻亞告訴她購買公寓的進展了嗎？昨天還特地打電話給姊姊，告訴她今天中午要過來要把公寓的鑰匙交給她的。

這是怎麼一回事呢？

醒亞敲了半天門，裡面沒有回音，後來只得親自跑到辦公室去問：「請問我姊姊，那位住在二〇六室的那位中國女士，是出去散步了嗎？有沒有把房間鑰匙交給你們？或者留了什麼話給我？我是她的妹妹。」

辦公室內，兩位小洋姑娘全朝醒亞望著，表情都很古怪，其中一位小姑娘站起來到裡面去找女經理。胖胖的洋經理出來了以後，對醒亞上上下下看了一陣子，由抽屜裡面取出一張紙，口中念道：「二〇六室，妳家電話是不是516-767-1767？」醒亞一看，很肯定地回答：「不錯，正是我家電話。」

洋老闆娘說：「我們打了好多電話去妳家，都沒有人接。」

醒亞說：「我們都在上班，無法接你的電話，有什麼事嗎？」

老闆娘又不放心地問：「住在二〇六室的中國女人，真的是你的姊姊嗎？」

醒亞見到旅館辦公室裡的人的神色，早就猜到又有什麼事發生在姊姊韻亞身上了，也只得硬起頭皮問道：「那位中國女人是我的姊姊，現在怎麼樣了呢？」

老闆娘對醒亞說：「昨夜出了事，你姊姊被警察帶走了。」

醒亞一聽，又氣又急，連忙辯護道：「怎麼可能呢？我天天打電話來給姊姊的，知道她天天在房裡睡覺，什麼地方都不去的，怎麼可能招惹什麼警察呢？」

醒亞口頭雖硬，但是，余韻亞的事，誰拿得準呢？

好在老闆娘女經理是個美國白人，與一般美國白人一樣，對很多事情都不怎麼大驚小怪，她只是用平平的聲音敘述韻亞的事情：「你姊姊白天在房裡睡覺屬實，但每晚都會有不同的男訪客來訪，不但有白髮的老紳士，也有金髮的小夥子，我們客人那麼多，只要他們沒有顯著的不合法的金錢的性的交易行為，我們開旅社的，當然管不了那麼多。」

醒亞忙替姊姊辯護，說：「他們都是她的正經朋友，我們全認識的……。」

「我們不管那麼多，只要不犯法就行。」老闆娘輕輕地說。

「那我姊姊怎麼還會到警察局去呢？」醒亞不懂了。

「昨夜我放假，輪到我丈夫值班，二〇六室來了一位東方訪客，你姊姊的訪客中，這是唯一男的東方訪客，我們這裡很少有東方客人，所以才注意到他。」老闆娘繼續說。

「東方人？男人？」醒亞也不懂了，她也不知道姊姊有什麼東方人的男朋友。

「恰好那時有客人到我們辦公室來埋怨說汽水機壞了，投下錢幣取不到汽水，我丈夫就到後面查看究竟，哎呀，不好了，二〇六室房門突然打開，你姊姊的東方男訪客由二〇六號衝出來，滿臉鮮血……。」

「我姊姊呢？」醒亞急壞了。

「你姊姊在房內文靜安詳地坐著，溫和地笑著，不得了，也是滿臉鮮血，我們旅社的服務員馬上打緊急電話給九一一，九一一火速派了救護車將兩人都送到醫院急救室去了！」

「哪家醫院？」醒亞問，她真的被搞糊塗了，不是說被警察帶走了嗎？「喏，就是這一家。」老闆娘將一張紙交給醒亞，上面有醫院的名稱、地址以及電話。

醒亞驚疑不定，回辦公室後打了一通電話到這家醫院去追問韻亞的去向，並不提那東方男子，生怕那男子的名字就叫佳騏。

「哈嘍，這是韻妮保曼的妹妹，請問我姊姊韻妮保曼怎麼樣？」

「韻妮保曼？是不是今天清晨三點救護車送來急救的那名東方女子？她沒有受傷，但被她咬傷舌頭的東方男子已經被急救，在急救室內，不知姓名。」醫院裡回答。

「那東方女子沒有受傷嗎？她在哪裡？」醒亞急忙問道。

「那名叫韻妮保曼的東方女子嗎？她只顧自己格格地笑，現在已經不在我們醫院了。」

「那她在哪裡呢？」醒亞問。

「警察已經將她送到觀察台。」對方回答。

「什麼是觀察台？」醒亞又問。

「觀察台是本郡監獄的一部分。」電話裡面回答。

「什麼？我姊姊進了監獄？」醒亞這一下嚇壞了。

「是的，很抱歉，你要打電話到監獄，他們的電話是516-759-2000號。」

醒亞慌忙將電話掛斷後，按那人給的監獄號碼，問監獄接電話的人，韻妮保曼可不可以有訪客？「暫時不可以。」監獄裡的回答。

「這個……，這位韻妮保曼是一位精神病患者。」醒亞說，她這麼說，當然是希望人家網開一面從輕發落的意思。

「哦！請等一下，我寫下來這就報上去，這種情形很多，我們也覺得她有點像病人……。」

「聽說她現在在觀察台？」

「是啊，我們已經找到兩位特約醫生來鑒定，觀察看她是不是精神病患者。」對方回答說。

「那我們家屬什麼時候可以去看她呢？我是他的妹妹。」醒亞緊跟著問。

「看她……。哦，妳說來探監？這樣好了，妳明天此時再打電話來，那時，我們可能就可以給你一個正確的時間。」對方很客氣地說。

當天，醒亞下班回家，還沒有進門就到郵箱中去取報紙，急急亂翻的結果，果然在地方新聞中有一欄非常不明顯的小事故，說有位東方女子在一個小旅館裡咬了一位東方男子的舌頭，報上登的是趙家所在的地區，是了，醒亞在給韻亞訂房間的時候，不是填了醒亞家的地址嗎？報紙上也提到這位東方男子已經被送到醫院急救室去了。醒亞生怕棟柱回來看報紙會看見這則小新聞。看見報上說在本郡，當然就是趙家，一定會勃然大怒吧？至少，恐怕又給他多了一個可以譏笑諷刺的事端，所以乾脆就把這一張報紙，由當天那一疊報紙中抽出，扯碎了丟入垃圾箱。報紙少了一張地方新聞，棟柱那會注意，他又不是那種讀報紙數頁數的人，醒亞想。

自從小玫搬出去以後，醒亞很少見到棟柱在家，就是偶爾看見他，也覺得他的臉色很壞。平常醒亞都習慣早睡早起，上班的時候，棟柱正在熟睡，而他平常也常常到了半夜還不上床，醒亞睡著了再翻幾個身，床邊身旁還是空著，初結婚時醒亞還常常翻身起床到書房中去找棟柱，確定棟柱還在書房才放心回房睡覺，久了習慣了也就罷了。

「近來大概是為了忙著替小玫找房子吧！」醒亞心裡想：「也大概還在生我的氣吧！」醒亞覺得小玫不再住在趙家，心裡就舒暢得多，她的想法是這樣：目前棟柱正在為小玫找房子，又有點生醒亞的氣，等他將小玫安頓好了，棟柱又會恢復以前的樣子，天天上班下班回家，有時逗勇勇玩，有時指導勇勇功課，她與棟柱當然還是免不了會為小事爭執口角，棟柱仍然會對她冷嘲熱諷，不過呢，當然不久又會言歸於好，趙家又會恢復原來的樣子。

因為想瞭解棟柱到底知道不知道韻亞的近況，又想要知道他到底要怎樣與自己言歸於好，所以今天醒亞對棟柱的行蹤特別注意起來。醒亞把抽出少掉一頁的那疊當天的新報紙放在廚房的櫃臺上，專等棟柱回家。

勇勇一直吵著肚子餓要開飯，醒亞就是堅持不許勇勇吃晚飯。

「要等爸爸回來一同吃，不回來一同餓死！」醒亞怒吼道。

「爸爸不回來吃飯，我們也吃不成！」勇勇哭了起來。他掉了幾滴眼淚，自己餓著肚子，賭氣回房睡覺。但也沒人理他。醒亞餓著肚子坐在客廳內，一直繃緊著神經，豎起雙耳，每一分每一秒鐘都在傾聽有沒有車子滑進車道後又碰的一聲關門的聲音。

沒有！家裡可怕的寂靜，連冰箱都不肯發出響聲了！這麼大一幢房子，只有地下室韻亞的那架老祖父鐘，隱隱傳來的響聲。

噹！噹！……。一共十一下。大概地下室姊姊的房門是開著的，不然怎麼會聽見鐘響呢？醒亞有點想下去將韻亞的房間門關起來，但是她又改變了主意，覺得作為一個母親，就是要去看的話，不該是去管韻亞的空房間，應該去樓上看看勇勇。

醒亞打開了樓梯的燈上樓，輕輕走進勇勇的房間，可憐的勇勇被媽媽怒斥了之後，賭氣上床，個子雖然那麼大，隱隱約約在夢中似乎還有一點抽搐，醒亞用手輕輕的摸了一下他的臉，原來是濕的。

那一定是哭了很久才睡去的吧？多乖的孩子啊！醒亞忍不住覺得心頭攪疼起來，突然，床上的勇勇翻了個身。

「勇勇，媽媽對不起你，你肚子餓了嗎？」醒亞慈愛地輕聲問她兒子。

「已經不餓了。」勇勇回答道，聲音還有點哽咽。

「媽媽做點好東西給你吃好嗎？媽媽對不起你啊！」醒亞含著淚說，太乖的孩子，常常也會令人心疼的。

大人之間的事，孩子有什麼罪呢？「我已經不餓了，不過我可以陪媽媽吃。」勇勇說，大概餓過了頭吧，他偷偷地擦了一下眼淚，由床上坐起來。

醒亞將廚房裡桌上的冷菜冷飯在微波爐中熱了一下，母子倆人坐下來吃飯。醒亞本來肚子不餓，為了怕兒子勇勇營養不夠，只得自己努力做出扒飯的樣子來，結果扒了幾下，胃口大開，反而大口吃了起來，再看勇勇也是狼吞虎嚥，醒亞見他吃得這麼積極，不由得不微微笑了起來，勇勇看見媽媽愁眉略開，心裡一高興，嘴也裂開了。

「媽媽，餓肚子真是一件痛苦的事，我只餓了這麼一下子，就這麼難受，但是大阿姨卻常常自己選擇長期餓肚子，多麼可怕，是因為她有病嗎？做心理醫生的應該在這方面多研究一下，要減少病人的痛苦啊！」勇勇突然問了一句，醒亞不知如何回答。

母子倆人吃完，倦意也上來了，匆匆上去躺了一下，只覺才迷糊了不久，鬧鐘倒響了起來，天又亮了，母子倆人各開各的車，各奔各的方向，醒亞工作了一整天，回來倒頭就睡。直到晚上十點多鐘，勇勇將菜飯熱好端到飯桌上，叫媽媽起床吃飯。勇勇吃完自行回房，房門緊閉。

週末，醒亞一大早就醒來，外面大雪紛飛。

「今年的雪，不但下得特別早，也下的特別大。」醒亞自言自語，她不願看床的那邊空著的樣子，只得雙眼朝窗外看，整個大地都被純白的雪蓋住，一片潔淨，空中還有大片大片的雪花，不斷地往下飛舞著，她一直睡得不怎麼好，不過，她一直告誡自己，她得照顧勇勇，要探望姊姊，自己一定要堅強！先要懂得照顧自己，自己站穩了，才能照顧她所愛的人。

趙家車道上的雪已經被鏟乾淨了。醒亞由窗口朝外看，院中有人包了厚帽子，穿了厚大衣及雪靴在雪中工作，口鼻中海一直冒著白霧，再定睛一看，原來是半大的勇勇。勇勇完工進屋，手足都凍得又紅又僵。

「媽媽，妳起來了，我來做早餐。」他居然會自己烤麵包，切了些鹹肉，又熱了杯牛奶給媽媽。

「媽媽，我知道中國人都愛喝熱牛奶，喏，這杯給你！」勇勇說。沒有多久以前，醒亞老是到勇勇的房間裡問他要不要喝杯熱牛奶，曾幾何時，輪到他來問媽媽了。

「勇勇，媽媽心裡不舒服，爸爸沒有回家。」醒亞決定要對勇勇明說，他已經大了，應該讓他知道媽媽的想法。

「媽媽，美國人的爸爸常常會把家丟棄，我的爸爸是好爸爸，而且他的心還是中國人的心。」勇勇解釋道。

「那他怎麼不回家呢？」醒亞無精打采地問。

「爸爸不喜歡生病的大阿姨，因為他不瞭解生病人所受的痛若，只是暫時沒有想通，想通了，就會回到我們身邊。」勇勇真是長大了，居然會說這種話來安慰媽媽。

「勇勇，你不會覺得是媽媽不對，爸爸才不回家的吧？」醒亞試探地問。

「媽媽，夫妻之間有不同意見，並不一定是哪一方面不對。」勇勇小大人似的說。他這句話，那才真叫醒亞吃驚，哪裡學來的這種大人口氣？原來……。原來棟柱講話，不就是這樣的口氣嗎？勇勇近來不但長得與爸爸一樣高，連黑黑的眼睛，彎彎的嘴角，都有著爸爸的特徵，完完全全是棟柱年輕的翻版，好在勇勇說話不像他爸爸那麼愛冷嘲熱諷。

醒亞嘆了口氣，走到樓下的書房中，打算擦一擦棟柱的書桌，桌上已經有一些灰塵。擦灰的時候，他看見桌上有三張銀行寄回來已經兌現過的支票，一張是給消滅白蟻公司的，下面有一條小小的字，原來是地址，大概是滅蟻服務的地址吧，醒亞再仔細看，那地址是在長島另外一個鎮，不在他們住的鎮上，另外一張是寫給銀行的，大概向銀行領取現金吧，第三張是寫給產權公司的支票。奇怪，為什麼要寫支票給產權公司呢？那……？難道是棟柱在外面另外又買了一棟房子？按照規定，買賣房產的時候一定要經過白蟻的處理，那，難怪要寫張支票給白蟻公司了！

醒亞心中一動，匆匆拿起電話，按四一一，查問電話公司，要知道方小玫的電話，因為趙家的電話是用棟柱的名字，他不可能用自己的名字在電話薄上再加一個號碼。

「對不起，我們不能奉告，方小玫的電話號碼是不公開的電話，對不起，我們不能公開。」四一一的人回答。既然不列在電話薄上，屬於不公開的號碼，那不是表示她的名下是有電話的嗎？

「有」的情況是確定了，只是不公開罷了，那小玫當然不可能在做保姆或管家了，若是在人家家做保姆或管家，電話怎麼能在她的名下呢？醒亞只覺得一股熱氣往臉上衝，心跳得厲害，匆匆又跑到樓上去找勇勇。

「勇勇，今天的雪下的這麼漂亮，我想開車出去逛逛，你願不願跟我一同出去走走呢？」醒亞問兒子。

「媽媽，我前一陣子一直忙著申請學校，現在好容易才把表格申請志願等等填完，還沒有寄出去，大大的松了一口氣，我與我的同學們約好今天要出去滑雪……。」勇勇為難地說。

「哦，那我只好一人去了。」醒亞失望地說，若有勇勇一同去，一定會給她更多的勇氣及定力。

「媽，妳出去逛要小心開車，車在積雪上會打滑的！」勇勇雖然不能與母親一同出去，但仍然很關心媽媽的。

「沒關係，我專找大路開好了，若是路上打滑，我就馬上回家看電視好了。」醒亞安慰勇勇，可是心裏還是覺得空空虛虛地，身子又熱又冷。

以前沒有什麼錢上館子，工作當然也沒有現在這樣忙碌，她與棟柱週末常常會找些朋友來家玩玩，包包餃子，談談天之類。棟柱呢，最喜歡在週末的時候在床上呼呼大睡，看他睡得那麼深沈香甜，好像毫無保留地充分享受他週末的睡眠，樣子真是十分可愛。棟柱每每睡到近午才起身，吃飽喝足之後，他依然可以一人趕餃子皮，夠好幾個人包呢！他又愛講一些一針見血的笑話，常常冷嘲熱諷地讓大家哈哈大笑，不但當時笑個不停，有時過了好一陣子，還是忍俊不住。那些日子，回想起來，真是無憂無慮。

醒亞一面回憶以前的熱鬧，相形之下，就顯得目前格外冷清。

醒亞一面想，一面穿大衣、戴帽子、圍圍巾，把自己包得嚴嚴實實的，好像一個愛斯基摩人。出門一看，車道上只有兩輛車，一輛勇勇的，一輛媽媽的。兩輛車相依為命的樣子！

醒亞坐在駕駛座位上，車身四周的積雪雖已經被勇勇鏟掉，一則因為是天色尚早，加以又是一個下雪的陰天，所以坐在車中，只覺得車內十分灰暗。

到哪裡去呢？

醒亞將車子慢慢地開到菜場前的停車場，停車場上白茫茫一片，空蕩蕩的，菜場還沒有開門呢。

醒亞坐在車中，記起皮包裡的那三張支票，就打開皮包，找出那三張支票來一一細看。上面有棟柱寫的字，也有棟柱簽的名，那些字的字母中，有好幾個的首及尾都翹在那裡，像極了棟柱黑黑的眼睛看著醒亞的樣子，更像棟柱開玩笑諷刺時嘴角彎彎的樣子。

再看那支票下面附註的地址，是寫給滅白蟻公司時寫的地址，一定是告訴他們到那個地址去噴藥殺蟻的囉，距離這裡倒是蠻遠的，在這種大雪天，若是高速公路，那上面的雪，一向都鏟得乾乾淨淨的，開起來大概不會成什麼問題。決定到那支票上寫的地址去看一下，她只開了四十多分鐘就進了一個叫做巴比倫鎮，醒亞將車停在路邊，她天天上班，所以從來不用導航器，伸手摸到一張長島各鎮市詳圖，在上面找到二十六街。

「我自己親自到二十六街三十八號出現，他一定會驚喜吧，現在，老婆親自過來找他回去了，棟柱會把醒亞扯進懷裡緊緊的抱著她呢？還是乾脆把她拖進房內去呢？」

醒亞的面孔又熱了起來，心跳的速度加快了起來。

她將車子又重新發動，放慢車速，按照那地圖仔細的查看著那路名及號碼。果然找到了，這條街有兩排大樹，大樹枝椏全被積雪蓋滿了，房子很大，有兩層，很明顯的是有兩戶人家在住，因為有兩個入口的大門。道理很明顯，若是兩層，一層自己住，另一層租出去，對經濟上是大有幫助的。可見棟柱是很懂得算計過日子的！

再仔細一看，醒亞被他看見的情景呆住了，臉上的笑容也僵在那裡！

在這棟樓房前面，整整齊齊排了兩輛車，這兩輛車化了灰她也認識，一輛是棟柱新買的白車，另一輛是棟柱送給小玫的舊小白車。兩輛車子排得這麼齊，排得這麼親密，排得這麼成雙作對！兩輛車的車頂都覆蓋著厚厚的積雪，深深地埋在雪裡面，從不知何時起就沒有被移動過，那棟柱在這裡多少鐘頭？不是，是一共多少天了？他最近不回家，當然是回這裡了！

醒亞坐在駕駛座位上盯著這兩輛車看，所有棟柱的冷嘲熱諷一下子全部湧進心頭，一陣熱血也望臉上直衝，耳朵也哄哄地響了起來！

「打的他落花流水！」一聲一聲，遙遠地喊著。落花流水是什麼意思呢？醒亞發狂地想。花是什麼？流水？流是什麼！想起來了，很多年前，小的時候在台灣，媽媽的好朋友戴媽媽因為戴伯伯在外面有了別的女人，特地糾合了醒亞的媽媽、黃媽媽、張媽媽等一群太太們，帶了舉著竹枝、掃把的長工，握著擀麵杖的老媽子，又到警察局去找了兩名警察一同到那個「壞女人」住的地方。

「打得她落花流水！」落花流水，醒亞的手扭了車門一下，外面很冷，她伸出腳去，嗶！雪也很深。趕快緊閉車門，離開此地吧！不顧一切地衝進去吧！最後，她決定好漢不吃眼前虧，棟柱的脾氣急躁，醒亞還不知道嗎？

決定將車子開回家之後，她將車沿街向左，轉了兩次轉到回家的路上。

打！落花流水！

回家打個電話給美國警察！醒亞由車上下來，跌跌撞撞，開門回去，那個年代，大家還不流行用手機，只好由家中的座機來打電話給警察。

「哈嘍，這裡是警察局，有什麼事嗎？」電話裡響起美國警察的聲音，嚇了醒亞一跳，但也好像溺水的人抓到一根漂浮的木頭。

「我的丈夫跟了他的表妹一起離家不回來了！」醒亞對著電話很冤屈地說，覺得自己太委屈了，警察要替他主持正義！

「女士，只要你的丈夫沒有犯法，其他不是我們警察職責之類的事，管理丈夫不跟表妹出走，是你做太太的職責。」警察輕描淡寫地回答。

「什麼！他跟別的女人沒有結婚就住在一起，不是犯法了嗎？」醒亞簡直不敢相信自己的耳朵，警察真的這麼說嗎？

「他要重婚，那才犯法，他若與別的女人通姦，你只要有照片為證，可以在法庭上提出離婚，法官一定批准的。」警察說。

「我不要離婚，我要他回家。」醒亞強詞奪理地說。

「女士，妳若不能使他回家，我們怎麼能呢？……他有沒有虐待你？如果確切證據證明他打了你，你也可以申請離婚。」

離婚，離婚！啪的一下，醒亞掛斷了電話。她不想離婚，她只想趙棟柱離開方小玫，照美國警察這麼說，要贏得棟柱的人，只能先贏回他的心！

怎麼樣才能贏回棟柱的心呢？醒亞混亂地想，棟柱曾經稱讚小玫不染鉛華的美，醒亞在小玫那個歲數的時候，不也是不必塗脂抹粉嗎？現在已經三十六歲，再像女學生那樣每天只洗一把臉，那這張臉不就是個標準黃臉婆嗎？棟柱真的喜歡一個黃臉婆牛皮燈籠勝過一個打扮的入時摩登的太太嗎？未必吧！棟柱常常譏諷醒亞為了工作做牛做馬，但他真的欣賞一位沒有職業的女子嗎？更是未必，他不是帶小玫去學英文，讀大學嗎？

棟柱常常嘲笑醒亞是女強人，太多自主獨立的意見，但醒亞若一反常態，做出一副弱者要求保護的姿態，求他回家，她肯嗎？據醒亞知道棟柱的性格，更是未必！

那該怎麼做呢？

聰明的醒亞，想了很久，終於想通了，棟柱最愛開她的玩笑，只要她自己改變態度，把他的冷嘲熱諷完全當作為了要冷嘲熱諷而冷嘲熱諷，保險行的！也就是說，不但努力而且跟他一起笑，要超然，要用大人對小孩的笑話一樣，要笑，而且要比他笑得更厲害！就這麼簡單，但是，要他人回來，他人要回來，醒亞才能實施她的大發現。

醒亞一直沒有脫大衣，屋內的暖氣使她透不過氣來，開了大門走到院子裡。院子裡的一棵大花樹上只剩下禿枝，禿枝上堆滿了積雪，雪白晶瑩，像聖誕卡片上的圖畫一般美麗。小玫曾經稱讚過趙家院子美麗，尤其是這棵大花樹，每到春天，滿樹的花朵歡歡喜喜熱熱鬧鬧地開著，醒亞與小玫曾經站在這棵樹下，一齊計算花朵的數目，每次都沒有數到一百就失了數目，一百朵花才佔了這大花樹的一個小角落而已，這顆長滿了比巴掌還大花朵的花樹，一定不止一千朵，二千朵？五千朵？

現在，棟柱不回家了。醒亞心裡急得好像沸騰了一般，但是花樹下的積雪非常之厚，她的腳踩在積雪裡面，人在積雪裡跌跌撞撞，繞著花樹轉，最後跌到了雪地裡，不知道等了多久，只知手足漸冷，知覺漸漸遲鈍。

第十章

一輛車子回來後停在車道上，一個高高的穿了冬天大衣的少年男子在雪地裡跌跌撞撞向她走過來，只聽見非常模糊的聲音在她耳邊呼喚：「媽，妳怎麼了？」十七歲，在美國長大的孩子，彎下腰來，將媽媽由雪地裡抱起來，抱回家中，把她安置在床上睡下，又到廚房去倒了一杯熱牛奶來遞給媽媽，醒亞喝了一口熱牛奶，終於喘過氣來。

「媽媽，你要答應我，好好保重自己哦，你生病了，就沒有人照顧我以及韻亞阿姨了！」勇勇對媽媽說，語氣裡充滿了懇求。

「勇勇，你的大學申請得怎麼樣了？」醒亞問，勇勇他們高中的老師非常負責，所以這些孩子們申請大學，作家長的都不必怎麼操心。

「媽媽，我已經決定要做精神科的醫生，所以老師教我申請大學就專門主修生物學就行了，媽，韻妮阿姨從小教我唱中國小兒歌、寫中英文作文，還教會我下跳棋，我喜歡韻妮阿姨！我要做一個好醫生，想辦法醫治和阿姨同樣受苦的病人的病！」醒亞聽了勇勇的話，心裡大為吃驚，她只知道自己的兒子與生病的阿姨感情還不錯，但是，韻亞在什麼時候教過勇勇唱中國兒歌？寫過作文？還教他下跳棋的呢？

「勇勇，媽媽為了你，也為了阿姨，一定會振作的，你放心吧！」醒亞疲倦極了，吞了一粒安眠藥，昏昏而睡。

醒亞好好的睡了兩三晚，心情漸漸的恢復了，工作效率也恢復了。

開業務會議的時候，老闆就一再誇獎她們的這個系統做得好，她特別注意到同事斯丹可一張白臉愈聽愈白，斯丹可是主管另外一個系統的主要分析師，與醒亞同等地位，也可以說互相有競爭的性質，當然也不盡然。

「我們這次成績真是不錯，一點毛病都沒有出，不但按時繳卷，而且標出來的產品品質比他們的還要好！」醒亞笑得很自信，口氣也很自負：「尤其是好的是賬目都理得清清楚楚，因為會計組共給我們的資料不但正確而且完整。」

「所以，」醒亞露出非常誠懇的笑容：「我們的感謝斯丹可先生的合作，若不是他及他的人員給我們這麼好的輸入資料，哪裡可能有這麼好的作品呢？」

「是，只要大家合作出無間，一切問題都會馬上解決的！」老闆下了一個結論。醒亞知道老闆對她處理事物的友好態度雖然有點小小地吃驚，但實際上是高興的。而且，醒亞其實心裡早就知道斯丹可先生常常因為嫉妒而到老闆那裡去打她的小報告的。

「所以，我想代表我這一系統及我手下的人員，向斯坦可先生握手致敬。」醒亞索性大方到底，當著眾人面站起來跟他握手。

會議一完，眾人散掉之後，醒亞還真的去問他：「斯坦可先生，中午我請你吃飯好嗎？」斯丹可看著醒亞問道：「妳請我吃飯，有什麼用意沒有？」

醒亞甜甜的笑著說：「當然有目的，你以為我的午餐有那麼好吃嗎？」斯丹可聽了更是驚疑不定，不知道她的葫蘆裡賣一些什麼藥，更是盯著她看，懷疑的問道：「哦呀？」醒亞回答說：「我想消滅我的敵人，最好的方法就是化敵為友！」

斯丹可見她點的這麼明白，臉色更是陰晴不定，這麼來說，自己去打小報告扯醒亞的後腿她是知道的囉！知道了不是就有防備了嗎？他抬頭看看，只見醒亞坦然親切而自信地望著他，她在這裡資格老、經驗多、天資聰明、工作努力，樣樣條件都比他好，另外，她的學歷也比他高，斯丹可對她的嫉妒當然是難免的。

目前，醒亞坦然、親切而自信地望著他，她自己在這裡的條件都比他老斯優越得多。目前，她一定要將能擺平的努力擺平，能防備的儘量少出錯，按照這個原則進行下去，一切大事就比較容易搞定。而人事方面，一定要努力減少及消滅敵人，少了敵人，工作方面減少阻力，也就是增加成功的機率。

兩天之後，醒亞看見一名年老的客人，在那裡對斯坦可大聲地吵嚷，她假裝去查看磁帶經過那裡。

「怎麼辦，若是還沒有平衡就寄出去，我豈不是死定了！」那老客人很生氣地說。

「這不是我們設計師的事！我怎麼知道你的資料的筆誤或打字錯誤呢？」斯坦可為自己辯護。醒亞只聽了兩句，就馬上知道是怎麼一回事了：當然是斯坦可考慮的不夠周到了。

「康老先生！我們這位斯坦可先生是設計師，他做的系統是天衣無縫的，我們這裡有個輸入資料控制室，領頭的叫瑪莎，她們負責資料控制的，你要她給你一些試驗的資料，可以由斯坦可再重新測試一下。」醒亞過去給斯坦可打圓場。

「我到哪裡去找瑪莎啊？」康老先生問。

「哦，讓我的秘書蘿拉帶你去找瑪莎吧，還有，斯坦可先生在這裡停留一下，我有事找你。」醒亞笑嘻嘻地說。蘿拉帶了康老先生去了，這是調虎離山之計啊。

「現在，趁康老先生去找瑪莎時間，你把你的應用程式修改一下吧，把所有不正當及不合格的資料就完全踢出去，這是我們自己的責任呢！」醒亞親切地告訴斯坦可。

「我有時間修改嗎？」這傢伙不放心的問。

「當然有，唐老先生找到瑪莎之後，還要填申請表，申請表還要瑪莎的上司批准，經過這些繁文縟節，你的工作早就改的天衣無縫了。」醒亞十二分肯定地說。

第二天，斯坦可站在她辦公室門口。

「醒亞，」斯坦可笑嘻嘻地喊她：「今天我沒有帶三明治做午餐，妳的薪水比我多，你請我吃午餐好嗎？」

「當然好，我的朋友，十二點十分如何？」醒亞爽朗而坦誠地說。

那頓法國午餐乳酪極多，醒亞的東方口味吃了很不容易消化，又花了她美金一三〇元之多。不過，太值得了，與斯坦可的友誼踏出了第一步，也不就等於把背後那個打小報告的敵人消滅了嗎？一步一步走下去，要顯神通也就容易了。

「唉！要是姊姊韻亞及棟柱的事情也這麼容易擺平就好了！」看來婚姻與工作一樣，不但要花功夫經營，而且還不一定那一方面容易擺平呢！

化敵為友，這一招果然是上上不敗之策！以後也成為醒亞做人處事的方針，以之為原則，才能真正地消滅了敵人。

家具公司打電話給醒亞說這個週末要送家具到韻亞的公寓裡。

「我姊姊韻妮保曼正在監獄的觀察室，要由法院來決定她今後的去向，還不知道結果怎麼樣呢！」醒亞心裡如此回答，但是，怎麼跟家具公司開口說呢？

「女士，妳如果不要這些家具的話，定金就要被扣留了，下次要定還要重新付定金！」家具店的人見醒亞沒有回答就說。醒亞想了一下，那裡來那麼多時間呢？還是決定這個週末如原定計畫把家具送到醒亞的公寓裡罷！

「不要走大門，大門台階太多，由車房到電梯沒有台階！還是走電梯吧。」當家具公司把家具搬來的時候，醒亞對那些搬運工人大聲地指揮。

醒亞的聲音引起了另外一個東方女人注意，在美國這麼多年，他們住的地方中國人很少，只要是東方人，就會引起注意，習慣了。

「車房有電梯直接上三樓……。」醒亞還在大聲說。

「呀，這不是余醒亞嗎？你也搬到這棟大樓來嗎？」那位女人對醒亞用中文驚呼道。

「富美，妳好嗎？上次……。」醒亞見到富美，也很吃驚。

「醒亞，妳也離婚了嗎？我嗎？我還不錯呀，現在……。」富美打扮得十分時髦，神情非常愉快，這是醒亞不曾料到的，她一直以為富美是只有滿肚子苦水，見到人不等寒暄就開始抱怨的。

「富美，真認不出妳來，妳變了一個人，越來越漂亮，也越來越精神了！」醒亞講的是心裡的實話。

「是嗎？現在美國經濟不景氣，很多人過得苦巴巴，只有我每月有固定的離婚贍養賞，所以去附近的大學選了兩門課，說不定美國經濟好轉剛好趕上我畢業，找到事以後，也可以像妳一樣，做一個獨立自主的職業婦女呢！」富美雖然衣著光鮮、神情愉快，但是見了人就要搶著說話的習慣還在，原來她又去大學選了課，難怪手上抱著書本筆記，背上揹了一個入時的時髦書包，又回頭來做了大學生，難怪這麼青春靚麗。

「醒亞，妳還記不記得我的前任丈夫許牙科紹平？他現在得了糖尿病，嘿嘿，現在他是他現在太太的問題，已經不是我的問題了。」

富美不但跟了醒亞和家具一同進了電梯，等醒亞將公寓門打開之後，富美也跟著她進了韻亞的公寓之門，一面還不停地說話：「早就知道，他不能與我同步成長，我已經成熟了，進入中年，但是他許紹平的精神及心理然留在不成熟的階段，與我不能溝通，只能與廾幾歲的年輕女人溝通談戀愛，唉！這也是沒有辦法的事，我的成長速度比他快……。」

「……。」醒亞能說什麼呢？

哇！這樣正面的論調，不知道富美花了多少許紹平賺來的美金給美國的心理專家，才換來富美如此成熟如此進步的論調？

「醒亞，妳為什麼搬到這一套公寓來？是不是也離婚了？」當著工人的面，富美用中文直截了當地問。醒亞一面付工錢給搬運的工人，一面苦笑，在美國當著陌生人的面，是可以用中文談論個人隱私的罷？因為這幾位意大利工人，根本不懂中文。

「這個公寓不是我的，富美……。」醒亞連忙說。

「門上不是妳的名字嗎？喂，醒亞，我的好朋友，我覺得離婚對我是正面的過程，使我在人生裡向前跨了一大步，我絕不會笑妳，只會為妳慶幸的。」富美打斷了醒亞的解釋，很瞭解而成熟地說。離婚對於富美，看來果然是極有正面效果的。

「富美，這個公寓是我買給我姊姊住的。」醒亞也很坦誠地對富美說：「頭款是我姊姊自己的錢。」

「你姊姊呀？呀，你姊姊余韻亞不是瘋……。」富美嚇了一跳，說起話來都打起結來。

「是啊，富美，我姊姊是有病，不過不生病的時候，要有個地方住……。妳知道她那個病是有時失眠，睡不好就會發病，好在現在科學發達啊，只要住院、吃藥、打針，就沒事了。」醒亞很鎮定地說，好像是講給自己聽。

「那你為什麼要管她的事呢？妳已經嫁了出去了呀，可以不管娘家的事情了。」

「富美，妳不是剛才說妳近來經濟不錯嗎？」醒亞打斷她的話。

「嗯，是還可以……。」富美吞吞吐吐地說。

「富美，妳不用怕，我目前還不至於向你借錢。」醒亞笑著安慰她。

「那妳問了做什麼？」富美也笑了。

「是這樣啦，妳錢多了，目的是不是要自己過得好？」醒亞問。

「那是自然，還用的問。」富美回答。

「那妳錢再多了，是不是要幫助家人？」醒亞再問。

「當然了！」富美很肯定地說。

「妳的時間多了，就要使自己生活品質提高？」醒亞繼續問。

「當然要，這點道理很明顯的！」富美毫不遲疑地回答。

「那你忍不忍心坐視家人過壞的日子呢？若是妳姊姊病了，你要不要照顧呢？」醒亞問得很認真。

「我要有能力，當然……。醒亞，你繞著圈子問我這麼多話，原來是要我說出做人的大道理來，我怎麼會連這個都不懂呢？」富美突然很瞭解的笑了起來。

「所以呀！富美，我與我姊姊這輩子姊妹了一場，只要我有能力，當然要盡力照顧她！」

醒亞不由得嘆了口氣，語氣雖然傷感，但心意卻是堅定的。

富美沉默了片刻，突然想到什麼，又開講起來：「醒亞，妳記不記得有個男的，叫張佳騏？以前在台灣的時候就開始追求妳姊姊的？一直追到美國綺色佳，那時人人都以為他們要結婚的……。他現在頭髮也花白了，肚子也突了出來，最近帶了太太及孩子由加州到紐約來開會，不知聽什麼人告訴他說妳姊姊為了……。不知道為了什麼而發瘋了，這位多情種子，還特地瞞了他的太太及孩子，由旅館裡偷偷跑去皇后區，據說還在你姊姊以前住的地方徘徊憑吊，據說還偷偷掉眼淚呢！妳說他多情不多情？小錢告訴他說余韻亞早就結婚了，嫁給一個外國人，他怎麼都不肯相信……。」

「……。」這位有家有眷的白馬王子，原來果然住在加州，醒亞想。是又怎麼樣？不是又怎麼了樣呢？

「喂，醒亞！」富美接著想起另外一個話題，又興致衝衝地打開了另外一個話題：「你不記得綺霞？是我們來到美國以後認識的啦，不是以前在台灣的同學，她們由大陸接了一位遠房女親戚，才廿幾歲吧，本來是要給他們帶孩子的，可笑不可笑，這位女親戚反而與她的丈夫勾搭上了，綺霞氣不過，打了長途電話，叫永豐的四川家族的族長來評理，妳知道永豐的家族族長們說什麼？」

「……。」醒亞怎麼會知道呢？

「哈哈，他們在長途電話裡說，親上加親總是好的，哈哈，親上加親，哈哈，大陸妹……。」富美自問自答。

「嘻嘻，醒亞，大陸妹雖壞，但是大陸的帥哥是不錯的，那些帥哥個個都比……。喂，我現在也有了一位新男朋友，是北京來的工程師，人好極了，不但年輕，也非常體貼多情，下次給你介紹……。」

「我的新男朋友叫郭有為，他包餃子的手藝頂呱呱，什麼時候，包給你看……。」富美滔滔不絕地說。

「當沙粒進入的時候，珠母會用耐心、經驗以及智慧的淚珠將它們變成寶貴晶瑩的珍珠……。」富美還說。

「呀，富美，妳現在連應用的名句都亂淬勵人心的，看來，非把妳說過的這些話掛在牆上，好好地仔細想想了。」醒亞笑道。

恰巧監獄觀望台的會客時間很配合醒亞上下班的作息，醒亞在下班回家之前，到監獄去看姊姊，醒亞自認看到姊姊後，一定會更堅定自己愛姊姊，決定要幫助她的信心。

這個郡立監獄外沒有高牆，沒有電線也沒有鐵絲網，大門外也沒有警衛，停車場很大，裡面停滿了車。醒亞開車繞了好一陣子才找到一個停車位，停好車又走了好一陣子才到建築物門口，建築非常漂亮乾淨而且是新砌的樣子。

門內有一名女禁子，胖胖的，穿著制服，前面突出的是胸部，後面突出的是臀部，制服裡面鼓鼓凹凹的，制服上有郡立監獄的牌子。

女禁子把來探監的家屬的皮帶、皮包、首飾等物品都放在一個儲物箱內，每人發給一個儲物箱的號碼，以便探完監出來時可以領取。走道上有一個探測器，醒亞及其他探監的人都要經過這個探測器，驗明沒有夾帶，不可能幫助犯人越獄逃走，才能走到裡面。

裡面櫃台的玻璃上畫了兩只發光的手，探監的人要把雙手放在那個畫的發光的手上之後才可以進去。

「這是做什麼？」醒亞好奇地問旁邊的人，那些人都是來探監的家屬。

「下面有電腦記錄，說有這雙手的人進來了，等我們探完監出去的時候，出口另外一個櫃臺上有另外一雙發光的手，幫我們將雙手放在出口的那雙機器手上的時候，電腦就會查詢記錄，這雙手是不是剛才由外面進來的雙手之一，若是的話，就可以放行。」一位探監的家屬很有耐心的解釋給醒亞聽。

「如果不是的話呢？」醒亞再問。

「誰知道呢？我們也沒有試過，大概警鈴就會大響，他們很怕裡面的犯人會混水摸魚跑出去吧！」這人回答。

醒亞聽了，不得不感嘆科學進步。而更使醒亞感嘆的是到監獄來探監的訪客比起精神病院的訪客，不但人數比例多的多，而且每人心情都沒有那麼頹喪，大概這些都是無足輕重的初次犯法的人，不久就會被放出去的原故罷！

可憐呀，醒亞突然覺得眼淚要掉下來了，精神病院的長期病人，不管他們做沒有做犯法的事，不都是被不幸命運判決成無期徒刑了嗎？

訪客排著隊，等著監獄的禁子以先後次序高喊來訪人取得的號碼以及被訪問的犯人的名字，因為是一個一個喊，所以慢得很，訪客們站著無聊，就互相有一句沒一句地搭訕起來。

醒亞拿的是四十二號。

四十號是一位中年夫人，「四十號，麥克泰勒！」一名禁子喊道。

「在此！」裡面跑步跑出來一名身穿橘黃囚衣的中年男子，與手執四十號碼的那位中年婦女擁抱親吻，然後兩人找了一個小桌子各據一遍，有說有笑地開始分吃東西。

四十一號是全家，全家包括父母帶了大大小小的孩子，每人都穿著整齊，而且提了大包小包的食物。

「你們全家出動啊？好像是來聚餐野宴呢！」醒亞與這四十一號的媽媽搭起訕來，不說話白不說話。

「我的這個孩子，真的可恨呀！」母親說的時候，並沒有咬牙切齒的樣子。醒亞看慣了長期精神病院裡面的病人都是愁眉苦臉，寥寥無幾的訪客也多是無可奈何或無精打采的樣子，比較之下，這些人倒像是來聚餐似的。

「是嗎？」醒亞說。

「哎，我們的孩子，本來其實只犯了一點小錯，現在因為他不聽話，反而把事鬧大了。」那做父親的也搖頭，無可奈何地笑著。

「這樣嗎？」醒亞說。

「法院判決在他腳上圈個電腦探測器，在家服刑，不許他出門，這傢伙使了小聰明把探測器由自己腿上退了下來，套在小狗的腿上，自己反而溜出去吃冰淇淋，家裡的冰箱中不是有很多冰淇淋嗎？幹嘛要溜出去吃呢？」做父親的又搖頭又嘆氣。

「是這樣啊！」醒亞也忍不住笑了起來。

「吃冰的時候，不合與人又動手打架，才被發現的，要不然，刑期早就滿了，妳說，氣不氣人！」做父親的一面說，一面也氣得忍不住笑了起來。

「四十一號，尼爾森柯蒂斯！」

「在此！」裡面快步跑出一個二十來歲漂亮的小夥子，他笑嘻嘻地與父母及全部兄弟姊妹一一擁抱親吻，全家擁在另一個桌子上吃東西，桌上堆得滿滿的。

「我以為自己比電腦聰明呢，可是還是被發現了！」那青年有點不好意思地笑了起來。

「你看你，聰明反被聰明誤，不然早就自由了！」他的爸爸哈斥他。

「爸爸說的是，我們吃東西吧！」小夥子抓抓頭，哈哈笑了起來。看他們天倫之愛的樣子，倒有點像到大學宿舍去看望兒子一樣，有說、有笑也有吃東西，比起精神病院的長期患者，眾叛親離，這些初犯真是幸運得多了。

「四十二號，韻妮保曼！」裡面喊。沒有人回答。過了一會兒，又喊：「韻妮保曼！」仍然沒有回答。

「四十二號妳到那邊去。」那禁子對醒亞說。

醒亞依言走到那禁子指定的地方。原來是一個非常小房間的窗外，醒亞站在窗外朝裡看，小房間與外面的訪客隔著有一個小鐵窗，小鐵窗上有鐵絲網，來訪的人只能隔著鐵絲網與裡面的人交談。房內沒有桌椅，韻亞也穿了橘黃色的囚犯衣服，坐在地上，頭腦已經很不清楚了。

「我把他的舌頭咬斷了！他們用水龍頭沖我！」韻亞迷迷糊糊地說，臉上發著溫溫的笑容。為什麼用水龍頭沖呢？因為他們若打罵不聽話的嫌疑犯，一不小心，身上留著青紫的傷痕，監牢裡走來走去的律師就抓住證據告你虐待犯人，但用水龍頭沖使犯人就範，就無法被人抓住把柄了。

「我想要到那邊會客室的桌子上，坐在椅子上與姊姊講話。」醒亞對監獄的工作人員說。因為很顯然的，韻亞已經昏迷得無法站起來了。

「妳姊姊現在是觀察期，只能這樣會客。」監獄裡面的工作人員這樣回答。

「為什麼要觀察我姊姊？」醒亞問。

「法官如此判定的，要觀察她是不是真有神經病。」那人答道。

「還有假的嗎？」醒亞有點不耐煩了。

「女士，這是例行公事，我們都是奉命行事而已。」那人和顏悅色地說。

「若真有精神病呢？」醒亞追問。

「若真有精神病，當然就要將她送到醫院去。」那人回答。

韻亞一直頭腦不清、神不守舍地坐在地上，雙手托腮，雙臂支撐雙手，兩腿叉開。不能像其他犯人那樣與訪客面對面交談。唯獨聽說要送到醫院，聽覺就變得靈敏、精神就突然緊張起來。

「我沒有神經病，我不要去醫院，我要留在這裡！」韻亞高聲喊了起來，哭喪著一張臉。

「姊，妳要留在這裡？這裡是監獄喲！」醒亞吃驚得幾乎說不出話來。

「醒亞，這裡不必吃藥，也不必打針，我情願在這裡被龍頭沖水，我不情願到醫院去打針吃藥！」韻亞緊張地大哭了起來。

第十一章

大概為了表示公正和透明吧，在宣判如何處置韻亞的時候，法院也通知了韻亞的家屬，歡迎他們到臨時庭上來旁聽。

開臨時庭的那天是星期六，醒亞去參加了，坐在旁聽位上。

地方檢察官起訴韻妮保曼咬傷了別人的舌頭，應該得到應該的處罰，有一位免費的律師替韻亞辯護，說是韻亞雖然神志不清了，但一定是那位不知姓名及下落的男子做了什麼不法行為，因為那個房間是嫌疑人的妹妹替嫌疑人定的，所以，此次意外，並不是嫌疑人到那個不知名的男子的房間去，而是在嫌疑人的房間發生的，嫌疑人一定是為了自衛而出此下策的。何況，那位不知名的男士雖然被送進了醫院，但是後來又由醫院中逃跑了呢！當然是自己心虛之故！

開始的時候，醒亞聽他們談到嫌疑人的時候，還不知指的是誰，過了好一陣子，才知道姊姊韻亞就是本案的嫌疑人。

可惜，天不從人願，法院還是判決韻亞必須住在精神病院，受精神病的治療，判決她住的醫院是在紐約上州珍珠河鎮的州立醫院。醒亞一聽，覺得紐約上州很遠，當時就在庭上提出要靠近自己家的旁邊的醫院，這樣可以常常去看姊姊。

「為什麼嫌遠呢？」法官問。

「基於人道的立場，大家都應該有同情心，近一點我可以常常去看姊姊！」醒亞大聲申訴。

法官聽了醒亞的申訴，一面點頭一面口頭說道：「現在，距妳家較近的州立分院已經沒有空下來的床位了，這樣好了，只要你們那邊的州立分院一有床位，就可以上訴把韻妮保曼轉到那邊去！」

如此，韻亞就被送進她最不喜歡進的精神病院，一天還沒有住住醒亞給她費心購買、花了很多金錢及精力布置的公寓。

果然，上州珍珠河的州立精神病院，路程特別遠。第一個週末，為了避免途中交通阻塞，醒亞頭一天買了姊姊愛吃的阿拉斯加的大螃蟹腳，燒了一大盒放在冰箱中，一大早六點鐘起床，一面喝咖啡，一面把螃蟹放入微波爐中燒熱，去掉冰箱的冷氣，又在冰箱中找到了兩塊滷豆腐乾，帶了一包韻亞平常喜歡的衣服：在精神病院住久的病人似乎從來不懂什麼叫做私有財產，醒亞雖然知道不久之後她帶去給姊姊的任何東西就會不知下落了，但總不能不把姊姊的東西帶去給她呀！

醒亞喝完咖啡，吃完早餐，由家中出發，南下先走廿分鐘左右的格林可夫路才能到長島高速公路，然後沿著長島高速公路向西，一直到新澤西的州立公園大道向北開，再轉回紐約州的九十五號州立高速公路，中間要經過好幾道付費關口。到了珍珠河鎮，由公路上第一個轉彎就到了州立病院。

病院很早就可以見客了，醒亞到了醫院的主要辦公機構，也就是二十二樓，向他們查明了，知道新轉過來的珍妮保曼住在三十二樓。

可是那鎮上僅有的一家中國餐館要十一點才開門，醒亞坐在車中休息了一下，等那餐館開門之後，要了一份餐館現做的熱的外賣飯菜，帶到醫院去。

韻亞已經神志比較清醒了，穿著醫院分發的善心人捐助的衣服，也十分合身，所以大致看起來還不錯。

不知韻亞記不記得進醫院以前的事情，只知她見到妹妹十分高興，醒亞請求醫院的工作人員替她們把會客室的門打開，會客室門打開了，醒亞讓韻亞先進去，韻亞很害怕的樣子，猶豫地問道：「我們可以進去嗎？她們准我進去嗎？」她一面問，一面用眼睛看著工作人員，「當然可以，這是會客室嘛！」醒亞很肯定地說。

韻亞看見醒亞這麼肯定，再見工作人員也沒有完全要阻止的樣子，才安心地走了進去。

醒亞先替姊姊找到一個椅子，讓韻亞坐下來，然後把手中提的大包小的食物取出來放在桌子上，自己也再找了一張椅子坐在姊姊對面。

「哪！滷豆腐乾，是妳喜歡吃的，只有植物蛋白質！」醒亞用筷子把這兩塊滷豆腐乾交給姊姊，韻亞一見非常高興，正要把咖啡色的豆腐乾送進口中。

「喂！那是什麼，是不是巧克力糖，韻妮保曼有糖尿病，不許吃這麼大一塊巧克力糖！」工作人員飛跑過來制止。

「不是哦，不是巧克力糖，是鹵豆腐乾，是植物蛋白，是用醬油汁浸炮製成的，跟糖尿病沒有關係！」醒亞辯道。

那位工作人員不由分說，早就哐噹哐噹兩下子把兩塊滷豆腐乾搶去，丟到垃圾箱中。在人屋簷下，不得不低頭！醒亞與韻亞倆姊妹人無可奈何，只得開始吃螃蟹腳以及由餐館現買來的熱飯和熱菜。

到了中午十二點，丟掉鹵豆腐乾的那位工作人員過來把韻亞帶走，要她與其他病人一同享受午餐，好在他們姊妹的午餐也吃得差不多了，醒亞等韻亞離開會客室，就整理一下自己的東西，開車回家。

回程又開了三小時，到了家裡，天色已晚，勇勇也在家，母子倆人一同吃晚飯的時候，醒亞就把今天到上州精神病院去看大阿姨韻亞的事情告訴了勇勇。

「我開車經過醫院卅二樓的時候，正好看見一群病人坐在院子裡野餐的桌上，吃著自己的那一份牛肉漢堡包，還有一些酸黃瓜，而工作人員坐在一邊的另一個桌上，大家一面吃西瓜一面談天。」醒亞告訴兒子。

「其實，現在夏天，大家都情願吃西瓜，不怎麼想吃牛肉漢堡包呢！」勇勇笑著說道。

「媽媽，你下個週末還要去看大阿姨嗎？」過了一陣子，勇勇問媽媽。

「只要有辦法當然想去，可是這來回五、六小時實在太久了，而見到大阿姨只有半小時左右，真太不合算了。」醒亞回答說。

「媽，中國成語：養兵千日，用在一時，所以，開五、六小時車，只見到阿姨半小時還算合理的！」勇勇下了結論。

「媽，下次，妳要不要我跟妳去啊？」勇勇問。

「太遠了，你去做什麼？」醒亞問兒子。

「我去幫你開車，到了那裡，我可以跟阿姨下跳棋，也可以下象棋。其實，跳棋、象棋都是大姨教我的呢！」兒子笑道。

「象棋？你怎麼會象棋？」沒有想到自己一天到晚忙碌，連兒子會什麼都不太清楚。

「是啊，大阿姨為了要教會我下象棋，還特地教了我很多中國字呢！」醒亞覺得很慚愧，因為她除了會跟姊姊韻亞分吃便當之外，似乎什麼都不會。

「媽，在我房間書架上的關於精神病的書裡面，我看見很多妳用筆劃的痕跡，以及用手寫註解的筆跡，我們到醫院探訪大阿姨時候，還可以驗證一下病人的情況是否跟書中寫的一樣，也可以算作咱們母子二人的學術研究呢！」

「勇勇，你將來真的想當精神病的醫生嗎？」做母親的問兒子。

「當然嘍！患了精神病的人多可憐，希望我有辦法幫助他們，那就是我的志願！」勇勇毫不遲疑地回答。

「勇勇，你知道嗎？很多精神病患者都不喜歡他們的醫師的，你敢做這種醫師嗎？」做媽媽的醒亞警告兒子。

「就是要做了，才能研究和找出他們不喜歡的原因啊！這種工作才有挑戰性啊！」勇勇很認真地回答。

第十二章

這一個星期六下午，醒亞及勇勇母子探視過在精神病院的韻亞之後，勇勇開車離開醫院的時候已經快要下午兩點了，因為路途遙遠，加以路上交通阻塞，所以進入他家住的鎮上時已經差不多快要六點左右。

當他們的車轉彎快要抵達家門的時候，遠遠看見趙家車道上，勇勇的舊車後面停了一部白色的新車，他們家的車道並不長，這兩部車幾乎佔滿了整個車道。醒亞遠遠看見棟柱的身影在白車邊忙來忙去，好像正在清理他車上的雜物，她的一顆心就突然在胸腔裡驚天動地地狂跳了起來。

我應該對棟柱採取什麼態度呢？是要「打得他落花流水！」大吵大鬧呢？還是低聲下氣求他回家呢？還是……？醒亞有點不知所措，不知如何是好！

勇勇的下一個舉動把醒亞正在狂跳的心幾乎衝到口腔上了，因為他並沒有把車子停在另外兩個車邊的空位上，而是加速把自己正開的車衝過去，橫過來停在白車的後面，擋住了白車的退路，他們的車幾乎要停到街邊了！在緊急剎車之後，勇勇又以迅雷不及掩耳的速度推開車門，由駕駛座位上跳下去，飛奔到爸爸正在整理的白車旁邊。

「太好了，老爸，媽媽跟我都餓得不行了，幸好我們昨晚做了很多的菜和飯，媽媽這就去熱菜和飯給我們吃，爸爸跟我們一同吃，那我還有重要的事要請爸爸幫忙呢！」

醒亞聽見勇勇的建議，立刻順水推舟地附和道：「是啊，我們正要熱飯，你也來參加，一同吃晚飯吧！」不是要化敵為友嗎？

正在這時候，青春靚麗穿了一身紅色連衣裙的小玫推開趙家大門，然後用身體頂著使大門一直開著，讓一個年輕的男學生使勁地抬了一大箱書，從裡面出來，這些箱子似乎很重，因為可以看出來這男學生抬得很吃力的樣子。

「小玫姑姑，我們正要回家熱飯吃，你與這位叔叔也與我們一同用餐好嗎？」勇勇不經過父母的同意，就主動邀請了客人。

「有足夠的飯菜嗎？」棟柱問。

「……。」醒亞有點猶豫。

「那，勇勇，你開車帶了小玫姑姑和她的同學楊思源一同再去買一點餐館的外賣吧！因為我的車子被你們擋住了去路。」棟柱對勇勇說。

「那你把這書箱先搬回家吧！」作為女主人的醒亞，又開了口。楊思源放下手中的書箱，眼睛看著棟柱，等候他的指示。

棟柱對方小玫點點頭，小玫立刻飛奔過去把大門重新又打開，勇勇一個箭步跑過去抬起父親箱子的一邊，楊思源這孩子就很聽話地抬起書箱的另一邊，兩人抬了箱子，由方小玫推開的大門中，又搬了進去。

楊思源與趙德勇出來之後，醒亞由皮包中取出一個裝現金的皮夾子，抽出兩張現金交給趙德勇，年輕真是比較好，開了整天汽車的勇勇一點也顯不出疲累的樣子，又坐回駕駛座位，重新發動了引擎，小玫與楊思源又一同看了棟柱一眼，見他不置可否，認為他是同意了，就雙雙鑽進汽車的後座，勇勇把車子又開了出去。

醒亞站在那裡等勇勇把車子開走，轉身走過去把剛才小玫開過幾次的大門也用手推得大開，眼睛看著棟柱，讓他進門，棟柱慢慢地經過醒亞的身邊，彼此可以感到對方的體溫及心跳。

棟柱在經過醒亞身邊的時候，突然轉過身來，一把抱住醒亞，醒亞聞見棟柱那熟悉的體味，看見他那無精打采、萬分疲憊的神情，以及身上穿的那件破舊的外套，「哦，我對我的丈夫做了些什麼啊?!可憐的棟柱啊！」她的心裡感到一陣強烈的酸軟，眼淚不由自主嘩嘩地流了下來。棟柱溫柔地用手慢慢地輕輕地抹著醒亞臉上的眼淚。

「棟柱，棟柱，我的棟柱啊！」，醒亞一面哭一面用手不停地捶打地著他。

不知道過了多久，他們聽見勇勇車子回來的聲音，聽見車門碰的一聲關門的聲音，勇勇他們三人買了外賣回來了。

「爸爸，大阿姨韻亞已經住進上州珍珠河鎮的州立精神病院，正式接受精神科的心理治療了。」吃飯的時候，棟柱正在夾菜放在醒亞的碗中，坐在棟柱身邊的兒子勇勇輕輕地告訴爸爸。

醒亞看見棟柱正在夾筷子的手突然停了下來，臉色變化了一下，不知是欣慰還是慚愧，醒亞也立刻對棟柱誕生了複雜的感情：心裡非常氣憤棟柱對自己竟然完全不諒解，但是反過來想一下，棟柱每天辛辛苦苦，他只不過希望回到家裡平平安安，有一位太太對他全心全意地關注，不要這麼大事小事層出不窮而已。

「明天，我們請大家到我家來包餃子怎麼樣？」醒亞乘機高聲問大家。

「明天我帶大家出海釣魚去罷！小玫和楊思源都坐過我的船，醒亞和勇勇還沒有坐過呢，我的船坐五個人正好，咱們五人明天出海去釣魚，下個週末再請客回家包餃子好不好？」棟柱開口問道。

若是按照醒亞平常的的想法，明天鐘點工潘朵拉要來整理房子，也要找幾件衣服來給她熨燙……，出去釣魚，豈不是浪費時間嗎？不過，她想了一下，自己曾經站在棟柱的立場想過事情嗎？一個做太太的陪丈夫出海去釣魚，真的是浪費時間嗎？這麼一猶豫，決定閉嘴不要表示反對。

吃完飯，醒亞看見棟柱要帶小玫和楊思源回到南岸，就輕輕的喊住他：「你過來，我有話跟你講。」

棟柱跟著醒亞到了棟柱的書房裡，棟柱笑嘻嘻地問她：「老婆大人，又有什麼指示和命令？」醒亞溫柔地說：「今晚上在家裡住吧！」

棟柱一聽，立刻笑嘻嘻地反對了起來：「那怎麼行，萬一睡到半夜，妳過來揩我的油怎麼辦？」他黑黑的眼睛笑嘻嘻地看著醒亞，又恢復了他愛調侃的本性。

勇勇看見爸爸晚上要離開，大聲喊道：「老爸，我們學校的老師幫助我填了一些申請大學的表格，我想要爸爸看一下才寄出去！」

「那就看一下罷！本來嘛，勇勇上大學，只要你出錢，不要你參加意見，不是不合算了嗎？」醒亞在一旁學著棟柱的口氣說道，不過好像不夠銳利，還是不如棟柱平常那樣一針見血。

棟柱聽了醒亞的調侃，張口哈哈大笑，是了，要會調侃一定得學會如何被調侃！醒亞終於醒悟，真是活到老學到老啊！

「今晚不行，明天再回來罷，我得要過去把船開回來，另外還有一些私人漱洗用品要帶回來。」棟柱還是開了車帶了小玫和楊思源三人一起走了。

醒亞睡到半夜，聽見棟柱回來的聲音，又聽見勇勇奔下樓去幫助爸爸抬箱子的聲音，原來棟柱當晚就把車和船以及個人換洗衣物和漱洗用品一併帶了回來，他並沒有等到第二天才回家。

後記

一九九一年，趙德勇高中畢業，勇奪全校畢業生之冠軍第一名，特地利用那年的暑假，到台灣臺北師範大學去學了八週的中文。

「到臺北八週，使我的中文大為進步，可以跟精神病院裡那些不會英文的患者作簡單的交流了！」由台灣回來以後，勇勇告訴媽媽。

「我們住在長島，中國人本來就不多，怎麼會有不會英文的精神病患者呢？」媽媽醒亞很吃驚地問。

「當然有，妳每次到精神病院，除了忙著跟韻亞阿姨吃東西之外，就是抱怨交通不順暢，其實就有不會英文的中國患者遠遠地看著妳們，妳們沒有注意而已！」勇勇回答媽媽。

「有這回事！」醒亞驚嘆道，她真的沒有注意到。

一九九二年，棟柱告訴醒亞說楊思源已經與在廣州的前妻離婚，一歲女兒歸前妻撫養，一個月後，方小玫與楊思源在美國正式結婚。

在楊思源及方小玫的婚禮中，醒亞穿了一件棗紅色上有很多小小白色囍字的長旗袍，趙棟柱穿了一套棗紅色的西服，那天他真是神采飛揚，談笑風生，一直與楊思源及方小玫喝酒談笑。

醒亞忍不住酸溜溜地對棟柱說：「嘿，看你對他們倆人，比對自己的老婆兒子還好還親熱呢！」

棟柱立刻不假思索地回答說：「那是當然，我老婆的心思，一天到晚只有工作，工作室裡，就算半夜三更，電話呼叫，立刻起床飛奔而去，捨了性命也在所不惜，再不就是姊姊，下了班就去看她，兒子呢，也是她的乖寶寶，無論做什麼都是有對無錯。只有看見我，不是板著一張臉，就是生氣哈斥，覺得我這人全無是處，兒子有他自己的天地，美國年輕的朋友同學一大堆，只有楊思源及方小玫才把我當親人！」

棟柱的回答，對醒亞來說，就像是當頭捧喝，打得她眼花繚亂，又像一大桶醍糊灌頂一般向她沒頭沒腦地向她灌將過來，使她半天作聲不得，原來棟柱覺得他自己在家中是處在這樣的一個地位！

他的心中竟然是這麼想的！醒亞發誓，在這下半輩子中，要對棟柱竭盡全力的照顧和關愛！

一九九五年，趙德勇在哥倫比亞大學生物系以全校畢業生中前百分之二的優異成積，得到哈佛大學醫學院以及加州大學醫學院的入學許可，他決定到北京正式去教英文謀生，學習一年中文，之後才進入加州州立大學醫學院，專攻精神病科，四年之後，得到該校醫學博士學位，到台灣高雄醫學校精神科實習六週之後，榮穫留在加州舊金山母校校任教的機會。

一九九九年，醒亞與棟柱搬到佛羅裡達退休，佛州因為稅收少，各種公營事業經費不足，以致醒亞屢次想把韻亞搬到佛州州立精神病院，未果。

二〇〇五年，韻亞在紐約上州珍珠河鎮精神病院中因心肌梗塞而死亡，醫院提供了棺木、墓園及墓地，小妹余智亞重金為大姊購得平鋪在地上的上等石材墓碑一塊。

除了醫師護士以外，似乎醫院裡所有有關的行政工作人員都參加了為韻亞舉辦的葬禮，每位工作人員都作了一些例行的演講，病人的家屬只有四人，醒亞、棟柱、智亞以及智亞的丈夫。而四人中沒有一人願意站出來講話。

棟柱從頭到尾，一聲不響，臉色煞白，到了後來甚至站立不穩，醒亞一面努力地攙抉著他，一面不由自主地憶起棟柱用鐵錘瘋狂地敲著韻亞房門的事情，可憐無辜的棟柱，他這一輩子，因為娶了有精神病大姊的醒亞，也承受了不少的痛苦和打擊罷。

醒亞替大姊購買布置的公寓，韻亞一天也沒有住過，醒亞卻因付了很多頭款，捨不得就此放棄，又因管理該公寓的條例，不許出租，醒亞每月只得忍痛每月白白付出四百元左右的分期付款，三百多元的維持費。直到數年後，管理公司才准許以每月七百元月租出租。醒亞終於在經濟上略略喘了一口氣。

二〇〇六年，醒亞央求棟柱開車北上，帶了花束到大姊的墓前祭掃。

那天天氣極為陰濕，一陣陣冷風吹過，墓園四周一片愁雲慘霧，醒亞想到大姊可憐的一生，心如刀割，一直不停地流淚哭泣，因為土地很潮濕軟爛，完全找不到一個可以落腳的休息之處，只覺得隨時都要跌倒在爛泥之中。

醒亞由淚眼中看見花白頭髮的棟柱一聲不響地攙扶著她，不時用衛生紙替她拭擦眼淚，想到這位受到魚池之殃的老人，他的一輩子又那天痛快過呢？因而覺得更對不起棟柱，突然抱住他更加嚎啕失聲大哭不止。

從此，醒亞決定要更加努力用餘生來補償對棟柱所做的傷害。因為她自覺已經領悟到了，人生在世，不但工作、做人處事需要努力，才能成功，而婚姻和愛情也不應例外，也需要夫妻雙方同心攜力才能穫得幸福。

二〇〇九年，趙德勇得到加州大學舊金山分校終身教職，棟柱及醒亞趕到舊金山去探望他的全家，棟柱提議要在中餐館大宴親友。

「爸爸，我既然想以教書為終生職業，當然要努力爭取終身教職，是理所當然，應該的嘛！」勇勇笑嘻嘻地說。

「勇勇，爸爸媽媽一直想為你請一下客，謝謝你對你自己的成長所做出的努力！」醒亞在旁邊大聲地告訴勇勇，因為她想起以前為了跟棟柱賭氣，不許小勇勇先吃晚飯的事情，覺得這一輩子，對兒子有更大的虧欠。

在宴會上，醒亞一連夾了好幾塊紅燒肉，放在勇勇的碗中，其實她更想用筷子夾著紅燒肉送進兒子口中，只因當著眾人的面，她不好意思這樣做。

二〇一二年夏天，勇勇邀請醒亞與棟柱到南面海邊的蒙特利大旅社去住三天，參加他為全灣區的精神科醫師舉辦的研討發表會。

「這是我的爸爸，媽媽！」在旅社的大廳裡，穿著正式禮服的趙德勇在歡迎賓客的時候，把著了正裝的父母介紹給大家。

上午，他在研討會上介紹了他們醫院的電療設備以及各種減少患者痛苦的措施。

「所以，歡迎你們把你們的病患送到我們的醫院來電療，因為我們有足夠的財力購買比較先進安全的設備，也有足夠的人才研究出比較完善的療程。」在下午的宴席上，他向各位參與會議的開業精神科醫師宣布。

當天晚上臨睡前，趙德勇特地走到父母的房間坐了幾分鐘，他與父親握手道晚安，然後又過來擁吻母親。

「勇勇，謝謝你為自己成長所做出的努力。」醒亞對這個高出自己很多的兒子，又再說了一次心中存積了很久的話。

二〇一三年年趙德勇正式升為系主管。

二〇一四年，棟柱因內出血而在佛州的七河醫院過世。

「媽，妳搬到加州來罷，我們可以好好的照顧妳！」勇勇與他全家前來奔葬時，兩小夫妻一同正式邀請醒亞。

二〇一六年，醒亞搬到加州。

「親戚和死魚一樣，在同一房屋內居住過久，就會有腐爛的氣息！」鑑於以往的經驗，醒亞堅信這一點，所以在可以獨立的時候，並沒有住在兒子家中，而是住在兒孫家附近，交通方便的地方。

二〇一八年，上海享譽中外的濟世大學聘請趙德勇去作為期二週的講學，發表自己研討及實驗成果：「如何在治療精神病患者時減輕病患的痛苦」。

（全文完）

269　後記

語言文學類　PG1896　SHOW小說38

我的精神病姊姊

作　　者 / 余國英
責任編輯 / 洪仕翰
圖文排版 / 周好靜
封面設計 / 葉力安

發 行 人 / 宋政坤
法律顧問 / 毛國樑　律師
出版發行 / 秀威資訊科技股份有限公司
114台北市內湖區瑞光路76巷65號1樓
電話：+886-2-2796-3638　傳真：+886-2-2796-1377
http://www.showwe.com.tw
劃撥帳號 / 19563868　戶名：秀威資訊科技股份有限公司
讀者服務信箱：service@showwe.com.tw
展售門市 / 國家書店（松江門市）
104台北市中山區松江路209號1樓
電話：+886-2-2518-0207　傳真：+886-2-2518-0778
網路訂購 / 秀威網路書店：https://store.showwe.tw
國家網路書店：https://www.govbooks.com.tw

2018年6月　BOD一版
定價：340元

國家圖書館出版品預行編目

我的精神病姊姊 / 余國英著. -- 一版. -- 臺北
市 : 秀威資訊科技, 2018.06
面； 公分. -- (語言文學類 ; PG1896)
(SHOW小說 ; 38)
BOD版
ISBN 978-986-326-560-3(平裝)

857.7 107007427

讀者回函卡

感謝您購買本書，為提升服務品質，請填妥以下資料，將讀者回函卡直接寄回或傳真本公司，收到您的寶貴意見後，我們會收藏記錄及檢討，謝謝！
如您需要了解本公司最新出版書目、購書優惠或企劃活動，歡迎您上網查詢或下載相關資料：http:// www.showwe.com.tw

您購買的書名：________________________________

出生日期：________年________月________日

學歷：□高中（含）以下　□大專　□研究所（含）以上

職業：□製造業　□金融業　□資訊業　□軍警　□傳播業　□自由業
□服務業　□公務員　□教職　□學生　□家管　□其它_____

購書地點：□網路書店　□實體書店　□書展　□郵購　□贈閱　□其他

您從何得知本書的消息？

□網路書店　□實體書店　□網路搜尋　□電子報　□書訊　□雜誌
□傳播媒體　□親友推薦　□網站推薦　□部落格　□其他__________

您對本書的評價：（請填代號　1.非常滿意　2.滿意　3.尚可　4.再改進）

封面設計____　版面編排____　內容____　文／譯筆____　價格____

讀完書後您覺得：

□很有收穫　□有收穫　□收穫不多　□沒收穫

對我們的建議：________________________________

____

____

____

請貼
郵票

11466
台北市內湖區瑞光路 76 巷 65 號 1 樓
秀威資訊科技股份有限公司 收
BOD 數位出版事業部

....

（請沿線對折寄回，謝謝！）

姓　名：____________________ 年齡：________ 性別：□女　□男

郵遞區號：□□□□□

地　址：____

聯絡電話：(日) ____________________ (夜) ____________________

E-mail：____